Escandalízame

Escandalízame

IVY OWENS

Argentina • Chile • Colombia • España
Estados Unidos • México • Perú • Uruguay

Título original: *Scandalized*
Editor original: Simon & Schuster, Inc
Traducción: Eva Pérez Muñoz

1.ª edición Mayo 2023

Copyright © 2022 by Ivy Owens
Published in agreement with the author, c/o BAROR INTERNATIONAL, INC.,
Armonk, New York, U.S.A.
All Rights Reserved
Copyright © de la traducción, 2023 *by* Eva Pérez Muñoz
Copyright © 2023 *by* Ediciones Urano, S.A.
Plaza de los Reyes Magos, 8, piso 1.º C y D – 28007 Madrid
www.titania.org
atencion@titania.org

ISBN: 978-84-19131-14-0
E-ISBN: 978-84-19497-90-1
Depósito legal: B-4.426-2023

Fotocomposición: Ediciones Urano, S.A.U.

Impreso por: Romanyà-Valls – Verdaguer, 1 – 08786 Capellades (Barcelona)

Impreso en España – *Printed in Spain*

Para CH y KC.
Cuando era pequeña,
soñaba con tener amigas
como vosotras.

NOTA DE LA AUTORA
Y ADVERTENCIA DE CONTENIDO

Esta historia incluye una línea argumental relacionada con la agresión sexual. En concreto, la protagonista es una periodista de investigación que descubre una trama que tiene que ver con este tipo de delitos. Aunque en la novela no se produce ningún tipo de agresión, sí se describen de forma breve algunos testimonios y pruebas de vídeo.

1

Se me dan fenomenal los nombres, pero soy un desastre para las caras.

Sin embargo, sé que he visto esta antes.

Está solo, al final de una fila de asientos con la nariz pegada al teléfono. Llevo viviendo lo bastante en Los Ángeles como para saber que esa postura dice más un «respeta mi espacio» que un «estoy absorto en la lectura», pero también he trabajado lo suficiente como periodista como para percatarme de que ese hombre está haciendo todo lo posible para pasar desapercibido.

Aunque no le está funcionando. Incluso su corte de pelo (meticuloso y muy bien peinado) parece caro. Y sé que lo conozco de algún lugar. Tiene una mandíbula con la que podría cortar el acero, unos pómulos definidos y unos perfectos labios rosados. Su cara es como una comezón en mi cabeza, zumbando de forma burlona.

Oigo la voz de mi madre en mi interior, animándome a ser educada, levantarme y saludarlo. Pero estamos en el aeropuerto y estoy agotada. Me he pasado los últimos trece días en Londres, hostigando a extraños para que me dieran información de la que no querían hablar y sin conocer a nadie, salvo a un compañero inglés que fumaba como un carretero, con la tolerancia al alcohol de un rinoceronte y con una forma de conducir que hizo que tuviera que rezar a un dios en el que no creo varias veces al día. Llevo ocho horas en un avión y otras cuatro sentada en esta puerta de embarque, esperando el vuelo de conexión a Los Ángeles que ya se ha retrasado varias veces.

Para ser justos, la cara de este hombre no se parece a ningún rostro de los que he visto en las dos últimas semanas. La sensación que tengo es más honda que el impacto de la adrenalina de la historia que tengo entre manos y que corre por mi sangre; una adrenalina que llega hasta mis huesos. El atisbo de su cara completa (cuando ha levantado la vista, ha mirado con ojos entrecerrados los monitores y ha parecido soltar un pequeño gruñido de frustración) ha sido como el recuerdo que te produce una canción que no has escuchado en mucho tiempo. Hay algo en su postura que me provoca una profunda nostalgia.

Por paradójico que resulte, es una postura que le hace parecer estar erguido y desplomado al mismo tiempo. Se le ve tan elegante con esos pantalones azul marino hechos a medida, los zapatos marrones relucientes y la camisa blanca sin una sola arruga después del largo vuelo de Londres a Seattle. Desde luego es un hombre impresionante.

Me alzo el fular que llevo, cubriéndome la boca y hundiendo la cara en él, pero huele a interior rancio de avión y vuelvo a bajarlo. Estoy tan cansada que me entran unas ganas locas de gritar. Lo único que quiero en este momento es teletransportarme a mi casa, a mi cama. Obviar todos los pasos previos de aseo personal antes de acostarse y tumbarme en ella, sin ni siquiera quitarme la ropa. Me da igual la pinta que tenga. Después de un día en el que me he pasado catorce horas buscando a un escurridizo portero de discoteca que no quería que lo encontraran, más el vuelo de ocho horas en el que no he pegado ojo, ahora mismo solo me muevo por los instintos más primarios.

Miro a mi alrededor y veo a unas cuantas personas repantingadas en cuatro sillas, durmiendo, y a otras tantas tumbadas en el suelo. Mi cuerpo clama por acostarse en algún sitio, en cualquiera. Pero no lo hago, porque sé que, aunque embarquemos en los próximos cinco minutos, para cuando me suba a un taxi y haga el largo trayecto hasta mi casa, será pasada la medianoche y tendré que ponerme a trabajar lo antes posible. La historia que me han dado es la oportunidad de mi vida y tengo dos días para terminar de escribirla.

Cerca de la puerta de embarque, los empleados de la aerolínea han tenido mucho cuidado de no colocarse detrás del mostrador. Saben que, si se acercan, enseguida se formaría una fila de pasajeros enfadados. En lugar de eso, se han ido moviendo por el fondo, lanzándose miradas pesimistas cada vez que ha sonado el intercomunicador con alguna novedad sobre la torrencial tormenta que está azotando el exterior. Por fin, una de las trabajadoras se acerca decidida al interfono y, por el hundimiento de sus hombros y la forma en la que mira fijamente el monitor, como si necesitara leerlo para confirmarlo, sé lo que va a decirnos.

—Lamento comunicarles que el vuelo 2477 de United ha sido cancelado. Les hemos reubicado a todos en los vuelos que saldrán mañana. Les hemos enviado los billetes a la dirección de correo electrónico vinculada a su reserva. Por favor, si tienen alguna duda pónganse en contacto con nosotros a través de nuestro número de servicio al usuario o en la oficina de atención al cliente que tenemos en la zona de recogida de equipajes, ya que no podemos hacer ninguna gestión desde aquí. Sentimos las molestias que les hayamos ocasionado.

Lo miro de forma inconsciente para ver cómo reacciona a la noticia.

Ya está llevándose el teléfono a la oreja, asintiendo. Nuestras miradas se cruzan durante un instante mientras echa un vistazo a su alrededor. Pero entonces sus ojos se detienen y vuelve a mirarme como si mi cara también le sonara de algo, pero no supiera de qué. Es solo un segundo, aunque basta para que una oleada de calor, salvaje y descontrolada me recorra por completo. Luego aparta la vista y frunce el ceño.

Y ahora no puedo evitar preguntarme de qué me conoce.

En un mundo perfecto, ya estaría en casa. Habría reservado un vuelo directo desde Londres hasta Los Ángeles, en vez de tener que hacer una escala en Seattle. En un mundo perfecto, habría podido dormir, y en este momento estaría delante de mi ordenador, descansada, y plasmando en la pantalla el torrente de información que tengo en mi cabeza, el teléfono y mi cuaderno en una historia coherente. No estaría de pie, detrás de este hombre impresionante, en el vestíbulo de un hotel de Seattle, sintiéndome como un agotado adefesio.

Estoy en una fila con tres personas delante de mí y otras cuatro detrás. Todos provenimos del mismo vuelo cancelado, todos necesitamos habitaciones, y tengo la inquietante sensación de que debería haberme alejado un poco más de la ciudad de lo que he hecho. Tengo la impresión de estar en una carrera que no sabía que iba a correr; una carrera que seguramente pierda.

El hombre, cuyo nombre aún no recuerdo, tiene la cabeza inclinada hacia el móvil y parece estar enviando un sinfín de mensajes. Pero entonces se produce una breve conmoción en la entrada del hotel (un claxon sonando y una mujer que grita un nombre) y se vuelve alarmado. Y ahí es cuando por primera vez veo su perfil de cerca.

De pronto, me doy cuenta de que he visto su cara.

O, mejor dicho, una versión más joven de esa cara, mirando hacia atrás mientras se alejaba en monopatín por una calle de Los Ángeles en pleno verano, riendo con sus amigos en el sofá del salón, sin darse cuenta de que yo pasaba detrás de ellos por la habitación, o esquivándome en el pasillo de su casa de madrugada cuando yo iba al baño y él por fin se iba a acostar.

—¿Alec? —pregunto en voz alta.

Él se vuelve con los ojos abiertos de par en par.

—¿Perdón?

—Eres Alec Kim, ¿verdad?

Se ríe, mostrando una dentadura perfecta. Tiene uno de esos semblantes que, cada vez que lo miras, te revela algún detalle nuevo y fascinante. Hoyuelos. Una nuez de Adán que se mueve con su risa. Una piel suave como la seda. Durante las dos últimas semanas he estado rodeada de gente atractiva, pero él los supera con creces. Sería un delito que no fuera modelo.

—Sí... Lo siento. —Frunce el ceño, pensativo—. ¿Nos conocemos?

Hace catorce años que no lo veo. Noto en su voz un ligero acento que no logro discernir.

—Soy Georgia Ross —le digo. Él se vuelve del todo para mirarme de frente y se mete una mano en el bolsillo. Tener su total atención succiona todo el aire de mis pulmones—. Tu hermana, Sunny, y yo fuimos amigas en el colegio. Tu familia se mudó a Londres al final de octavo.

Alec era seis años mayor que nosotras. Durante mucho tiempo, solo fue el hermano de mi mejor amiga; alguien a quien veía de vez en cuando, que siempre fue educado conmigo y al que no daba mucha importancia. Pero una noche, un par de semanas después de cumplir los trece, mientras dormía en su casa, bajé a por un vaso de agua a medianoche y lo sorprendí hurgando en el frigorífico, en busca de algo para picar. En ese momento, Alec tenía diecinueve años, iba sin camiseta y con cara de sueño, pero me enamoré perdidamente de él. Durante semanas no pude pensar en otra cosa que no fuera su torso desnudo.

Ahora mismo recuerdo su cuerpo musculoso, luchando con sus amigos por hacerse con el control del mando para jugar desde el sofá, a ese niño-hombre sin camiseta yendo por la calle sobre su monopatín. A mitad de su estancia en la Universidad de California, su familia se trasladó a Londres por el trabajo del señor Kim, y Alec también se marchó. Sunny y yo nos escribimos unas tres veces antes de abandonar por completo todos los planes que habíamos trazado para nuestro futuro. Fue mi mejor amiga desde segundo hasta octavo, pero después de que se mudara, no volví a verla.

Veo cómo me mira detenidamente, intentando relacionar la cara que tiene delante de él con la de la niña que conocía. Le va a costar. La última vez que me vio llevaba aparato dental, las cejas pobladas y unos brazos delgados como palillos. Sigo siendo delgada, pero no estoy tan escuálida como antes. Me juego una buena cantidad de dinero a que, aunque iba a su casa casi todos los días después del colegio, no se acuerda de mí.

Aun así, se está esforzando en reconocer a la pequeña Gigi Ross dentro de la Georgia adulta. Nunca me he mostrado muy insegura con respecto a mi aspecto, pero bajo su escrutinio, no puedo ser más consciente de lo mucho que necesito una ducha. Estoy convencida de que incluso tengo los ojos rojos e hinchados, y eso que son mi mejor rasgo (grandes, con espesas pestañas y de un tono verde avellana). Por no hablar de mi pelo. Lo tenía tan sucio hace quince horas que usé lo poco que quedaba de mi caro champú en seco y me lo recogí en un moño. Estar delante de un hombre como él, de esta guisa, me resulta de lo más mortificante.

—Georgia. Sí. —Sus ojos no muestran ningún brillo de reconocimiento. No pasa nada. Ese tipo de enamoramientos no suelen ser correspondidos. Para un chico de diecinueve años debía de ser prácticamente invisible. Pero entonces le cambia la expresión—. Espera. ¿Gigi?

Sonrío.

—Sí, Gigi.

—¡Vaya! —dice—. Ha pasado mucho tiempo. Hace que no me llaman Alec unos... —vuelve a quedarse pensativo— ¿catorce años?

—¿Y cómo te llaman ahora?

Me mira con un atisbo de sorpresa y vacila un instante, aunque inmediatamente después responde con un brillo en los ojos:

—Alexander. Pero Alec me va bien.

Le tiendo la mano para estrecharle la suya. Él rodea la mía con sus largos dedos y me la aprieta con firmeza.

—Me alegro mucho de volver a verte.

No me la suelta de inmediato. Un gesto que mi cuerpo exhausto interpreta como un estimulante preliminar y se excita al instante. Cuando por fin me suelta, cierro la mano en un puño y la meto en el bolsillo de mis vaqueros.

—¿Cómo está Sunny?

Alec esboza una sonrisa perfecta.

—Muy bien. Vive en Londres. Es modelo. Puede que...

La recepcionista del hotel llama nuestra atención.

—Siguiente.

Alec hace un pequeño gesto con la cabeza para indicarme que deja que vaya yo primero, pero todavía estoy sintiendo la oleada de calor que me ha provocado su apretón de manos. Tengo el monedero en la mochila y prácticamente me sale humo de la nuca del rubor que tengo. Necesito que alguien me meta en una bañera y me frote con una esponja gigante.

—No, ve tú —le indico, mientras finjo que estoy buscando algo. Aunque en realidad es lo que estoy haciendo. En concreto, mi compostura, que debe de estar oculta en algún lugar de la mochila, junto con el monedero.

Sin embargo, unos segundos después, una mujer sale de detrás del mostrador y se acerca a las cinco personas que quedamos en la fila.

—Lamento informarles de que ya no nos quedan habitaciones para esta noche —dice, con una mueca de disculpa—. No vamos a poder atenderles, a menos que tengan hecha una reserva. Sé que hay muchos grupos en la ciudad, pero nuestra recepcionista puede ofrecerles algunas alternativas.

Antes de que me dé tiempo a reaccionar, las personas que estaban con nosotros se han apresurado hacia el mostrador de recepción y han formado una fila en orden inverso al de esta, y están pidiendo que les atiendan.

Bajo la vista y envío un correo electrónico a través del portal de viajes del trabajo, comunicando al servicio de asistencia que el hotel al que he ido está completo. Pero son casi las diez, y no tengo ni idea de cuánto tiempo pasará hasta que alguien lo lea. Intento llamarles, pero me salta el buzón de voz. Los ojos me escuecen por las lágrimas de frustración. Los cierro durante un segundo e intento pensar. ¿Qué probabilidades tengo de dormir un rato en uno de los sofás del vestíbulo sin que nadie se entere? ¿Me voy al aeropuerto y echo una cabezada en los asientos de allí? Me han reacomodado en un vuelo que sale mañana a las ocho, no me hace falta nada elaborado. Pero entonces me sobresalto al sentir una mano rodeándome el codo y alejándome de la fila en la que me he quedado sola y que no lleva a ninguna parte.

—¿Tienes algún sitio en el que dormir? —pregunta Alec.

—No. Estoy tratando de pensar qué hacer.

Me mira fijamente.

—¿Quieres que haga algunas llamadas?

Sacudo la cabeza.

—No sé. Ahora mismo estoy agotada y necesito una ducha más que respirar.

Ladea la cabeza y, durante un instante, me observa con una atención apabullante.

—Si quieres, puedes usar el baño de mi habitación.

Seguro que no lo dice en serio.

—No, de verdad, no te preocupes.

—Entiendo que te puedas sentir incómoda —se apresura a decir—, pero eres una amiga de la familia y se te ve tan cansada que parece que te vas a desplomar en el suelo de un momento a otro. Si quieres ducharte arriba, no me importa.

Solo hace falta un par de segundos más de contacto visual para que claudique.

Ahora mismo no soy persona. Me siento como si estuviera cubierta de mugre.

Derrotada, hago un gesto de asentimiento y alzo la barbilla para que vaya él primero.

—Gracias.

En el interior del ascensor, nos separamos todo lo posible y nos sumimos en un silencio sepulcral. En este momento, la realidad me golpea con toda su dureza. Aunque necesite darme una ducha con urgencia, no he tomado la mejor de las decisiones. Apenas mido un metro sesenta y cinco y estoy subiendo a la habitación de un tipo que me saca más de veinte centímetros después de haber pasado dos semanas buscando por todo Londres a hombres que son una escoria absoluta. Tendría que haber sido más lista.

Me pregunto si Alec estará pensando lo mismo que yo o, si no en lo mismo (no creo que le preocupe mi «superioridad» física), sí en el tipo de persona en la que pueda haberme convertido después de todos estos años. El silencio es tan arrollador que parece como si una fuerza cósmica superior hubiera callado al mundo de un plumazo. Clavo la vista en mis desgastadas y polvorientas zapatillas, que ofrecen un notable contraste con el reluciente suelo del ascensor.

No me doy cuenta de que me ha estado observando hasta que habla.

—Si quieres, puedes enviar un mensaje a alguna amiga para sentirte más segura. O también..., ¡Dios!, siento la obviedad, puedo quedarme abajo hasta que termines.

Obligarlo a que esté fuera de su habitación hasta que termine me parece... innecesario. En realidad, no es un desconocido, y seguro que está tan agotado como yo. Conocí a su familia durante seis años; cené en su casa casi la mitad de los días entre semana, disfrutando de la comida casera coreana de su madre; una mujer dulce, divertida y amable. Además, si la Georgia de octavo curso hubiera tenido la oportunidad, lo habría besado hasta perder el sentido.

No obstante, me parece una buena idea lo de enviar un mensaje. Si hubiera estado más descansada, duchada y con el estómago lleno lo habría pensado incluso antes de entrar en el ascensor.

—¿Qué número de habitación tienes? —pregunto con voz quebrada.

Se mete una mano en el bolsillo, saca el sobre y lo mira.

—Veintiséis once.

Mando un mensaje a mi mejor amiga, Eden.

> Me he encontrado con un viejo amigo. Voy a usar su habitación para ducharme porque es imposible encontrar un hotel libre. Seattle Airport Marriott. Habitación 2611. Es un buen tipo, pero te enviaré un mensaje dentro de una hora para decirte que estoy bien.

Me responde al instante con un emoji con cara de sorpresa seguido de un sencillo «Vale».

—Gracias —le digo antes de guardar el teléfono. El mero hecho de que haya sugerido que le mande un mensaje a alguien hace que me sienta mejor. Se le ve una persona tranquila, amable. Intento imaginármelo con actitud amenazante y... A ver, todo es posible. Es sorprendente lo bien que sabe disimular el mal—. ¿Cómo te las has apañado para conseguir una habitación?

Sonríe mientras sujeta la puerta del ascensor para que yo salga primero.

—He tenido la suerte de que alguien llamara antes que el resto.

Pasa la llave por la puerta en la que pone y me hace un gesto para que entre primero. Me quedo tan absorta con las vistas que solo recuerdo mis modales cuando ya he recorrido la mitad del largo pasillo. Alec, por supuesto, sigue junto a la puerta y se está quitando los zapatos. Estoy agotada y hecha unos zorros, y pocas veces me he sentido más torpe que cuando me mira los pies mientras me quito las Vans.

Pasa por delante de mí con su reluciente maleta de mano y entra en la habitación.

O, mejor dicho, habitaciones. He estado en las *suites* de algunos hoteles (me he alojado en un par de ellas durante esos viajes de chicas en los que se tira la casa por la ventana, y también he entrevistado en alguna de ellas a gente famosa), pero esta es diferente. No es solo un apartamento, es un apartamento de lujo, un alojamiento de lo más exclusivo. Una de las paredes es una cristalera que va del suelo al techo y que ofrece una vista panorámica de todo Seattle. Hay una sala de estar, una cocina completamente equipada, un comedor y una puerta que conduce a un pasillo donde parece haber varias estancias más.

—¡Madre mía!

Alec me mira con un atisbo de sonrisa.

—Pareces exhausta, Georgia.

—Y lo estoy —reconozco, mirándolo también—. Muchas gracias por dejar que me dé una ducha. Cuando termine, volveré a recepción y ya pensaré qué hacer después.

—¿Seguro que no quieres que llame a alguien para ver si te podemos echar una mano?

Hago un gesto de negación con la cabeza.

—Tenemos un departamento que se encarga de todas las reservas en los viajes.

—¿Tenemos?

—En el trabajo.

—¡Ah! —Se nota que siente curiosidad, pero entonces se fija en mis hombros caídos y me hace un gesto con la barbilla—. Venga, entra al baño. Estaré por aquí fuera.

Aunque se le ve muy sofisticado, parece meditar cada pequeño gesto que hace; después de la oscuridad que he presenciado en Londres durante las dos últimas semanas, de las historias que me han contado una y otra vez, agradezco la confianza que este hombre me inspira.

Y la cerradura que hay en la puerta del baño.

Nada más cerrar la puerta, me apoyo en ella y suelto un suspiro. Estoy agotada, sí, pero no puedo dejar de reaccionar a la presencia de Alec Kim. A su virilidad, tranquilidad y seriedad. A esa tenue arrogancia que exuda y que tanto me atrae. Desde luego hay un gran contraste entre nosotros dos. Con el aspecto que tengo ahora, pensar en él de una forma sexual, aunque solo sea muy por encima, hace que me sienta como si estuviera robando algo.

Hace tiempo que no tengo este tipo de pensamientos. Meses, para ser más exactos, y Alec es muy diferente al último hombre que protagonizó dichos pensamientos. Pero en el lapso de once meses, Spencer perdió todos los puntos de «mejor novio» que se había ganado en los seis años que duró nuestra relación. Durante estos últimos meses, los hombres, el sexo y ese complejo baile de ser vulnerable con alguien han perdido todo el interés que un día despertaron en mí.

Y hablando de ser vulnerable: en los veinte minutos que han transcurrido desde nuestro reencuentro, Alec Kim me ha mirado directamente a los ojos, como si pudiera verme por completo con una sola mirada.

Spencer dejó de mirarme de ese modo, pero solo me di cuenta después de que nuestra relación terminara. Llegó un momento en que empezó a establecer conmigo breves contactos visuales, incluso cuando me ofrecía esa sonrisa tan deslumbrante que tenía. Una sonrisa de oreja a oreja, pero sus ojos se desviaban a algún punto por encima de mi hombro, o hacia un lado, como si estuviera embelesado con algo que había en la ventana o con el gato acurrucado en un rincón. Un detalle que, por sí solo, debería haberme llamado la atención, ya que, cuando nos conocimos, me miraba directamente. Daba igual si estaba desnuda o vestida. En una ocasión, me dijo que jamás dejaría de asombrarse de que fuera suya. Éramos la envidia de nuestro grupo de amigos; un grupo que nos conocíamos desde la universidad. Mientras ellos eran un caos, Spencer y yo éramos el puntal de nuestro círculo social: alegres, cariñosos, con los pies en la tierra.

Pero en algún momento de los seis años que estuvimos juntos (dos de ellos viviendo en el mismo apartamento) se activó un interruptor. Un día éramos Spencer y G, un todo, y al día siguiente algo empezó a ir mal. Me daba un rápido beso en la puerta antes de salir corriendo a trabajar y las gracias por la noche por cualquier cena que le preparara; unas gracias desmesuradas que se fueron haciendo cada vez más extensas hasta el punto de convertirse en un gesto desesperado y desagradable. Eso también debería haberme puesto sobre aviso.

Pero en ese momento estaba esforzándome tanto en mi carrera profesional que apenas me percaté. Creía que eso era lo que se suponía que teníamos que hacer a los veintitantos años. Creía que las recompensas llegarían más tarde: el dinero, las vacaciones, los fines de semana. Trabajaba dieciocho horas al día. Intentaba conseguir cualquier trabajo dentro del sector. Cuando Billy me contrató para la sección internacional del *LA Times,* sentí que me estaban ofreciendo una oportunidad de oro. Y durante todo ese período no tuve tiempo (o no me tomé el tiempo) para darme cuenta de cómo había cambiado Spencer.

Supongo que yo también cambié. Siempre he sido una persona ambiciosa, pero esos primeros meses en el *Times* desactivaron la parte más débil de mí que no sabía cómo ir tras lo que quería. Tuve que luchar por cada historia, cada línea sobre el papel y me hice más dura mentalmente. Los horarios extenuantes, las comidas que tuve que saltarme y las carreras por toda la ciudad, también me hicieron más fuerte físicamente. A veces, entiendo por qué lo hizo Spencer, por qué nuestros amigos se pusieron de su lado. A veces, quiero perdonarlos a todos para no tener que cargar con ello.

Cuando me alejo de la puerta y me pongo delante del espejo, me horroriza ver mi reflejo demacrado. Tengo los ojos inyectados en sangre. La piel amarillenta y brillante. Los labios agrietados y, al quitarme la pinza que me sujeta el pelo, este sigue apelmazado en un moño.

¡Dios mío! Huelo fatal.

Me quito la ropa y me imagino tirándola al cubo de la basura, metiendo los vaqueros, los calcetines, e incluso la ropa interior, en el pequeño recipiente de latón. Si dejara mi maleta en Seattle, no tendría que volver a ver ninguna de estas cosas. Seguro que Alec ni siquiera se preguntaría por qué lo he hecho. Todo lo que llevaba puesto está ahora amontonado y arrugado en el suelo, hecho un desastre.

Desnuda, abro la ducha y echo un vistazo a mi alrededor mientras el agua se calienta. La encimera del cuarto de baño es una enorme losa de granito; el lavabo, una pila de cristal soplado con forma de cuenco. Los artículos de tocador de cortesía son de tamaño completo y están guardados en un neceser de cuero. Es un poco desconcertante disfrutar de tanto lujo cuando apenas me siento persona.

Cuando me meto en la ducha y me coloco bajo la alcachofa, no puedo evitar soltar un gemido de satisfacción. Nunca me he dado una ducha así de buena, sobre todo en las dos últimas semanas, donde todas las duchas han sido apresuradas. Más bien un enjuague rápido antes de meterme una manzana en la boca y salir corriendo por la puerta. Algunos días, solo me lavaba la cara con agua fría y me ponía desodorante.

Pero esto es una bendición. Una presión y temperatura del agua divina. Un gel corporal espumoso, un champú de los caros y un acondicionador que huele tan bien que no quiero aclararlo. Soy consciente de que Alec está ahí fuera, esperando, y que lo más seguro es que también quiera irse a la cama, así que termino de enjuagarme, pero solo después de usar la pequeña maquinilla de afeitar para depilarme y el exfoliante corporal para eliminar todas las células muertas de mi piel. La toalla es de felpa, enorme. Me lavo los dientes con uno de los cepillos del neceser y me doy la vuelta para abrir la maleta.

Una maleta que, por supuesto, me he dejado en el pasillo.

Porque, por supuesto, me han cancelado el vuelo y no quedan habitaciones disponibles. Por supuesto, Alec está aquí y ahora responde al nombre mucho más sofisticado de *Alexander*, y es todo un dios y yo estoy para el arrastre. Y, por supuesto, él ha conseguido una *suite* enorme y ha dejado que me duche en ella. Y mi maleta, por supuesto, está en el pasillo.

Veo dos albornoces en la parte trasera de la puerta. Descuelgo uno de ellos. Es suave, esponjoso y huele a lavanda. Nunca me he sentido tan limpia y fresca en toda mi vida; por primera vez en varios días, tengo la esperanza de poder llegar a casa y encontrar la fuerza y la energía necesarias para escribir la historia que ha estado rondando mis horas de sueño y vigilia.

En el pasillo está mi maleta. Veo a Alec en el salón, de cara a la ventana, con las manos metidas en los bolsillos mientras contempla el horizonte. Cuando oye las ruedas de mi maleta sobre el suelo de mármol, se da la vuelta y nos miramos. Una descarga eléctrica me recorre el torso. Él se fija en mi cara limpia, en mi pelo mojado, ahora libre del mugriento moño. Me cae hasta la mitad de la espalda y está más oscuro por el agua. Entonces me recorre el cuello con la mirada y abre los ojos como platos...

Agarro el albornoz en la parte que se ha abierto. ¡Oh, Dios mío!

Meto la maleta en el baño, suelto en voz alta un mortificado «¡Perdón!» y vuelvo a cerrar la puerta del baño de golpe. No sé cuánta porción de mi pecho ha visto, aunque no lo importante.

Después de abrir la maleta, secarme el pelo con la toalla, cepillármelo y ponerme crema, llega la parte complicada. No tengo nada limpio, así que la duda que me surge es: ¿qué es lo menos sucio? Llevar una sola maleta de mano para un viaje de dos semanas implica tener que ponerte la misma ropa varias veces, y aunque he lavado algunas prendas en el baño del hotel en Londres, a estas alturas no tengo nada que no esté arrugado ni haya usado.

Saco un sujetador y un vestido rojo de punto con mangas de tres cuartos, resistente a las arrugas. Es cómodo y bonito. Me lo acerco a la nariz y decido que huele bien. Quizá es demasiado elegante para un trayecto en taxi a otro hotel, pero, a diferencia de unos pantalones, no hace falta que me ponga debajo unas bragas sucias.

En serio, soy un desastre.

Guardo de nuevo todo en la maleta y salgo al pasillo.

—Alec —digo con gratitud. Él se da la vuelta. Tensa su expresión y me mira con sorpresa—. Gracias. En serio, después de esta ducha me siento como una persona nueva.

Asiente con la cabeza.

—De nada. Te acompaño abajo.

—No hace falta.

—No me importa. Además, no estoy cansado. Lo más probable es que me tome una copa abajo.

Me fijo de forma inconsciente en el bar completamente surtido que hay en un rincón.

—¡Ah, vale!

—Paso mucho tiempo solo en las habitaciones de los hoteles —explica, esbozando una nueva y devastadora sonrisa. Una sonrisa diferente. Es insinuante, cómplice. Me produce la misma sensación que si alguien me acariciara el brazo muy despacio con la yema de los dedos.

Me doy la vuelta y voy hacia la puerta, porque de pronto, soy muy consciente de lo cerca que estamos. No creo que se haya movido un ápice del lugar en el que se encontraba, cerca de la ventana, pero la habitación se ha sumido en un extraño silencio, y la sólida presencia de Alec hace que la enorme *suite* parezca una caja de zapatos. A pesar de estar dándole la espalda, tengo la sensación de que ha estado observándome de arriba abajo, de que se ha dado cuenta de que no llevo ropa interior. ¿Quién sabe? Tal vez solo está mirando su teléfono y en lo último en lo que está pensando es en lo que llevo debajo del vestido, pero por alguna razón, eso no es lo que parece. Siento sus ojos clavados en cada zona de mi cuerpo que puede ver como un hierro candente. En la parte trasera de mis piernas, la zona baja de mi espalda, los hombros. En mi mano, cuando me apoyo en la pared para no perder el equilibrio mientras me pongo las Vans (un calzado que no pega nada con el vestido, aunque me da igual). Seguro que Alec Kim solo sale con mujeres que llevan tacones de, al menos, diez centímetros de alto. Que se levantan de la cama completamente maquilladas y nunca se quedan sin ropa interior limpia.

Pero estoy demasiado cansada para preocuparme por el aspecto que ahora mismo tengo de espaldas. Si el Alec Kim de treinta y tres años quiere contemplar a mi yo adulto con la prenda más limpia que tengo, no se lo voy a impedir.

2

Me sigue al pasillo, al ascensor, y el estridente timbre que anuncia su llegada hace que nos sobresaltemos. Le veo esbozar un atisbo de sonrisa cuando estira el brazo y pulsa el botón para bajar al vestíbulo con uno de sus largos dedos, antes de hacerse a un lado para volver a darme espacio. Saco el teléfono y mando un mensaje a Eden, haciéndola saber que estoy bien. Entonces lo miro y siento una opresión familiar en el centro del pecho. Es increíble lo rápido que nuestros cuerpos recuerdan a las personas de las que nos encaprichamos en el pasado.

—¿Vas a Los Ángeles a menudo?

Hace un ligero gesto de negación con la cabeza.

—Han pasado años desde la última vez que estuve.

—¿Y ahora vas por trabajo?

Alec me mira con una atención que vuelve a desconcertarme, pero esta vez noto cierta... diversión en su expresión.

—Sí.

—¿Y qué vas a hacer allí?

Se gira hacia las puertas cuando estas se abren y vuelve a estirar el brazo para evitar que se cierren mientras paso.

—Un sinfín de reuniones.

Es una respuesta bastante sosa para alguien que parece haber sido el proyecto favorito de Dios a la hora de diseñar humanos, pero si trabajara en la industria del entretenimiento, sería lo primero que habría salido por su boca. En las dos últimas semanas, he conocido a más hombres de negocios de los que puedo contar y ahora mismo siento cero curiosidad por su trabajo, pero elevo una silenciosa plegaria al cielo para que Alec Kim no sea como ninguno de los ejecutivos con los que he hablado y de los que he oído hablar en Londres. Es un hombre impresionante y educado, sin embargo, me he dado cuenta de que eso no significa nada. Al mal le encanta esconderse en envoltorios bonitos.

—¿Y esa cara? —pregunta.

La salida del hotel y el bar están en la misma dirección, así que abandonamos el ascensor y caminamos juntos por el pasillo. Cada paso suyo son dos pasos míos. Estoy deseando irme y conseguir una habitación, pero también tengo miedo a perder esta cálida y excitante sensación que experimento al estar tan cerca de él.

—¿Qué cara?

Alza una mano, con un brillo de diversión en los ojos y hace un gesto hacia mi rostro.

—¿Tienes algo en contra de las reuniones?

—Estoy segura de que el mundo está lleno de hombres de negocios fantásticos. Pero en las últimas semanas no he conocido a muchos de ellos.

Nos detenemos cerca de la salida del hotel. Él tiene que ir a la izquierda. Yo, seguir recto.

—Espero haber sido la excepción —dice en voz baja.

—Tú has estado increíble.

Uno... dos... tres segundos de contacto visual antes de apartar la mirada. Mi flechazo por este hombre ha regresado, ardiente y tenaz.

—¿Qué estabas haciendo en Londres? —me pregunta justo cuando abro la boca para despedirme.

—Estaba buscando información para una historia.

—¿Eres escritora?

Niego con la cabeza.

—Soy periodista.

Su expresión cambia de forma imperceptible, pero es un detalle que no se me pasa desapercibido.

—¡Ah! ¿Para qué medio?

—*LA Times.*

Enarca brevemente una ceja, impresionado.

—¿Y de qué va la historia?

Sonrío y me muerdo el labio. Basta con verlo para darse cuenta de que es una persona bien relacionada. Y un hombre de negocios bien relacionado en Londres seguro que ha oído hablar del Júpiter. Incluso puede que haya sido uno de sus clientes. Así que me ando con cuidado.

—De un grupo de personas que han hecho cosas muy malas.

Alec me mira con ojos entrecerrados. Lo que dice a continuación no es lo que yo esperaba.

—Tiene pinta de ser una historia agotadora. ¿Seguro que te apetece ponerte a buscar un hotel a estas horas?

—Sí. —Me coloco la correa de la mochila en el hombro—. Aunque gracias de nuevo por dejarme usar tu ducha. Me siento como una persona nueva. —Hago un gesto con la cabeza hacia la salida—. Voy a pedir un taxi.

—Quédate en la habitación, Georgia —dice de pronto—. La de arriba.

—¿En tu *suite*? —Me río—. De ninguna manera. No podría.

Suelta un suspiro.

—Vamos. —Ese sereno «vamos» cambia por completo su actitud. Es el mismo hombre de hace un segundo, pero de alguna manera, más dulce, más real—. Todavía sigues sin tener habitación. Y tengo la impresión de que no quedan muchas libres por aquí cerca.

—Antes, en el vestíbulo, he mandado un correo electrónico —le explico. Luego añado sin mucha convicción—: Seguro que nuestro departamento de viajes ya me ha reservado alguna.

Alza la barbilla como diciéndome: «Bueno, pues mira a ver qué te han contestado». Cuando lo hago, veo una llamada perdida y un mensaje en el buzón de voz de Linda, del departamento de viajes.

Alec me mira mientras me llevo el teléfono a la oreja, y su expresión cambia al mismo tiempo que la mía. Pasa de abrir los ojos de par en par con esperanza, a fruncir el ceño en señal de derrota.

Vuelvo a meter el teléfono en la mochila.

—Hay un congreso científico importante en la ciudad. Los hoteles cercanos al aeropuerto y los de la zona centro están a tope.

—¿No hay habitaciones?

—Cerca, no. Me han reservado una habitación en un motel en Bellingham.

—Pero eso está a casi dos horas del aeropuerto Sea-Tac. —Se echa hacia atrás la manga y mira su reloj tremendamente caro—. Y son casi las once.

Miro al techo y suelto un gemido.

—Lo sé.

—¿Te han puesto en el vuelo de las ocho? —Hago un gesto de asentimiento y él vuelve a fruncir el ceño—. En serio, Georgia.

Me vengo abajo. Su oferta me parece muy convincente, pero también hace que me sienta un poco violenta.

—Me parece un abuso por mi parte. No me siento cómoda aceptando.

Aparta la mirada y aprieta la mandíbula. Se nota que quiere discutir el asunto, pero no lo hará.

—Está bien. Pero al menos ven a tomarte una copa conmigo mientras encuentras algo más cerca. ¿Cómo voy a dejarte fuera, buscando un hotel, a estas horas de la noche?

—¡Para eso están los taxis! —le digo, pero lo sigo a pesar de todo.

Me lleva hasta un rincón oscuro y lejano del bar y me señala una mesa baja rodeada de sofás.

—Puede, pero eres menuda y es de noche. —Me observa mientras me siento y me acomodo la falda del vestido alrededor de las piernas. *Y no llevas ropa interior,* parece que quiere decir.

O quizá solo sea cosa mía.

Hay una pequeña vela de aceite en el centro de la mesa. Lo miro todo lo disimuladamente que puedo mientras leo la carta de cócteles. Tiene unas manos que son un soneto de amor a la masculinidad. Un cuello que es pura indecencia. Y aunque la persona que tengo delante es un hombre adulto, conozco tan bien sus rasgos que es como si le hubiera visto ayer en vez de hace catorce años. De niña, pasé tanto tiempo en su casa que llegué a entender casi la mitad de lo que su madre decía a sus hijos en coreano. Me pregunto cómo será Sunny ahora, si terminó enamorándose de Londres tal y como le prometí que sucedería. Si mi mejor amiga, tan tímida como era, tuvo a alguien en quien confiar para hablar de cómo fue su primer beso, su primer desamor, sus preocupaciones y sus logros.

Alec se aclara la garganta mientras revisa su teléfono. Centro mi atención en la imagen que tengo delante. Es como un dulce delicioso que me muero por probar. Quiero contemplarlo a placer, metérmelo en la boca, saborearlo y tragármelo despacio. Puedo ver a sus padres en su rostro: tiene los hoyuelos y los pómulos de su madre y la altura y el cuello elegante de su padre. Entonces, me doy cuenta de que se supone que debería estar buscando una habitación en la que pasar la noche, no mirando embobada su nuez de Adán o la plenitud de su boca. Saco el teléfono, pero en cuanto abro la aplicación de viajes, él estira el brazo y me baja la mano con suavidad.

—Oye —me dice—, ya has visto la *suite*. Es enorme. No sigas buscando. Solo van a ser unas pocas horas de sueño en estancias separadas.

Me froto la cara.

—¿No te sientes incómodo?

—Eres tú la que le está dando demasiada importancia. —Mira por encima de mi hombro, observando el bar. Hay un puñado de personas en la barra y otras tantas en mesas, pero nadie cerca de nosotros en este pequeño y oscuro rincón. Alec se recuesta en el sofá.

—De acuerdo —claudico—, pero insisto en pagar a medias.

Esboza una deliciosa sonrisa en la que me muestra sus dos hoyuelos.

—Y yo, por supuesto, me niego a aceptar. Además, eres periodista. ¿No es así como suelen empezar las grandes historias?

—¿Qué tipo de historias te crees que escribo? —le pregunto, sonriendo—. ¿Atrapada en una ciudad extraña donde solo queda una habitación disponible? No escribo para *Penthouse*.

Me mira fijamente, con cara de sorpresa, y poco a poco empiezo a asimilar lo que he dicho.

—¡Oh, Dios mío! —Me llevo las manos a la cara—. No me puedo creer que haya soltado eso.

Alec estalla en carcajadas.

—A ver, no me has dicho lo que estabas escribiendo, pero te aseguro que no he querido insinuar eso.

—Sé que no lo hiciste —digo, riéndome horrorizada—. Ahora sí que no puedo dormir arriba.

Se lleva una mano a la cara y recobra la compostura.

—No, venga, volvamos a empezar.

—Vale.

Nos miramos fijamente, con un brillo de diversión en los ojos. Pero a los pocos segundos, volvemos a reírnos. ¡Oh, Dios mío! ¿Qué está pasando? Tengo el cerebro demasiado agotado como para salir con éxito de esta.

Por suerte, una camarera viene a atendernos (yo pido un vino tinto y Alec un wiski solo) y, cuando se va, él se echa hacia atrás y estira los brazos sobre el respaldo del sofá.

—Ha venido en el momento oportuno.

—Sí, lo necesitábamos —coincido.

—Cuéntame algo más sobre tu trabajo —me pide—. Si mal no recuerdo, tú y Sunny solíais fingir que erais detectives, ¿verdad?

Me río de nuevo.

—¿Cómo narices te acuerdas de eso?

—Las dos siempre andabais por el barrio con unos cuadernos, buscando pistas para resolver misterios. —Me mira divertido—. Así que supongo que no debería sorprenderme que hayas acabado trabajando para el *LA Times*. Pero, desde luego, es todo un logro.

—Gracias. —Mi corazón rebosa de orgullo.

—¿Cómo terminaste allí?

—Solo llevo un año —explico—, aunque por ahora, me encanta. Estudié Periodismo en la Universidad del Sur de California y luego me dejé el alma tratando de que me dieran una historia en cualquier medio. Hice algunos reportajes sobre delincuencia para el *OC Weekly* y trabajé por mi cuenta para todos los sitios web que me aceptaron. Y un día, cuando escribí un artículo sobre un hombre de Simi Valley que pintaba un retrato al mes de su mujer con Parkinson, para mostrar la mella que la enfermedad hacía en ella, que se publicó en el *New Yorker,* recibí una oferta de trabajo del *Times.*

—¿El *New Yorker?* —Me mira como si me viera por primera vez.—. ¿Pero *cuántos* años tienes?

—La misma edad que Sunny.

Alec enarca una ceja divertido.

—Es un currículum impresionante para alguien con veintisiete años.

—Cierto —reconozco con una pequeña sonrisa—, a veces me pongo un poco intensa con el trabajo.

Veo aparecer uno de sus hoyuelos durante un instante.

—Te entiendo perfectamente.

—¿Y tú a qué te dedicas? —pregunto, cambiando de tema. He pasado de sentirme orgullosa a tener la sensación de que me estoy jactando demasiado.

La camarera regresa con nuestras bebidas. Alec le da las gracias y levanta su vaso para brindar con el mío.

—Trabajo en la televisión.

¡Ah! Eso lo explica todo. Aunque también me produce cierto sopor. Miro su atuendo y recuerdo su elegante maleta.

—A ver si lo adivino: ¿desarrollo empresarial en un nuevo servicio de *streaming*?

Se ríe y se lleva el vaso a los labios.

—No.

—Abogado especializado en contratación.

—¡Dios, no!

Lo miro con los ojos entrecerrados.

—¿Un ejecutivo de la BBC que ha venido a reunirse con las cadenas estadounidenses para hablar sobre un programa?

—Eso se acerca bastante.

—¿En serio? ¡Qué locura! Mi compañera de piso, Eden, está enganchada a la BBC.

Baja el vaso, esbozando una pequeña sonrisa.

—¿Ah, sí?

—Soy consciente de lo vergonzoso que es hoy en día no ver la televisión —confieso—, pero he estado tan inmersa en el trabajo que me he perdido casi todo lo que ha causado sensación en la audiencia estos dos últimos años. Así que cuéntame en lo que estás trabajando y así podré ponerme al tanto. Eden siempre me dice que ahí es donde surge la creatividad estos días.

Él hace un gesto con la mano para restarle importancia.

—La televisión no es para todo el mundo.

—En cuanto le diga que trabajas para la BBC se va a volver loca —le digo. Alec se ríe—. ¿En qué programa? Voy a mandarle un mensaje. Seguro que lo ha visto.

Esboza una sonrisa torcida.

—Se llama *The West Midlands*.

Escribo un mensaje.

> ¿Recuerdas el viejo amigo con el que me he encontrado?
> Pues me ha dicho que trabaja en *The West Midlands*.
> Ese te gusta, ¿verdad?

Eden me responde al instante con una serie de palabras ininteligibles en mayúsculas. Doy la vuelta al teléfono y se lo enseño.

—¿Lo ves? Lo conoce. ¡Qué guay! —Vuelvo a guardar el teléfono en la mochila y le doy un sorbo a mi vino—. Seguro que te lo pasas muy bien en tu trabajo.

—Sí. —Hace una pausa—. ¿Qué tipo de historia estás escribiendo? Supongo que dos semanas en Londres es demasiado tiempo para un solo artículo.

—En un principio iba para una semana, pero la historia se hizo más potente y pedí quedarme más.

En realidad, supliqué quedarme más tiempo.

—¿Cómo de potente?

Medito mis opciones. Puede que contarle a Alec mi historia me venga bien. Al fin y al cabo, es un hombre de negocios que parece tener muchos contactos. Sé que las probabilidades son remotas, ¿pero no sería increíble que este inconveniente retraso en el vuelo terminara ofreciéndome más información sobre la historia en la que estoy trabajando? La perspectiva hace que vaya con más cautela aún si cabe.

—Está bien, déjame que te haga una pregunta: ¿has oído hablar de un club llamado «Júpiter»?

Le observo atentamente, en busca de alguna señal que me diga que sabe algo, pero solo frunce el ceño levemente antes de hacer un pequeño asentimiento con la cabeza.

—Es una discoteca, ¿verdad? —dice despacio. Ahora soy yo la que asiento—. Hace poco salió algo sobre eso en las noticias.

—Sí. —Bebo otro sorbo de vino—. Seguro que se trataba del asunto del portero al que le dieron una paliza en un callejón de detrás del club, la misma noche que este denunció a su jefe por acoso laboral. Ese hombre lo tuiteó todo y dijo que la policía no hizo absolutamente nada.

Alec asiente.

—Sí, sí, creo que era algo así.

—Bueno, pues eso es de lo único que informaron los medios de comunicación de Londres. Y no volvió a hablarse del asunto. Sin embargo, nadie pareció percatarse de que, una semana más tarde, el mismo portero compartió unas capturas por internet que alguien le envió de algunos de los propietarios de la discoteca compartiendo vídeos sexualmente explícitos en un chat *online*. —Hago una pausa para contemplar su reacción—. Vídeos donde, supuestamente, esos propietarios mantienen relaciones sexuales en las salas VIP de la discoteca. Pero al día siguiente, todas esas capturas habían desaparecido y el portero eliminó por completo su cuenta de Twitter.

No lo veo reaccionar de ninguna manera palpable. Así que no debe de saber de qué va todo esto, lo que me produce un alivio enorme. En Londres no se está hablando mucho del asunto. Si Alec hubiera oído algún comentario al respecto, lo más seguro es que no quedara en muy buen lugar.

—De modo que fui allí para cubrir una aburrida convención sobre legislación farmacéutica, pero me ofrecí voluntaria para seguir esta historia sobre el Júpiter. Después de ver esos tuits, el asunto me estuvo rondando por la cabeza un par de semanas. Pensé que tal vez el portero sabía que estaban ocurriendo cosas turbias en el club y que le dieron una paliza por haber denunciado a su jefe. Tuve la sensación de que ese hombre estaba intentando avisar a los medios de comunicación.

—De acuerdo —dice despacio—. Pero... ¿ya no lo piensas?

Dejo el vaso en la mesa y trato de que no se me note en la voz el cabreo que me entra al recordar cómo Jamil, el portero, se negó a hablar en redondo con nosotros en cuanto lo localizamos.

—¡Oh! Sí lo sigo pensando. De hecho, estoy convencida de que lo están amenazando. Por eso mi jefe me permitió quedarme más tiempo. Y cuanto más me entero de lo que ocurre en esas salas, peor se vuelve y más ganas tengo de seguir investigando.

Alec me mira en silencio durante un buen rato. Espero que me pregunte a qué me refiero con lo de «peor», pero o es demasiado educado para insistir o me ve demasiado exhausta, porque solo dice:

—Bueno, entonces es buena señal que te estés esforzando tanto con eso.

Necesito un cambio de tema.

—No hemos terminado de hablar de Sunny.

Parpadea sorprendido. Por lo visto, pasar de tratar un escándalo sexual a conversar sobre su hermana es un poco abrupto. Necesito recuperar mis habilidades sociales.

—¿Cómo...? —empieza, luego frunce el ceño—. ¡Oh, sí! Como te he dicho antes, es modelo. Se le da muy bien. Deberías haber contactado con ella mientras estabas en Londres.

Me acerco la copa de vino.

—¿Se habría acordado de mí?

—Por supuesto que sí. Erais inseparables.

—Cierto. —Frunzo un poco el ceño al recordarlo—. Lo éramos.

Alec se inclina hacia delante, agarra su vaso y vuelve a recostarse en el sofá.

—Recuerdo cuando os cortasteis la ropa para el concurso de talento y lo muchísimo que se enfadó *umma.*

Me río y hago una mueca de dolor.

—Sí, no le hizo ninguna gracia. Pero podía haber llamado a mis padres y no lo hizo. Eso sí, durante un mes, todos los días después del colegio, tuvimos que estar arrancando las malas hierbas del jardín.

—Eso no es nada —dice, con una sonrisa irónica—. En una ocasión, me llevé el coche sin permiso y tuve que reconstruir la terraza trasera con mis ahorros. Y justo una semana después de terminar, nos mudamos.

Hago una mueca y solo consigo decir:

—¡Uf!

—Mudarse a Londres fue muy duro para Sunny —explica.

—Ya me imagino. —Eso abre una herida en mi interior que ni siquiera sabía que tenía—. Para mí también lo fue. Resulta que cuesta mucho hacer nuevos amigos en noveno.

Se ríe.

—¿Quién lo habría pensado?

Sonrío y doy otro sorbo al vino.

—¿Todo el mundo?

Vuelve a reír. Me encanta ese sonido. Tiene una voz grave y suave. Seguro que no ha gritado ni una sola vez en su vida. Y su risa tiene ese mismo timbre sereno.

—Pero al final le ha ido bien, ¿verdad?

Alec traga saliva y asiente.

—Ha elegido una profesión dura, y te aseguro que la moda en Londres es brutal, pero lo está haciendo bien. Puede que la hayas visto en algunos anuncios en revistas y prensa.

—Ojalá me hubiera fijado más. —Niego con la cabeza—. ¿Trabaja con su nombre real? Debería buscarla.

—Con su nombre de pila, sí. Kim Min-sun.

—¿Y tus padres?

—Están jubilados. Viven en las afueras de Londres. También les va bien. —La sonrisa de Alec puede adoptar miles de formas. La de ahora es dulce y cordial. La misma que solía esbozar cuando le pasaba algo en la mesa mientras cenábamos, o cuando le animaban a que me diera las buenas noches antes de que me marchara—. Les diré que has preguntado por ellos.

—Gracias. Dile a tu madre que, gracias a ella, se me da de fábula arrancar las malas hierbas. —Nos sumimos en un breve silencio en el que ambos nos miramos fijamente a través de nuestros vasos—. ¿Qué hiciste después de mudarte?

Alec da otro sorbo a su bebida antes de responder.

—Después de graduarme en la Universidad, me fui a vivir a Seúl y luego regresé a Londres... —Hace una pausa, pensando—. Veamos, hace algo más de tres años.

Me doy cuenta de que eso es lo que he notado antes en su acento; es precioso.

—¡Oh, vaya! ¿Viviste en Corea?

—Sí. —Sonríe y luego deja de hacerlo.

Parece que hemos llegado al final de la conversación. Hemos preguntado por la familia y nos hemos puesto al día en las cosas más básicas de la vida de cada uno. También hemos agotado las torpes insinuaciones sexuales. Busco alguna pregunta interesante que hacerle, pero todo lo que se me ocurre es tremendamente inapropiado.

¿Estás casado?

¿Tus manos son tan fuertes como parecen?

¿Qué aspecto tienes desnudo?

Al final logro encadenar unas cuantas palabras. Por desgracia, él hace lo mismo y nuestras preguntas se superponen.

—¿Cuánto tiempo vas a estar en Los Ángeles?

—¿Cómo están tus padres?

—Lo siento —decimos a la vez.

—Tú primero. —También al unísono.

Me tapo la boca con la mano y lo señalo con la otra.

—Tú —murmuro contra la palma de la mano.

—Estaré un par de semanas —responde, riendo—. En realidad, algunos de mis compañeros llegaron hace dos días. Yo me he retrasado, pero me reuniré con ellos allí. —Otro sorbo—. Y ahora, te toca. ¿Cómo están tus padres?

—Bien —digo—. Están en Europa. Vuelven la semana que viene.

Me mira con los ojos entornados y asiente.

—Viajaban mucho, ¿verdad? Creo recordar que tu padre era diplomático, ¿no?

—Casi. Trabaja en el Departamento de Estado. Mi madre lo acompaña siempre que puede. —No añado que este es el primer viaje que hace mi madre desde que Spencer y yo rompimos porque prácticamente lo dejó todo para ayudarme a superarlo. Me deshago de la extraña sensación que invade mi garganta dando un sorbo de vino—. ¿Llegaste a conocerlos?

—Los vi un par de veces, cuando fui a tu casa a recoger a Sunny. Si mal no recuerdo, tu padre es muy alto y tu madre es...

—¿*Poco* alta? —Asiento y me río. Mi padre mide un metro noventa y cinco centímetros. Mi madre es unos treinta centímetros más baja—. Siempre quise heredar su altura, pero... —Me señalo a mí misma—. Soy la chica que siempre se asegura de que el doctor apunte su metro y sesenta y tres centímetros *y medio* en mi historial.

Alec sonríe y se humedece los labios. Un gesto que me deja tan absorta que tardo un segundo en asimilar su siguiente pregunta. Y entonces se me cae el alma a los pies.

—No —logro decir—. No estoy casada...

La forma en que lo he dicho (arrastrando las palabras y con una mueca de disgusto) ha dejado claro que hay una historia detrás. ¡Mierda! ¿Por qué lo he hecho? Lo último que quiero hacer esta noche es hablar de Spencer. Y menos con Alec sentado enfrente, con el aspecto que tiene.

Veo que asiente y enarca lentamente las cejas. Supongo que, después de mi extraña respuesta, tengo que explayarme un poco más.

—Hace seis meses que he dejado una relación de mucho tiempo. Una ruptura dura con la que he perdido a la mayoría de nuestros amigos comunes.

—¡Ah! —Bebe otro sorbo de wiski—. Lo siento.

—No pasa nada. —Nerviosa, me llevo las manos al pelo. Alec observa cómo mis dedos lo enroscan a toda prisa y lo recogen en un moño. Ahora lo tengo liso y seco. Algunos mechones se escapan y me rozan el cuello. Algo en lo que también se fija—. Debimos romper antes.

Alec me mira con expresión inalterable.

—¿Qué paso?

Nos miramos fijamente durante unos instantes sin decir nada. Luego sonrío.

—¿De verdad estamos haciendo esto? —pregunto—. ¿Ahondar en temas más personales?

—¿Por qué no? —Esboza una sonrisa traviesa y divertida—. Ya hemos hablado del trabajo y de la familia. ¿Vamos a volver a vernos? —Sé que está hablando de compartir nuestras historias, pero tengo la sensación de que debajo de todo esto subyace otro reto, uno más ardiente.

—La cagó —le digo sin rodeos.

A Alec le cambia la cara.

—¿Contigo?

Me gusta la manera en que lo dice. Incrédulo, como si no pudiera entenderlo.

—No de la forma en que estás pensando —respondo.

Únicamente he hablado de esto con tres personas: con mis padres y con mi mejor amiga, Eden. No solo porque los amigos que teníamos en común decidieron que yo estaba exagerando y que debía darle otra oportunidad a Spencer, sino también porque es tremendamente mortificante darse cuenta de que soy una periodista a la que su novio la estuvo engañando durante un año. Me resulta raro contarle toda la historia a un desconocido. Pero lo hago. Porque estoy aquí con Alec, al que, por raro que parezca, tengo la sensación de conocer (aunque no lo conozco) y de haberlo visto todos estos años (aunque no sea así). Y también porque, a pesar de estar agotada, no quiero irme a la cama ahora que estamos hablando sobre algo real.

—Lo despidieron porque lo pillaron robando clientes de la empresa en la que trabajaba, bajándoles las tarifas para que se fueran al negocio que tenía como autónomo. Pero nunca me lo dijo. Se iba todas las mañanas, vestido para trabajar, y volvía a casa todas las noches, fingiendo estar exhausto. Se inventaba historias sobre peleas entre sus compañeros, quejas y ascensos que yo me creí como una tonta. Poco a poco, fue gastando todos sus ahorros hasta quedarse sin nada, y luego empezó a echar mano de los míos.

Alec se queda inmóvil.

—¿Y vuestros amigos se pusieron de su lado?

—Es un hombre muy carismático —le explico. En mi cabeza, aparece la risa de Spencer; una risa contagiosa que resuena en mis oídos y que hace que me sienta hecha un manojo de nervios—. El prototipo del buen tipo, ya me entiendes. Estoy convencida de que se hizo pasar por la víctima y les contó un montón de medias verdades. Corté por lo sano con él, no quise tener ningún tipo de relación. Nuestros amigos, no. Pero ellos no vivían con él. A ellos no les mintió a la cara todas las mañanas y todas las noches. Supongo que les costó menos compadecerse de él.

—¿Cómo te enteraste?

—Me di cuenta de que algo no andaba bien cuando mis cuentas bancarias empezaron a disminuir. Le seguí hasta el trabajo. Se iba al parque y dormía. En casa, sin embargo, mientras yo estaba en la cama, se quedaba despierto toda la noche, apostando, intentando ganar dinero.

Alec suelta una risa incrédula.

—¿En serio que eso funciona?

—No de la forma en que lo hacía Spencer.

Vuelve a reírse, pero esta vez con un dejo de compasión.

—Lo siento, Georgia.

—Sí. —Me termino el vino y asiento con la cabeza cuando me hace un gesto por si me apetece otra ronda—. Fue una situación asquerosa.

Observo su cuello mientras se bebe el último sorbo de wiski. Tiene una garganta larga y una mandíbula tan pronunciada que quiero clavar los dientes justo en el punto en que le palpita el pulso.

—¿Y qué me dices de ti?

—No estoy casado. —Se rasca la mejilla—. Ahora mismo no estoy saliendo con nadie.

—Eso es... —No sé cómo terminar la frase. Lo que me gustaría decir es que me parece una auténtica tragedia para las mujeres. O para los hombres.

O para toda la humanidad. El equilibrio en el mundo debería depender de que la gente con el aspecto de Alec Kim tuviera sexo con frecuencia—. Mmm.

—¿Qué significa «Mmm»?

—Una lástima. —De pronto, el vino y el cansancio se filtran en mi sangre como si de un narcótico se tratara—. Eres un hombre atractivo. Deberías salir con alguien.

—Y tu una mujer preciosa. Nadie debería mentirte.

Menos mal que aquí la luz es muy tenue, porque estoy segura de que me estoy poniendo rojísima.

—Gracias.

—De todos modos, no me resulta fácil salir con alguien. —Hace una pausa y se queda quieto como si acabara de lanzarse a una piscina en la que no está seguro de querer nadar—. Estoy bajo mucha... —se detiene de nuevo y se acomoda en su asiento— presión profesional.

—Estás siendo muy enigmático, Alec.

—No. O quizá sí. —Hace un gesto para restarle importancia—. Pero ahora no tengo ganas de hablar de trabajo. Es lo único que voy a hacer durante las próximas semanas.

—Me parece bien. —Cuando nos entregan las nuevas bebidas, alzo mi vaso—. Entonces, nada de trabajo.

Él asiente con firmeza.

—Nada de trabajo.

—Y tampoco de ex.

Se ríe.

—De acuerdo, tampoco hablaremos de nuestros ex. —Me mira fijamente—. ¿Entonces qué más nos queda?

—Aficiones.

—¿*Aficiones*? Sí, claro.

—¿Te sigue gustando patinar? —bromeo.

Me mira con gesto incrédulo.

—¿En serio?

Me río.

—Acuérdate, te pasabas la vida subido a un monopatín. —Yo sí que lo recuerdo. Me sentaba en el sofá que había junto a la ventana de su casa, fingiendo hacer los deberes con Sunny, aunque en realidad no dejaba de mirar a Alec y a su trío de amigos haciendo saltos y distintas acrobacias una y otra vez.

—¡Oh! Sí que me acuerdo. —Vuelve a reírse y sacude la cabeza. Tengo la sensación de que me he perdido algo—. Eres la caña.

Y entonces Alec me evalúa de esa forma tan dulce que tiene.

—¿Qué? —le pregunto después de diez largos segundos de silencio consciente.

—Creo que es porque estoy cansado —dice, parpadeando para despejarse—. Y porque me he tomado un trago, bueno, ahora dos, con el estómago vacío.

Espero a que continúe.

—¿Crees que es porque estás cansado? —pregunto al cabo de unos segundos.

—Te recuerdo como una chica dulce y escuálida. No como... —hace un gesto hacia mi cuerpo. No me pasa desapercibida la manera en que sus ojos se detienen en mi pecho— una mujer.

—Ya te he dicho que iba a dormir arriba; no tienes que seducirme.

Espero que se ría o se eche atrás, que me explique de manera educada que no, que solo se refería a que es un poco surrealista ver a alguien después de tanto tiempo. Pero no lo dice. En su lugar, me mira con calma.

Miro mi vaso, parpadeo y me lo llevo a los labios.

—Pero en serio, Alec. Si voy a tu habitación, insisto en que duermas en la cama. —Abro los ojos como platos—. A ver, no conmigo. Me refiero a que duermas tú en la cama y yo en el sofá cama. —Suelto una carcajada—. ¡Oh, Dios mío!

Alec trata de contener una sonrisa.

—¿Eso significa lo que creo?

—Olvídate de lo que he dicho.

—Imposible. —Sonríe de oreja a oreja—. Ya lo has soltado.

—Es genial. —Se ríe—. De verdad, es alentador.

Me enderezo y doy un buen trago de vino.

—En mi defensa, he de decir que no he dormido en... —hago un cálculo mental— más de treinta horas. No tienes ni idea de las cosas que está pensando esta. —Presiono el dedo índice en la sien—. Debería irme a la cama ya mismo.

Mira por encima de mi hombro y luego se aparta un poco la manga para ver la hora.

—Ponme a prueba.

—¿Me estás pidiendo que te escandalice?

Se ríe a conciencia.

—Te aseguro que no puedes escandalizarme.

¿Será verdad?

Ahora soy yo la que sonrío con ganas.

—¿Me estás retando?

—Por supuesto.

Giro el vino y lo miro por encima del borde del vaso. Veo un brillo peligroso y travieso en sus ojos; un brillo que me tienta, pero que también me da miedo. ¿Y si me estoy creyendo que estamos coqueteando, pero él solo piensa que voy a hablarle de una rara afición a los libros de recortes?

—Georgia, hola —me susurra, antes de señalarse el pecho—. Estoy esperando a que me escandalices.

Decido ir a por todas.

—Aquí sentada, tan cerca de ti, soy extremadamente consciente de que no llevo ropa interior.

Alec asiente despacio. Me mira con ardor, pero, para mi sorpresa, no muestra señal alguna de que lo haya escandalizado.

—Yo también soy extremadamente consciente de ese detalle.

—¿Lo sabías?

—Claro que lo sabía. —Da otro sorbo a su bebida—. Te llevaste una maleta de mano para un viaje internacional de una semana que se prolongó otra semana más y creías que llegarías a casa esta noche. —Se echa hacia atrás y añade en un murmullo—: Además, Gigi, he estado pendiente de cada centímetro de tu cuerpo embutido en ese vestido.

Esa franca y tranquila reacción hace que mi temperatura corporal aumente unos cuantos grados. Alec no está nervioso para nada, pero yo tengo que morderme el labio para que no se me escape una sonrisa avergonzada.

—Eres un pervertido —le susurro con una amplia sonrisa. Me encanta que haya usado mi apodo. Ha conseguido que retroceda en el tiempo esa casi década y media que llevaba sin verle y que me acuerde del chico sin camiseta, lanzándole un balón de fútbol a su amigo mientras este se alejaba corriendo por la calle. Sin embargo, aquí y ahora, el apodo sale de su boca de una forma diferente, como una erótica promesa.

Se ríe y se inclina hacia delante para dejar el vaso sobre la mesa.

—¿*Pervertido*? Lo dice la que no puede dejar de mirarme las manos.

Abro la boca para protestar, pero al ver el brillo de diversión en sus ojos, le digo:

—Tienes razón, pero es que son unas manos indecentes, Alec.

—¿Indecentes? —pregunta, sonriendo.

¿A cuántas mujeres se habrá llevado a la cama siendo así de franco y un pícaro encantador?

Levanta una mano con la palma hacia arriba y luego la gira despacio, moviendo esos largos y elegantes dedos.

—¿Cómo va a ser esto indecente?

—Verte tocar el piano debe de ser como ver porno.

Sonríe.

—¿Eso es lo que te gustaría verme hacer?

—Sinceramente, si no me quedara otra opción, hasta vería esas manos pasando las páginas de una enciclopedia.

—Pero esa no es la única opción que tienes. —Las palabras caen de forma seductora entre nosotros—. Aunque —levanta un dedo y finge llamar a la camarera— seguro que detrás de la barra tienen algún libro.

Me inclino hacia él y le doy un golpe en el hombro. Él me agarra la mano al instante, se echa hacia delante, apoya los codos en los muslos y coloca mi mano entre las suyas, frotando la yema de un dedo en la parte interior de mi muñeca. Los latidos de mi corazón parecen centrarse justo en ese punto, y son arrastrados por su contacto, como si este fuera un imán sobre mi piel. Va tomando cada uno de mis dedos, apretándolos en varias zonas antes de presionar con los dos pulgares en el centro de la palma y empezar a masajeármela en círculos firmes. Con ese mero toque, está quitándome seis meses de tensión de todo el cuerpo.

Creo que no he sido consciente de lo mucho que necesitaba el contacto físico de otra persona hasta que él ha hecho esto. Pero, de pronto, me muero por que me toquen. Lucho con todas mis fuerzas por no desplazarme por el sofá en forma de «U» y encaramarme a su regazo. Mientras me frota la mano, siento cómo levanta la vista y se percata del efecto que está teniendo en mí, pero soy incapaz de dejar de mirar lo que está haciendo. Tiene unos dedos fuertes, un tacto firme. Sus manos son enormes comparadas con las mías, pero no me está tratando con delicadeza. Me está dando un masaje increíble.

—¿No trabajarás por casualidad en el departamento de masajes de la BBC? —murmuro.

—No. —Se ríe—. Dame la otra.

Le doy sin dudarlo la mano izquierda. Él la agarra y repite los mismos movimientos casi de forma idéntica. Me imagino esos dedos masajeando los tensos músculos de mis hombros, recorriendo cada vertebra de mi columna, sujetándome de las caderas. Es imposible no extrapolar esa sensación e imaginármelos también en mis pechos, en mi cuello, entre mis piernas...

—¿Te gusta? —pregunta en voz baja.

—No tienes ni idea.

—Sí —responde—, por tu expresión, puedo hacerme una idea.

Alzo la vista y me encuentro con su mirada.

—¿Qué estamos haciendo, Alec?

Tarda unos segundos en contestarme.

—Lo que quieras que hagamos.

Agacha de nuevo la cabeza, pendiente del masaje que me está dando en la mano. Quiero chupar esos dedos.

—¿Haces esto cada vez que vas de viaje de negocios?

Vuelve a reírse. Sus hoyuelos son un auténtico peligro.

—Por supuesto que no. Nunca estoy así de solo durante mis viajes.

Intento entender su respuesta mientras sus manos suben por mi antebrazo, frotándolo.

—¿Y eso qué significa?

—Significa que suelo viajar con varias personas que son muy entrometidas.

—Cierto. —Estoy sumida en un trance—. Me lo has mencionado antes, lo siento. Tus compañeros ya están en Los Ángeles.

Vuelve a mirarme, supongo que esperando a que le diga qué es lo que quiero.

Y eso es lo que hago.

—Creo que deberíamos subir a tu habitación.

3

Mientras busco la cartera en la mochila, Alec está dejando un puñado de billetes de veinte dólares sobre la mesa.

—Pago yo —dice.

—Gracias.

Soy plenamente consciente de cada movimiento que hago cuando me levanto y me aliso la falda del vestido porque sé que me está mirando desde detrás. Antes de que me dé tiempo, agarra el asa de mi maleta, me quita la mochila del hombro, la coloca encima de la maleta y se encarga de llevarlas rodando mientras salimos del bar, ahora vacío, y volvemos al vestíbulo. De camino a los ascensores, me doy cuenta de que mantiene las distancias, como si fuéramos dos extraños que se dirigen en la misma dirección. No le doy muchas vueltas; en realidad no puedo pensar en otra cosa que no sea respirar y caminar. Los márgenes de mi visión se emborronan por el vino, la lujuria y el cansancio. Cuando me sujeta la puerta del ascensor para que entre y me sigue dentro del vacío habitáculo, me doy cuenta de que también tiene una expresión distante. En cuanto se cierran las puertas, espero que se acerque más; al fin y al cabo, tenemos que subir veintiséis plantas y la tensión sexual entre nosotros es más que palpable. Espero que me arrincone, que me provoque con esas prolongadas y silenciosas miradas que tiene, pero se limita a apoyarse en la pared de enfrente, cruza un pie sobre el otro y saca el teléfono para escribir algo. Después, pulsa el icono de enviar y se vuelve a guardar el teléfono en el bolsillo, antes de mirar al techo y respirar hondo.

Estoy tan confundida que me quedo muda. Puede que no haya sido lo suficientemente clara de por qué quería subir a la habitación. ¿Creerá que dije eso porque quería terminar con el flirteo? ¡Dios, espero que no! Alec tiene una presencia física tan poderosa que me sofoca: una piernas increíblemente largas, unas manos fuertes que echa hacia atrás y se agarran al pasamanos que recorre el perímetro de la cabina del ascensor, un pecho musculoso que se marca bajo la camisa blanca de vestir. Exuda sexo y confianza en sí mismo, pero por irónico que parezca, da la sensación de ser muy consciente y, a la vez, ajeno a ello. La idea de tener que irme a la cama sola después de toda esta tensión sexual no resuelta es como quedarse a medio estornudar.

Supongo que Alec también se percata de este clamoroso silencio, porque se aclara la garganta, señala el techo con un dedo y dice en voz baja:

—Cámaras. No quiero que me graben haciendo guarradas en el ascensor.

—¡Oh! —El alivio que siento se suma a la embriagadora mezcla que se cuece a fuego lento bajo mi piel. Miro hacia arriba y tomo una profunda y lenta bocanada de aire.

—Tienes el cuello rojo —murmura.

Bajo la vista hacia él y, cuando nuestras miradas se encuentran, una oleada de calor me recorre el pecho de una forma tan brusca, que me invade una extraña emoción. Esto es una locura. Pero no me importa.

¿Alguna vez he deseado a alguien tanto como a este hombre? Recuerdo haberme sentido atraída por Spencer, sobre todo al principio de la relación, pero nunca tuve la sensación de que me faltara el aire por la necesidad de estar con él. Me muerdo el labio inferior para no gritar. Ni siquiera me ha tocado todavía y ya me palpitan los muslos.

Se coloca de frente a mí, con las fosas nasales dilatadas.

—¿Te sonrojas así cuando te corres?

—No lo sé —reconozco con hilo de voz—. Siento que...

—Lo sé. —El ascensor suena y las puertas se abren. Alec se pone en movimiento, me agarra de la muñeca y me saca detrás de él. Quiero que se abalance sobre mí aquí mismo, que me empuje contra la pared. Quiero que sus manos ansiosas se metan bajo mi falda, que apriete la tela entre sus puños. Quiero bajarle la cremallera, liberar su miembro y contemplar su cara cuando le toque por primera vez.

Siento un doloroso vacío en mi interior, tengo la piel irritada y tensa.

Sin mediar palabra, me hace avanzar por el pasillo como si me costara andar. Sus largas piernas tiran de las mías, más cortas, para que corra detrás de él. Pasa la tarjeta llave con la mano que tiene libre, abre la puerta y me empuja al interior. La puerta se cierra con un fuerte golpe. En el mismo instante en que me agarra por la cintura con ambas manos y me vuelve hacia él, mi maleta choca en la pared. Se acerca a mí, nos gira y me atrapa contra la pared.

Posa su cálida boca entreabierta en mi cuello, succionado justo en la zona donde el pulso es más fuerte. Por fin puedo tocar su amplia espalda, deslizando las manos hacia su cuello y hacia su pelo.

—¿Por dónde empiezo contigo? —murmura contra mi piel.

Quiero empezar por el final, con él en mi interior, pero también ansío ralentizar el tiempo y llegar a ese punto poco a poco. Aún no nos hemos besado, y soy muy consciente de que solo voy a tener una oportunidad como esta en mi vida. No solo una noche con Alec Kim, sino este tipo de noche, el tipo de sexo en el que no hay reglas, ni consecuencias emocionales, solo esta intensa necesidad que parece crecer ahora que nos estamos tocando.

Muevo la cabeza y le insto a que acerque su boca a la mía. Él gime cuando nos besamos y a mí casi me fallan las piernas. Esos suaves y carnosos labios rosados toman los míos con firmeza. Me chupa el labio inferior y hace que abra la boca con un suspiro. Sabe a wiski y besa como si ya estuviera follando, con gruñidos y ardor. Alec Kim no es de los que pierden el tiempo.

Se agacha, me agarra el dobladillo del vestido y lo sube por mi cuerpo, sacándomelo por la cabeza y tirándolo para que forme un charco rojo a nuestros pies. Después sube las manos por mi espalda, me desabrocha el sujetador y lo desliza por mis brazos antes de arrojarlo a un lado. Entonces clava sus ojos en mi piel desnuda.

No tengo a dónde ir. Sin embargo, cuando retrocede un paso para mirarme por completo, desnuda, y pegada a la pared, no me movería un ápice de donde estoy ni aunque pudiera. Jamás he visto este grado de lujuria descarnada en un hombre.

Apoya una mano en la pared, junto a mi cabeza, y estira la otra para deshacer con delicadeza el improvisado moño. Mi pelo cae, sedoso y limpio sobre sus manos y sobre mis hombros. Después, me acaricia despacio con el dedo índice la garganta, el hueco entre mis pechos y el estómago. Tengo los pezones duros y noto cómo el rubor asciende por mi torso y cuello. Alec se muerde el labio y contempla cómo sus dedos recorren mis costillas y me ahuecan un seno. Luego se inclina, abre la boca y la cierra sobre un pico enhiesto.

En cuanto noto su lengua húmeda, se me escapa el primer gemido. Llevo las manos hasta su sedoso pelo y se lo agarro entre los puños. Me chupa el pezón, arrastrando los dientes sobre él. Baja la otra mano por mi espalda, colocándola en la curva de mis nalgas.

Meto las manos entre nuestros cuerpos, le saco el dobladillo de la camisa de los pantalones, se la desabrocho y la aparto de su pecho para poder tocárselo. Lo noto cálido y sólido bajo las palmas. Siento su sedoso torso, las costillas que se mueven al ritmo de su respiración, su delgada cintura. Cuando me atrae hacia él y nuestras pieles se tocan, perdemos el control. Toda la paciencia que ha tenido hasta ahora se esfuma. Se quita la camisa y la tira al suelo.

Me agarra de las caderas, me da la vuelta y hace que retroceda con su boca en mi cuello hasta que chocamos con el brazo del sofá. Se ríe contra mi garganta y me alza en brazos. Cuando le rodeo la cintura con las piernas, pregunta:

—¿Al dormitorio?

Hago un gesto de asentimiento, coloco los brazos alrededor de sus hombros y beso su cálido y largo cuello, primero mordisqueándolo hacia abajo y luego lamiéndolo hacia arriba.

Nos lleva por el pasillo al dormitorio, cargándome hasta que me tumba de espaldas sobre el colchón. Se tiende sobre mí, me sube la pierna por encima de su cadera y frota su pelvis contra la mía, con lentos y potentes empujones mientras me besa la mandíbula y el cuello y asciende la mano por mi cintura hasta mis pechos. Luego me los masajea, preparándolos para su lengua. Mueve el cuerpo para chupármelos con fruición. En este momento mi cabeza está llena de pensamientos que soy incapaz de ordenar, así que dejo que vuelen libres, sin filtrarlos. La humedad de su lengua sobre mi pezón. El calor y la succión de sus generosos labios sobre mis pechos. Su erección presionando entre mis piernas, lo mojada que estoy y cómo le voy a poner los pantalones.

Mueve la lengua más despacio, en lentos y perezosos círculos; también ralentiza el movimiento de las caderas. Entonces se levanta, apoyándose sobre los brazos y me mira:

—¿Estás bien?

—Estoy perfecta. —El cansancio ha desaparecido junto con mi ropa. Ahora mismo, lo último que quiero es dormir. Subo la mano desde su estómago hasta su pecho. Puedo sentir el latido de su corazón—. ¿Y tú?

—Sí, solo que... —asiente y baja la cabeza— esto no es algo que suela hacer.

Me río y trazo círculos en su pecho.

—Alexander Kim, me cuesta mucho creérmelo.

—No, me refiero a esto —explica—. Debería tomarme mi tiempo. —Contempla mi boca—. Hace tres horas solo quería estar en mi hotel de Los Ángeles. Ahora, lo único que deseo es que esta noche dure una semana. Ya nunca es así. Últimamente, estar con alguien no es... fácil.

Me muerdo el labio inferior y lo miro fijamente. Creo que entiendo lo que quiere decir, porque me pasa lo mismo. Por primera vez, desde hace mucho tiempo, el sexo solo puede ser sexo, pero eso no lo hace irrelevante. Lo agarro del cuello y lo atraigo hacia mí para que me bese.

Esta vez el beso es más lento, más profundo, más dominante. Sube la mano hasta mi mandíbula y me acaricia con el pulgar justo al lado del lugar en el que nuestras bocas se mueven juntas con naturalidad. Ahora que estamos en la cama, parece que tenemos una eternidad por delante. Noto la combinación de vértigo y devastación que se está gestando en mi sangre; sé a lo que se refería cuando ha dicho que quiere que esta noche dure una semana.

Alec se aparta de mí, se arrodilla entre mis piernas, me separa las rodillas y se sienta sobre sus talones. En cualquier otro momento de mi vida sería consciente de que apenas llevamos dos horas juntos, de que estoy desnuda y de que él está contemplando esa parte de mi cuerpo que solo han visto otros dos hombres más. Además, ninguno de ellos la ha mirado como él lo está haciendo ahora. Pero al ver su expresión, desaparece cualquier duda que haya tenido de que desea esto tanto como yo. Siento que me mira la cara mientras observo cómo su mano se desliza por mi espinilla hasta llegar a la rodilla. Agradezco en silencio al universo las maquinillas de afeitar del hotel. Cuando sube la palma de la mano por mi muslo, me pongo tensa ante la expectativa. Con un gemido bajo, desliza la yema del pulgar entre mis piernas, donde ya estoy mojada, hasta la protuberancia que me hace gritar de placer.

Me rodea el clítoris con el pulgar y suelta una palabrota. Luego vuelve a prestar atención a mi entrepierna y susurra:

—Eres tan suave...

Alzo las caderas, buscando, necesitando algo más que este mero toque. Alec sonríe, gira la muñeca y desliza lentamente dos dedos en mi interior. Casi salgo volando, arqueo la espalda y me aferro a las sábanas con los puños. Se tumba sobre mí y me besa. Su lengua me provoca al unísono que sus dedos. Me siento pesada, como si estuviera en medio de uno de esos sueños que parecen tan reales y fuera a despertarme en cualquier momento. Cuando toco el cinturón de sus pantalones, gruñe contra mis labios y empuja las caderas hacia mis manos.

Le quito el cinturón, le desabrocho el botón y le bajo la cremallera para liberar su erección, buscándola con avidez. Gimo al sentir su sólido peso y le voy bajando los pantalones y calzoncillos por los muslos. Él se los quita de una patada, intentando que sus dedos no abandonen mi interior. Se ríe, antes de darme un beso absorto.

Cuando abro los ojos para evaluar su expresión, me está mirando. La sonrisa espontánea que se apodera de nuestros rostros hace que sienta tal opresión en el pecho que estoy a punto de dejar de respirar. Rodeo su pene con la mano, acariciándolo de arriba abajo y veo en su cara el mismo gesto de alivio abrumador que he sentido antes.

Sus labios me animan en silencio mientras asiente, con las fosas nasales dilatadas.

Esto es mío, pienso. *Aunque solo sea esta noche, eres mío.*

Alec está tan duro que la piel alrededor del glande se estira de forma increíble. Se me hace la boca agua. Lo veo tragar con fuerza, su nuez de Adán se mueve, entreabre los labios mientras su respiración se vuelve más agitada, más entrecortada. Si fuera la primera vez con otro hombre, dudaría de todo lo que estoy haciendo (si estoy aplicando la presión adecuada, si estamos yendo demasiado rápido...), pero esta noche no hay ninguna vacilación. No sé si es la forma en que me mira, que parece que está luchando con todas sus fuerzas por contenerse, o por lo erecto que lo siento en mi mano, pero todo parece estar yendo como debería. Tiene un cuerpo musculoso, suave. La piel le brilla con una pizca de sudor. Quiero sentirlo tomándome en cada parte de mi cuerpo, probar su sal en mi lengua, con toda su longitud incrustada hasta el fondo. Solo con imaginarme cómo debe de estar moviendo la mano dentro de mí hace que el placer ascienda por mi piel, enardeciéndome.

Me follo su mano; él se folla mi puño. Nuestros besos se vuelven más caóticos, embargados por el placer. Sigo pensando que dejaremos esto y pasaremos a la siguiente fase; si solo tenemos esta noche juntos, ¿no debería saborearlo? ¿No debería besarme entre las piernas? Puede que pasemos directamente a tener un sexo alucinante. Pero ahora mismo, solo con nuestras manos, esto es mucho mejor que cualquier cosa que haya experimentado antes. Estoy tan cerca de llegar al clímax, de correrme con tanta fuerza, que me da miedo despertar a toda la planta veintiséis del hotel.

—Quiero sentir cómo te corres en mi mano —dice jadeando cuando me estremezco—. En mis dedos.

No me queda mucho. Y creo que a él tampoco. Cierro los ojos. Alec me besa y murmura contra mi boca: «Estoy a punto, estoy a punto» y después susurra frases entrecortadas y sucias que hacen que el calor ascienda por mi cuello.

Es como si el placer se descorchara en mi interior y se derramara por todo mi torrente sanguíneo y, por el modo en que me late el corazón, se propaga al instante por todo mi cuerpo hasta la punta de los dedos de los pies. Suelto un grito de alivio y me corro en sus dedos mientras mis paredes vaginales se cierran en torno a ellos. Alec me dice que lo sabe, que siente cómo alcanzo el orgasmo. Mi desesperada liberación parece darle de lleno y, con un profundo gruñido, me sigue y siento un cálido chorro contra mi cadera, mientras me mordisquea la mandíbula.

En este momento, me doy cuenta de lo silenciosa que es la habitación y del ruido que hemos hecho con nuestra respiración y los frenéticos movimientos de nuestras manos y cuerpos. El aire parece asentarse como un suave manto sobre nosotros, sumiéndonos de nuevo en la calma.

—Joder —dice, sacando con cuidado los dedos de mi interior.

Me estremezco por la sobreestimulación y él susurra una disculpa contra mi boca, besándome con una dulzura increíble. Ahora que hemos dejado a un lado temporalmente el frenesí, nos besamos apasionadamente hasta que nuestras bocas parecen formar una sola. ¿Cómo es posible que solo hayamos hecho esto esta noche?

Alec me besa el cuello, bajando hasta el pecho. Me acaricia el cuerpo con los dedos húmedos y traza círculos sobre mis pezones, antes de hacer lo mismo con la lengua. Me dice que mi sabor es tan bueno como se lo imaginaba. Estoy desnuda, abierta para él, en una imagen decadente. Quiero que me desarme por completo, con sus manos, con su boca y con su pene. Quiero que se dé un festín conmigo, que me folle, que me posea. Meto ambas manos entre su pelo y él hunde la cara entre mis pechos para quedarse unos instantes quieto y recuperar el aliento.

—Estoy mareado —dice, riéndose.

—Yo también.

—Creo que nunca me he excitado tanto en toda mi vida —reconoce—. Ni siquiera hemos pasado de la tercera base. ¿Es increíble o dramático?

—Increíble —digo con una exhalación. Sus palabras resuenan dentro de mi cabeza, hinchando mi orgullo. *Creo que nunca me he excitado tanto en toda mi vida*—. Da igual dónde o cómo me hubieras tocado —digo—. Incluso si hubieras seguido mirándome como lo estabas haciendo abajo, seguro que habría tenido un orgasmo igual de intenso.

Alec se ríe somnoliento y después su respiración se vuelve más profunda y sus exhalaciones pasan de ser enérgicas a agotadas. Se queda dormido de golpe, como una llama que se apaga, con la boca entreabierta contra mi pecho y abrazándome la cintura. Cierro los ojos y no pienso en nada más hasta que vuelvo a abrirlos, casi una hora después.

Me remuevo en el fuerte confinamiento de su abrazo. No nos hemos movido. Son las dos y treinta y siete de la mañana. Su piel es cálida y suave bajo mis manos. Solo quiero darle una palmada perezosa en la espalda, pero la sensación de tenerlo así es tan buena que se me escapa un pequeño gemido. De forma instintiva, su cuerpo da un lento y profundo empujón mientras arrastra su pene por mi pierna. Alec aparta la cara de mi pecho y me mira somnoliento.

Verlo abrir los ojos tan cerca de mí y la sonrisa de alivio que no puede evitar esbozar me provoca un suspiro. Cuando nuestras miradas se encuentran, me siento como un diapasón al que acaban de golpear y todo en mí vibra. Es increíble lo mucho que lo deseo de nuevo.

Con un silencioso y tranquilo «¿Sí?», sube por mi cuerpo y se pega a mí, deslizándose duro y listo contra el lugar en el que ya vuelvo a estar mojada.

Estoy a punto de preguntarle si tiene protección cuando me besa una vez más y se levanta.

—Voy a por algo.

Lo veo bajarse de la cama y oigo la cremallera de su maleta abriéndose de un tirón, seguido de un frenético crujido y un desgarro de un envoltorio. Me imagino una larga y serpenteante tira de preservativos saliendo de una caja. No me creo para nada que viaje a Los Ángeles con una caja llena.

Cuando regresa y se arrodilla en la cama entre mis piernas, me siento menos tensa.

Coloca una mano sobre mi rodilla.

—¿Estás bien?

Asiento con la cabeza y alzo los brazos en su busca. Alec rompe el envoltorio con los dientes, se agarra el miembro con la seguridad que da la experiencia y desenrolla el preservativo por toda su longitud.

Es una imagen tan erótica que tengo que apartar la mirada y centrarme en su cara. Se cierne sobre mí mordiéndose el labio, inclinándose hasta dejar la punta de su miembro justo en mi entrada. Arrastra su mirada por mi cuerpo, deteniéndose en mi boca. Yo lo necesito ya mismo, que se introduzca por completo en mí. Tiro de sus caderas con ambas manos, pero él me penetra poco a poco, entra un centímetro, retrocede otro, con ese labio inferior carnoso todavía atrapado entre sus dientes. Está completamente concentrado en su tarea, mientras sigue introduciéndose despacio, para luego volver a salir.

La siguiente vez que me penetra un poco más susurra un gutural «Oh, joder».

Es una absoluta tortura. Cuando mira hacia el techo, en un pequeño gesto que demuestra lo mucho que se está conteniendo, y la luz se refleja en su labio superior, veo que tiene un diminuto hilo de sudor sobre él.

No sé por qué, pero es ese pequeño detalle es el que hace que pierda el control.

—Por favor —le suplico.

Vuelve a prestar atención a mi cara, y entonces gime y cierra los ojos.

—No puedo mirarte o enloqueceré. Y no quiero que esto termine.

Suelto una risa tensa e histérica.

—Yo creo que ya he perdido la cabeza.

Se ríe jadeante, incrédulo.

—Lo sé. Me pasa lo mismo.

¿Cómo? ¿Por qué? ¿Será debido a que sabemos que esta va a ser nuestra única vez juntos y no ganamos nada ocultándolo? Me aferro a esa verdad con todas mis fuerzas, porque pensar que esto puede significar algo más, solo me llevaría a un callejón sin salida.

—Te quiero completamente dentro.

Alec se apoya sobre los codos, junto a mi cabeza y posa sus labios hinchados por los besos sobre los míos.

—Lo sé.

Le muerdo el labio y le agarro de las nalgas para empujarlo más profundamente en mi interior, pero él está empeñado en tomarse su tiempo y me hace esperar. Sigue jugando conmigo, entrando y saliendo apenas unos centímetros.

Lo deseo tanto que casi me duele. Abro los ojos y lo veo mirándome con los párpados entrecerrados y ebrio de deseo. Entonces cierra los ojos y empuja su cuerpo hacia delante, penetrándome con tanta profundidad que su pecho se eleva sobre mi cara y se agarra a la parte superior del colchón para sujetarse.

Abandono mi cuerpo. O quizá soy más consciente que nunca de que solo estoy compuesta de una radiante colección de mil millones de terminaciones nerviosas y una masa de tejido y huesos creada para sentir este tipo de placer. Gimo y arqueo las caderas mientras él continúa introduciéndose en mí, en un lento movimiento que enseguida se torna frenético, casi salvaje. Estoy tan mojada, tan preparada, que me corro con solo un puñado de estos perfectos envites, jadeando en busca de aire y de cordura, y subiendo mis manos por su espalda hasta su pelo.

Le oigo soltar una risa de triunfo, de incredulidad, antes de acallarme con su boca.

Lo beso con toda mi alma, como si fuera mi ancla a esta habitación, a este mundo, y durante un instante, me pregunto si me ha pasado algo terrible y este es mi cielo, mi salvación, en esta cama, con este hombre sobre mí, embistiéndome con su cuerpo una y otra vez.

Su respiración pasa de ser entrecortada a rítmica, a dejar de ser solo respiraciones, y convertirse también en gruñidos y después en gemidos más fuertes y ásperos que suelta sobre mis sienes, con los dientes apretados. Está tan duro, tan tenso, que creo que está a punto de correrse. Oigo que sus sonidos cambian a un gemido abrupto, casi sorprendido. Pero entonces se sale de mi interior y yo lo siento como una pérdida brusca e inesperada.

—Todavía no —jadea con fuerza.

Me hace rodar sobre mi estómago y me levanta las caderas para penetrarme desde atrás en una única e increíble estocada.

Grito contra la almohada. Alec se ríe sin aliento y se agacha para presionar la sudorosa frente entre mis omóplatos.

—Joder, ¿esto es sexo? —susurra—. Joder, Gigi.

Yo también me río y muerdo la almohada cuando empieza a moverse, penetrándome en profundidad, dándome todo su miembro, desde la punta hasta la base, pegando sus muslos a los míos antes de apartarlos para volver a empujar con fuerza una y otra vez, golpeando un punto en mi interior que hace que quiera desgarrar las sábanas con mis propias manos.

Sus respiraciones vuelven a mezclarse con otros sonidos. Gemidos y otra risa desbordada e incrédula. Miro por encima de mi hombro y me lo encuentro con la cabeza echada hacia atrás y la cara inclinada hacia el techo con una expresión de dicha absoluta.

Durante un momento, desaparece todo el daño que Spencer le hizo a mi corazón y a mi autoestima. ¿Cómo puedo ser indigna de confianza y transparencia cuando un hombre como Alec me está tratando de esta manera, con tanta facilidad y de una forma tan abierta?

Esto no es solo sexo. Como él ha dicho antes, es este sexo. Sea lo que sea, es increíble. Voy a necesitar unos cuantos días para recuperarme. Voy a tener que esforzarme a conciencia para no estar pensando en esto a todas horas. Si Alec Kim ahora me dijera que quiere algo que nunca he hecho antes, se lo daría sin dudarlo. Podría follarme en cualquier sitio. ¿Quiere que me ponga a gatear? Lo haría. Ansío sentir su exhalación contra mi nuca, las yemas de sus dedos clavándose en mis caderas. Quiero ser toda una depravada para él.

Lo veo mirar hacia abajo, inclinando la cabeza para observar cómo su cuerpo entra y sale de mi interior, pero entonces se percata de que lo estoy mirando y esboza una sonrisa perversa; una sonrisa que me dice que sabe perfectamente lo que quiero, con ese pecaminoso labio inferior atrapado entre sus dientes. Luego se dobla hacia delante y yo me retuerzo un poco para recibir su beso, ardiente y salvaje. Me lame la boca, la barbilla, mordisqueándomela y tirando de ella antes de volver a enderezarse.

—Ven aquí —susurra.

Se sienta sobre los talones y tira de mí hacia su regazo. Me aparta el pelo por encima del hombro, dejando mi cuello a merced de su boca. Embiste hacia arriba, mientras yo empujo hacia abajo. Nuestros cuerpos están tan sincronizados que me encantaría gritar al cielo nocturno de Seattle lo maravilloso que es esto, lo que siento al tener sus brazos a mi alrededor, con una mano ahuecándome la garganta y la otra entre mis piernas, persuadiéndome para alcanzar otro clímax. Me sujeta cuando empiezo a desfallecer. Sí, estamos follando, pero no es solo eso. Alec entreabre la boca sobre mi cuello. Su respiración se vuelve jadeante y su silenciosa concentración se convierte en una ardiente desesperación, tira de mí hacia abajo, moviéndose con unos envites tan certeros que lo único que puedo hacer es maravillarme ante la belleza de su desinhibición. Le oigo susurrar detrás de mí.

—¡Qué bueno! ¡Dios, qué bueno!

Siento que vuelve a estar a punto de correrse. Jadea mi nombre con una tensión cada vez mayor, hasta que clava sus manos en mis caderas y me empala hasta el fondo, llegando al orgasmo con un grito.

Nos desplomamos sobre la cama, con su frente contra mi espalda y su pecho moviéndose agitado, rozando mi columna.

Durante unos minutos, nos quedamos quietos. Sudorosos, enroscados. Me agarra la mano y entrelaza los dedos con los míos. Su palma presiona el dorso de mi mano y luego hace lo mismo con la otra, hasta que me quedo enjaulada entre sus brazos. Y, sin darme cuenta, vuelvo a quedarme dormida.

4

A las cinco, después de haber dormido apenas una hora, las alarmas de nuestros teléfonos suenan al unísono. Me siento como si estuviera drogada, ya que apenas puedo darme la vuelta, pero entonces me doy cuenta de que es porque sigo bocabajo, con un hombre adulto de un metro ochenta y cinco centímetros encima de mí.

Alec empieza a moverse, rueda hacia un lado y gime, cubriéndose la cara con la mano.

—No.

—Estoy de acuerdo —murmuro contra la almohada.

—Así es como deben de sentirse los zombis todo el tiempo.

Parece que ambos solemos hacer lo mismo con las alarmas: dejarlas sonar hasta que paran en unos minutos. El tono de la suya es uno de esos que traen por defecto los teléfonos. Cuando oye el mío, uno de Black Sabbath, le oigo reírse.

—Supongo que también me despertaría con algo así —murmura, dándome un beso en el hombro.

Ahora soy yo la que me río. Luego me estiro para agarrar la botella de agua que hay en la mesita de noche y se la ofrezco. Alec se apoya en un codo, desenrosca el tapón y le da un buen trago. Después de lo que hemos hecho, debería resultarme incómodo mirarlo directamente con la débil luz que se filtra desde el pasillo, pero no lo es. Observo cómo bebe el agua con una satisfacción salvaje; es una de las cosas que más me ha gustado ver en la vida. Tiene marcas de la almohada en la cara y el pelo revuelto. El hecho de que sean las cinco y tengamos un vuelo a las ocho significa que no tenemos tiempo para otra ronda, pero mi cuerpo no se entera y toda la sangre parece acumularse en la superficie de mi piel, a la espera de sus manos.

Cuando me pasa el agua y me llevo la botella a la boca, aprovecha para deslizar su mano sobre mi estómago, acariciándolo de lado a lado con los ojos cerrados y la frente apoyada en mi hombro.

—Me lo he pasado muy bien —dice en voz baja—. Me alegra mucho que te acordaras de mí.

Es maravilloso y terrible a la vez. Maravilloso, porque sé que lo dice en serio; terrible, porque así es como empieza la despedida.

—Yo también. De verdad. No quiero ponerme demasiado intensa, pero he tenido un año de mierda y necesitaba algo como esto.

—Yo también lo necesitaba, aunque por razones diferentes. —Hace una pausa y frunce el ceño—. Pero quiero que sepas...

¡Oh, Dios!

—Alec. —Me vuelvo para sonreírle y oculto la punzada de dolor que siento ante este cambio de ánimo—. No es necesario que lo digas. Vives en Londres. Yo, en Los Ángeles. No creo que volvamos a vernos.

—No, no. Bueno, sí. Por desgracia, eso es lo más probable. Pero me refería a otra cosa. —Me mira fijamente—. Te va a parecer raro, y seguro que lo entiendes después, o eso creo, pero hablo en serio cuando te digo que esto era exactamente lo que necesitaba. Yo solo... —Traga saliva y el rubor asciende por su cuello. Me resulta raro verlo titubear de ese modo—. Me ha hecho muy feliz estar aquí contigo. Lo que sucedió anoche. Pase lo que pase después de esto, quiero que me prometas que lo recordarás. ¿De acuerdo?

Hasta un bloque de piedra se daría cuenta de que Alec Kim está diciendo algo sin decirlo, pero lo está haciendo de una manera tan velada que no sé cómo indagar más. Aunque tampoco me da la oportunidad de hacerlo, porque me agarra de la mandíbula y me da un beso dulce y apasionado a la vez, y vuelve a apoyarme la cabeza en la almohada.

—Ojalá tuviéramos más tiempo —murmura contra mi boca.

Entiendo perfectamente lo que quiere decir. Pero no lo tenemos.

Me mira fijamente unos segundos, exhala despacio y luego, con un gemido bajo, se levanta y se gira para sentarse en el borde de la cama. Quiero darme la vuelta y rodearlo con mis brazos porque, por extraño que parezca, me da la impresión de que necesita un abrazo, pero no creo que sea algo que debamos hacer al alba. Toda la tranquilidad y comodidad que hemos tenido durante la noche empiezan a desvanecerse. Y eso es algo que detesto en silencio.

De pronto, suena el teléfono y ambos nos sobresaltamos. Alec masculla un «¡Oh!» que indica que está recordando algo y luego se inclina y contesta con un instintivo «*Yeoboseyo*», el saludo coreano, para decir a continuación:

—Hola... Sí, gracias. Digamos que unos quince. Gracias. —Cuelga y vuelve la cabeza para mirarme—. Si quieres, puedes usar ese baño de ahí. —Hace un gesto con la barbilla para indicar al que se refiere—. El conserje me está trayendo algo y estará aquí en unos quince minutos. Yo me ducharé en el otro baño.

La realidad ha regresado, haciendo que ambos nos comportemos con una formalidad que resulta completamente antinatural. Le doy las gracias, me aprieto la sábana contra el pecho y aparto la mirada mientras él se levanta desnudo, recoge su ropa del suelo y se marcha con ella al salón.

Justo cuando me estoy levantando, Alec regresa con una toalla alrededor de la cintura, trayéndome la maleta, el sujetador y el vestido. Me gustaría besarlo en señal de agradecimiento; es lo que cada célula de mi cuerpo me pide que haga, pero él se limita a asentir con cortesía y vuelve a marcharse. Segundos después, oigo una puerta cerrarse más allá del dormitorio y el sonido de una ducha al abrirse.

Contemplo mi maleta abierta en la cama y decido que el vestido sigue siendo lo más limpio que tengo para ponerme. Después intento pensar en qué hacer con el asunto de la ropa interior. Podría lavar un par de bragas en el baño y ponérmelas (todavía húmedas) en el avión. También podría ir sin ellas. No me gusta ninguna de las dos opciones, pero es un problema que tendrá que resolver la Georgia de después de la ducha.

Tras darme una rápida ducha y envolverme en una de las suaves y esponjosas toallas del hotel, oigo un golpe bajo en la puerta del baño. La abro y dejo que Alec entre. Está duchado y lleva una camiseta negra y unos vaqueros del mismo color, el pelo pulcramente peinado y una suave barba incipiente. Nada más verlo, mi libido se pone en marcha y saca la bandera blanca. Alec no se da cuenta de que me lo estoy comiendo con los ojos porque tiene la vista clavada en el lugar en que tengo la toalla metida entre los pechos. Una gota de agua se desliza por mi cuello y me da la impresión de que se está planteando quitármela con la lengua. Mi ego archiva este momento para mi álbum de recortes mental.

—¿Sabes lo que es una *thirst trap*? —le pregunto.

Me mira a la cara. Tengo la sensación de que se toma un segundo para pensar en ello.

—¿Las fotos que se suben a las redes para captar la atención sexual de otros usuarios? Tengo treinta y tres años, no ochenta. Sí, sé lo que es.

Le señalo el pecho.

—Eso es letal.

Se ríe.

—¿En serio?

Me fijo en una pequeña bolsa negra que lleva en la mano. Parece contener algo caro.

—¿Qué es eso?

Al recordarlo, la tiende hacia mí y se la cuelga de uno de sus largos dedos.

—¡Oh! Es para ti.

—¿Me has comprado un regalo? —Y luego añado—: ¿*Cuándo* me has comprado un regalo?

—Le pedí a mi asistente que me mandara una cosa. —Me hace un gesto con la barbilla para que agarre la bolsa—. Anoche, mientras estábamos en el ascensor.

Esto me recuerda un poco a *Pretty Woman* y no sé muy bien cómo sentirme al respecto, pero tomo la bolsa y miro el interior. Sea lo que sea, viene envuelto en un grueso papel de seda negro. Cuando lo saco, estoy encantada y horrorizada a la vez.

—El vestido está bien —dice en voz baja—, pero no quería que te subieras a un avión sin ropa interior.

Lo miro fijamente, conteniendo la sonrisa. Él hace una mueca de dolor.

—Es raro, ¿verdad? ¿Te estoy pareciendo un rarito?

—Es un gesto tremendamente dulce —le digo, riendo—. Y sí, también un poco raro. —Es una prenda sencilla, bonita y funcional. Tanto como puede serlo la ropa interior de seda y encaje—. Desde luego soy una novata en lo que a aventuras de una sola noche se refiere.

—Bueno... —Frunce los labios mientras asimila mis palabras—. ¿Cuántas has tenido?

Parece arrepentirse al instante de haberme hecho esa pregunta, pero decido devolvérsela.

—¿Cuántas has tenido *tú*?

Alec me mira fijamente, con los ojos entrecerrados.

—Está bien.

—Gracias por este detalle. —Me pongo de puntillas para darle un beso en la mejilla. Las mejillas siempre son seguras. *No son para los novios,* me susurra mi cerebro. Me centro en el gesto y no en la realidad de que le ha pedido a su asistente que le mande lencería femenina a la habitación del hotel en el que ha dormido por un retraso inesperado. ¿Será algo que hace a menudo? ¿Le habrá sorprendido siquiera?

Bueno, da igual. Esto resuelve mi dilema de la ropa interior, así que decido dar las gracias por ello.

—Ahora iré mucho más cómoda en el avión. En serio.

—Hablando de ir más cómoda. —Hace una pausa y hace un gesto hacia la bolsa—. Dentro hay algo más. —Levanta la mano y se rasca la nuca. Se vuelve a poner rojo y sus movimientos denotan su inseguridad.

Hurgo dentro y encuentro un trozo de papel rígido.

Es un billete de avión.

Me quedo blanca.

—Alec, esto es... *No.* No puedes comprarme un billete de primera clase para volar a Los Ángeles.

—De verdad que no es nada, Gigi.

—Para mí, sí. Es mucho.

Se acerca y me acuna la cara.

—No has dormido. Y ya venías exhausta de Londres.

—¡Por eso precisamente puedo dormir como un tronco en un asiento de turista!

—Si no lo quieres, todavía tienes el otro billete. —Se inclina y posa sus labios en los míos. Este beso tiene un efecto extraño en mi corazón. Sin duda es el último que compartiremos. —Tú sí que me has dado un regalo, solo por estar aquí. Voy a ir al aeropuerto solo. Tengo algunas cosas que hacer. Pero he pedido que a las seis te recoja un coche.

Se me cae el alma a los pies.

—De acuerdo. ¡Vaya! Gracias... Gracias por ti. Por el coche, por la habitación. Por la ropa interior y el billete. —Me voy sintiendo más incómoda a medida que aumenta la lista—. Y por las bebidas. —Las siguientes palabras salen de mi boca antes de que pueda detenerlas—: Y por el maravilloso sexo.

Alec se ríe.

—Estuvo genial. Ha sido increíble.

Y entonces me dice un «Cuídate, Gigi» y sale del baño, cerrando la puerta tras de sí.

Por mucho que me diga que no voy a hacerlo, lo busco en la puerta de embarque y empiezo a preocuparme a medida que pasa el tiempo y no lo veo. Cuando estoy en mi asiento, miro a todas las personas que pasan por delante y me pregunto: ¿se habrá quedado con mi asiento de turista? ¿Estará alguien más yendo a casa gracias a Alexander Kim? ¿Dónde se habrá metido? ¿Me habrá dado su billete?

De hecho, Alec es el último en subir al avión. Entra con una gorra de béisbol, gafas de sol y el teléfono pegado a la oreja.

Al pasar por mi asiento, el 1B, esboza una pequeña sonrisa, pero no se detiene a hablar conmigo.

Está claro que la primera señal de que estoy pasando por alto algo importante ha sido el pequeño discurso que me ha dado esta mañana en la cama. Pero la segunda es quizá más obvia: a los pocos minutos de que Alec se siente, las tres auxiliares de vuelo se acercan a saludarlo. Está dos filas detrás de mí, al otro lado del pasillo. *En el 3C,* me grita mi cerebro. Eso significa que él puede verme, pero yo no, a menos que me dé la vuelta.

Como necesito una distracción, me agacho, saco el teléfono antes de que nos digan que lo pongamos en modo avión y escribo un mensaje a Eden.

> Hola. Por fin de camino a casa.

Me responde al instante tal y como esperaba que hiciese (vive con el teléfono pegado a la mano).

> ¡Sí! Te he echado de menos. ¿Hablamos esta noche?
> Me estoy quedando frita.

Es una pregunta lógica. Es mi mejor amiga y compañera de piso, pero también una camarera que trabaja de miércoles a domingo. Veo más al camarero buenorro a tiempo parcial de The Coffee Bean & Tea Leaf que a Eden.

> Puede que me desmaye a mitad de una frase,
> pero seré toda tuya hasta que entre en coma.

Le doy a enviar y luego miro fijamente el teléfono. Quiero hablar de esto en persona; nadie más que Eden va a entender lo genial que ha sido la noche anterior dentro del contexto del Año de Mierda de Georgia. Pero el hecho de que Alec haya subido al avión intentando pasar desapercibido, y la aduladora atención que enseguida le han prestado las azafatas me ha dejado la extraña sensación de que lo de anoche fue irreal. ¿Está como un tren? Sí. ¿Pero quién es? ¿Me estoy perdiendo algo importante? No puedo evitar repasar toda la conversación que mantuvimos en el bar, poniéndonos al día de nuestras vidas.

De modo que vuelvo a escribir a Eden y le doy a enviar para que siga prestando atención a nuestros mensajes en vez de a la aplicación en la que ve todas esas series coreanas que tanto le gustan. Seguro que ahora mismo está tumbada en la cama, viendo alguna escena de sexo de su drama favorito. Cuando está en ese plan, es casi imposible conseguir que te preste atención.

> He tenido una aventura de una noche.

Y como soy la última persona de la que se esperaría algo así, me devuelve una serie de signos de exclamación seguida de un «Q U É».

> Ha sido absolutamente increíble (ya te contaré todo cuando llegue), pero esta mañana me ha comprado un billete de primera clase para volver a casa y, cuando ha subido al avión, las azafatas se han acercado para saludarlo. Así que ahora estoy en el avión, aquí sentada, preguntándome QUIÉN ES ESTE TIPO.

> Sí, ¿quién es?

> ¿Te acuerdas de mi amiga Sunny, la que se mudó cuando teníamos doce años? Pues es su hermano. Lo reconocí. Mi yo adolescente se quedó muerta.

> No me extraña.

> ¿Y es bueno en la cama?

Miro fijamente el teléfono. Si le respondo solo con un «sí», le estaría mintiendo. Porque ha sido más que bueno. Todavía puedo *sentirlo*.

Me ha cambiado (¡Dios, qué cursilada!), pero no como para estar desesperada por verlo o para necesitar tener más de esto. A lo que me refiero es que me ha cambiado a mí y a mi jodida forma de pensar post-Spencer. Me ha recordado que la verdadera conexión humana no es fruto de la casualidad. Ojalá hubiera podido explicárselo mejor esta mañana, cuando le he dicho que lo de anoche era justo lo que necesitaba, porque me gusta la idea de que Alec se lleve eso con él y con lo que quiera que le depare después. Al fin y al cabo, ¿a quién le importa si he hecho el ridículo desnudando mi alma ante él? No voy a volver a verlo, y al menos se dará cuenta de que su capacidad de mostrarse ante mí de esa manera significa algo.

Escribo un «Ha sido absolutamente increíble, E», pero luego lo borro porque me siento como si estuviera compartiendo algo sagrado. Vuelvo a intentarlo: «Ha sido justo lo que necesitaba». También lo borro. Demasiado cliché.

Cierro los ojos y me recuesto en el asiento. Quiero darme la vuelta y ver si me está mirando ahora mismo. Tengo la sensación de que sí. Solo necesito un simple contacto visual para confirmar que mi memoria no es una mierda. Pero no puedo mirar, no sin sentirme rara o hacer que parezca raro. Solo ha sido una noche.

Así que me limito a escribir un «Sí», le doy a enviar y luego apago el teléfono.

Alec me ha comprado un billete en primera clase para que durmiera y creo que la mejor manera de agradecérselo es, al menos, intentarlo. En cuanto cierro los ojos, me siento mareada de inmediato. Es la misma sensación que he tenido las pocas veces que me he emborrachado lo suficiente como para ponerme mal. El asiento gira debajo de mí y la oscuridad parece colarse por los bordes de mis párpados.

Pero creo que también estoy un poco embriagada de Alexander Kim.

Intento recordar cómo era visitar la casa de Sunny cuando era una niña. Mientras mi cerebro se va sumergiendo en una somnolencia cada vez más profunda, imagino su porche, su salón, el olor de su cocina, la oscura escalera. Me dejo llevar por el sueño, y cuando las ruedas del avión tocan tierra, abro los ojos de golpe, despertándome con la sensación de haber estado allí. Puedo percibir el intenso sabor del *tteokbokki* picante de la señora Kim en la punta de la lengua; puedo sentir el suave rocío del aspersor del césped en las plantas de los pies; puedo oír a Alec gritando a su amigo en la calle.

La familia Kim estaba muy unida, pero no eran muy abiertos a la hora de profesar su afecto. La vida que Alec llevó después de que yo lo conociera le ha enseñado a comunicarse con la intuición emocional que ha mostrado en el hotel, y después del viaje que he tenido, significa algo.

No quería que te subieras a un avión sin ropa interior.

¿Cuántas has tenido?

No has dormido. Y ya venías exhausta de Londres.

La experiencia me ha enseñado que un gilipollas no suele decir esas cosas. Me habría dado cuenta si lo fuera. O eso espero al menos. Durante las dos últimas semanas, he tenido entrevistas horribles. Entrevistas sobre hombres que ahora estoy convencida de que drogaron a mujeres, las violaron y grabaron el acto en vídeo para compartirlo con sus amigos. He hablado con los amigos que vieron esos vídeos sin pensar que estaban haciendo nada malo. Me he reunido con porteros de discoteca, empleados y clientes que presenciaron cómo sucedía todo y nunca se plantearon decir nada.

Cierro los ojos con fuerza. Pensaba que había conseguido erigir la coraza de desapego que exige mi profesión, pero no sobrevivió a los horrores que descubrí en Londres. Y durante todo el viaje, tuve el agrio sabor de las mentiras de Spencer en el fondo de la garganta. Los hombres de mierda pululan por todas partes.

Necesito un minuto más con Alec. Fue auténtico conmigo. Le di las gracias por el billete, por el vino y por el sexo, pero nunca por eso. Nunca le dije: «Eres un buen hombre», y por alguna razón, ahora me parece importante darte cuenta de cuándo te estás encontrando con una persona así en tu vida.

En cuanto el avión aterriza, enciendo el teléfono y le envío un mensaje a Eden hablándole de ese apremio que siento, porque necesito disiparlo como sea.

Creo que me estoy volviendo un bicho raro.

¿Por qué?

> Quiero decirle que lo que me hizo anoche estuvo genial, pero que lo que ha hecho esta mañana ha estado aún mejor.

La luz de llevar el cinturón de seguridad puesto se apaga. Todos nos ponemos de pie, estirándonos en el pasillo.

> Pero bueno, chica, ¿qué es lo que te ha hecho esta mañana?

> Ya te lo explicaré luego. Ha sido un buen tipo. Se ha preocupado por mí.

> ¿Sigues borracha?

Saco la mochila del interior del compartimento superior y me vuelvo para mirarlo. Sigue en su asiento, sin mostrar señal alguna de tener prisa por salir del avión. Nuestras miradas se cruzan solo un segundo antes de que alguien se interponga entre nosotros, bloqueándome la vista. No dura lo suficiente como para que me dé cuenta de lo que está pensando.

> No. Solo estoy cansada. Y sensible. Quizá, lo mejor que puedo hacer es conseguir un taxi.

> Conseguir un taxi, ¿frente a qué otra opción?

> Esperarlo.

> No lo esperes. En eso consiste la locura.

Eden tiene razón. Si me inclino por la opción de esperar tener más contacto con él, me voy a llevar una decepción. Los dos hemos dejado claro que lo de anoche solo ha sido cosa de una vez. Y Alec ya ha hecho suficiente por mí. Al estar en la primera fila y de pie, no me queda más remedio que salir cuando la puerta del avión se abre. Si él quiere, en cuanto bajemos del avión, no le costará mucho alcanzarme con sus largas piernas. Pero al echar un vistazo hacia atrás no lo veo entre los pasajeros que acceden a la pasarela, y después tampoco entre la gente que viene por la terminal detrás de mí. Puede que lo haya perdido de vista, pero la terminal en la que estamos no está muy concurrida. Además, no es fácil perder de vista a un hombre con el aspecto de Alec Kim.

Lo que podría explicar por qué, cuando salgo al vestíbulo de la zona de llegada, hay al menos doscientas personas (la mayoría mujeres) esperando de pie, con carteles, pancartas y ropa que llevan su nombre.

5

¡BIENVENIDO A CALIFORNIA, ALEXANDER KIM!
¡SARANGHAE*, ALEXANDER KIM!
CÁSATE CONMIGO, DOCTOR SONG
USA AMA A JEONG JINWON

Parpadeo sorprendida. Mientras miro estos signos crípticos, tratando de entender lo que significa alguno de ellos, siento como si saliera flotando de mi cuerpo.

Por fin, con el corazón martilleándome en el pecho, llevo rodando mi maleta hasta colocarme detrás de una columna y hago lo que debería haber hecho anoche en el vestíbulo del hotel antes de que me llevara a su cama, antes de que nos tomáramos unas copas en el bar, antes incluso de que le siguiera a su habitación para darme una ducha.

Busco en Google a Alexander Kim.

Y... ¡Mierda!

El navegador de mi teléfono se llena al instante de fotos y enlaces a artículos, entrevistas, páginas de fanes en coreano y en inglés. Fotos de él en Seúl, en Londres, en Nueva York. Y entonces, veo una foto en particular y me doy cuenta de que soy la mayor imbécil del mundo.

Sí, puede que lo reconociera porque es el hermano de Sunny y el primer chico del que me enamoré, pero esa no es la única razón por la que su rostro me resultó tan familiar. Y el motivo por el que tuve la sensación de

---

* «Te quiero» en coreano. (N. de la T.)

que era como si acabara de verlo el día anterior fue porque en realidad así había sido, ya que su cara aparece en la mitad de los carteles de promoción de todas las estaciones del metro de Londres.

¿Un ejecutivo de la BBC que *ha venido para reunirse con las cadenas estadounidenses?*

Sí, eso se acerca bastante a la realidad.

Me apoyo en la columna, abatida. Soy tonta de remate.

Se llama The West Midlands.

Si pudiera encontrar la forma de que el suelo del aeropuerto de Los Ángeles se abriera y me tragara, lo haría.

Al fondo, el público empieza a corear al mismo ritmo frenético que los latidos de mi corazón: «¡Alexander Kim! ¡Alexander Kim!».

Los coros cada vez se oyen más, y cuando cuatro hombres vestidos con trajes negros se abren paso con Alec justo detrás de ellos, toda la terminal estalla en gritos. Su equipo de seguridad mantiene alejada a la multitud con los brazos estirados, formando un pasillo para pasar hasta, supongo, el coche que está parado en la acera. Pero Alec se detiene en seco, estupefacto por la imagen que tiene delante. Puede que haya tenido suerte y haya podido moverse por Seattle sin que nadie se haya percatado de quién es, ¿pero acaso se ha olvidado de cómo adoran en Los Ángeles a las celebridades?

Esboza una sonrisa encantadora y firma unos cuantos autógrafos, se detiene un momento para hacerse un par de fotos y luego intenta abrirse paso entre la multitud. Mientras tanto, me he quedado atrapada en un tramo vacío de suelo a unos diez metros de donde él está rodeado, dándome cuenta de que he pasado la noche con un hombre al que debería haber reconocido por las razones correctas, dándome cuenta de que estoy tan sumergida en mi burbuja periodística que no he sabido quién era una de las mayores estrellas de Corea, Londres y, ahora, del mundo, dándome cuenta de que Alec tuvo un sinfín de oportunidades para decirme quién era, pero ni siquiera lo intentó. No se molestó en compartir conmigo esa parte tan importante de sí mismo a medida que yo seguía hablándole de mi trabajo, de Spencer y...

Y yo quería darle las gracias por haber sido auténtico conmigo.

Te va a parecer raro, y seguro que lo entiendes después.
Hablo en serio cuando te digo que esto era exactamente lo que necesitaba.
Me ha hecho muy feliz estar aquí contigo. Lo que sucedió anoche.
Pase lo que pase después de esto, quiero que me prometas que lo recordarás.
¿De acuerdo?

Bueno, qué suerte que ha tenido al haber obtenido justo lo que necesitaba, exactamente como lo quería.

Le mando otro mensaje a Eden.

> Me he dado cuenta de quién es. Había una multitud esperándolo en el aeropuerto.

¡Dios! Seguro que Eden me lo habría dicho si se me hubiera ocurrido decirle su nombre.

> Espera, ¿qué? ¿¿¿Quién es???

> Se llama Alexander Kim.

Responde de inmediato con una hilera de letras y símbolos incoherentes. Como si estuviera aporreando el teclado.

Alzo la vista en el momento en que Alec vuelve la cabeza y mira incrédulo hacia la distancia, escudriñando la multitud. Entonces nuestras miradas se encuentran. Me siento traicionada. Lágrimas de vergüenza ascienden por mi garganta, quemándome los ojos. Soy la primera en apartar la vista, justo cuando él pronuncia en silencio mi nombre. Me doy la vuelta y salgo por las puertas que tenía detrás de mí.

Mi frenética búsqueda en internet no me calma ni un ápice durante el viaje de vuelta a casa atestado de tráfico. Ni siquiera respondo a los mensajes de texto cada vez más histéricos de Eden, porque, por lo visto, tengo toda la intención de castigarme a mí misma por lo idiota que soy.

Por ejemplo, sabía que se había mudado de Londres a Seúl a los veintidós años, pero no tenía ni idea de que lo habían descubierto en la calle, que lo había contratado una empresa de representantes de actores, lo había formado como actor y que, a los veinticinco años, había actuado en su primera comedia romántica sobre un grupo de patinadores profesionales. Su personaje, el segundo protagonista masculino, se enamoraba de la hija de una influyente y adinerada familia asiática. (Me acuerdo de la pregunta que le hice en el bar. «¿Te sigue gustando patinar?». Él me respondió con un «¿En serio?», con una cara de incredulidad que, por supuesto, ahora entiendo).

Obtuvo su segundo papel en un drama fantástico en el que interpretaba a un fantasma que solo podía tocar a la mujer de la que está enamorado cuando ella sueña con él. Y para conseguir que ella soñara con él (atención) tocaba el piano.

Cuando leo esto último, suelto un sonoro gruñido que hace que el conductor de Lyft me mire de una manera extraña desde el retrovisor.

Ahora también sé que, cuando Alec cumplió veintiocho años, se tomó un descanso de su profesión como actor para cumplir con el servicio militar obligatorio. Regresó a la pantalla con un drama de ciencia ficción que recibió críticas de todo tipo. Continuó con *A Quiet Devastation,* una película independiente que se convirtió en un éxito inesperado en toda Asia, y gracias a la cual ganó casi todos los premios más importantes de drama panasiáticos de ese año. Después de aquello, obtuvo el papel de Jeong Jinwon en *My Lucky Year,* que por lo visto es el drama coreano de mayor audiencia de todos los tiempos.

Ahora está representando el papel del doctor Minjoon Song en la tercera temporada de la exitosa serie de la BBC *The West Midlands.* En *The Hollywood Reporter* dicen que la próxima temporada se centrará en la historia del estoico doctor Song y su inusual y apasionado enamoramiento de una mujer a la que conoce cuando esta tiene un accidente de coche durante una tormenta de nieve.

¡Dios bendito!

Se rumorea que está saliendo con su actual coprotagonista, una actriz francesa que, aunque ambos lo niegan y yo esté convencida de que no tienen ninguna relación sentimental, es tan guapa que me dan ganas de darme un puñetazo en la cara. Al buscar información sobre ambos en Google (una búsqueda que ni en un millón de años pensé que haría), termino con la pantalla llena de GIF de escenas de besos; escenas tan ardientes que me excitan y me dan náuseas a la vez y que, como es lógico, están enardeciendo a las seguidoras de los k-dramas y de las series de la BBC.

En uno de esos GIF, Alec se aparta después de dar un beso abrasador y se apoya sobre las rodillas para quitarse la camiseta. Lo veo en bucle unas diecisiete mil veces en el asiento trasero del coche. ¡Santo Dios! Tiene unos abdominales que son como un hermoso jardín de rocas simétrico y hay tantos enlaces a ediciones de YouTube de esa escena, que tengo que dejar el teléfono y ahuecarme la cara con las manos.

Cuando llegamos a la puerta de entrada a mi edificio, Eden está fuera. En cuanto me ve se pone a gritarme antes incluso de que salga del coche. Mientras saco el equipaje del maletero, consigo entender algo de lo que me grita: «Pero ¿cómo es posible que no supieras que era el puto Alexander Kim?»; «¿Por qué no me enviaste un mensaje de texto con su nombre en cuanto entraste en su habitación?». Pero con el caos que tengo en la cabeza gracias a Alec, y con las pocas horas de sueño que he tenido, soy incapaz de andar y escuchar su enloquecida diatriba al mismo tiempo. Necesito subir a mi apartamento, meterme en la cama y dormir durante cien días.

Por desgracia, ni Eden ni mi plazo de entrega me van a dejar hacerlo. Cuando estaba en Londres, cada vez que hablaba con mi editor, Billy, se interesaba más y más por la historia del Júpiter. Quiere quinientas palabras, pero está dispuesto a estirarlas hasta unas casi inauditas mil quinientas si puedo. Como suele decirme: «Haz que me explote la cabeza con esta».

Eden me sigue a mi dormitorio y se sienta en mi cama.

—Empieza por el principio.

Dejo la maleta en un rincón y decido ignorarla por ahora. Puede que para siempre.

—E, tengo un montón de trabajo.

—Diez minutos —me pide—. Solo necesito diez minutos. Podrías haberme llamado en el coche para ahorrar tiempo.

—No quería hablar de ello delante del conductor de Lyft.

—No —replica ella, mirándome fijamente—. Necesitabas buscar toda la información posible de él en Google.

Eden es la única persona que ha vivido conmigo mis mejores y mis peores momentos. Fue mi compañera de cuarto en la universidad, mi compañera de piso después de la universidad, mi compañera de piso después de Spencer, y la única persona de nuestro grupo de amigos que nunca terminó de congeniar con Spencer y que me advirtió que no me fuera a vivir con él. «No confío en él, George. No sé cómo la va a cagar, pero me preocupa que lo haga». Fue la única que se puso de mi lado después de nuestra ruptura y la que sugirió que los cinco que se pusieron de parte de Spencer necesitaban una «desprogramación inmediata de la secta».

Eden Enger me ha visto con el corazón destrozado y con un subidón en un concierto de *rock* y nunca me ha juzgado por ello. Pero ahora mismo, está a punto de juzgar mi absoluta ignorancia. Voy a tener que prepararme para lo que me viene encima.

—Está bien. —Me siento en el borde del colchón y me tumbo bocarriba—. Desahógate, no te cortes.

—Gigi Ross —gruñe—, ¿cómo es posible que no supieras a quién te estabas tirando? Si tuve la foto promocional de Alexander Kim sin camiseta de *Quiet Devastation* de fondo de pantalla en el ordenador durante, ¿cuánto?, ¿seis meses?

—En ese momento vivía con Spencer —le recuerdo—. No lo vi.

—¡Pero si la cara de Alexander Kim debe de estar por todo Londres!

Hago un gesto de asentimiento.

—En casi todas las estaciones del metro. Está en todas partes. No tengo ninguna excusa, solo... —me froto la cara con las manos— no he estado pendiente de la televisión. En lo único en lo que he podido pensar ha sido en esa panda de gente horrible que forma parte del mundo de la noche. Tienes que alegrarte de que no me cruzara con él cuando estaba allí. Te aseguro que ya me siento bastante estúpida yo sola sin tu ayuda.

Me aparta las manos y se tumba a mi lado. Apoya un codo sobre el colchón y la cabeza en la mano.

—Empieza por el principio. —Sus cálidos ojos marrones se suavizan—. ¿Dónde lo viste primero?

—En el aeropuerto. —Le cuento cómo supe que lo había visto antes. Ella suelta un resoplido y se tapa la boca con la mano, prometiéndome que se va a comportar. Le comento que en un primer momento no me acordaba de su nombre y que, cuando lo recordé en el hotel, le llamé Alec—. Creo que ahí se dio cuenta de que no lo conocía de la televisión. Y me soltó unas cuantas indirectas, en serio, no sé cómo pude ser tan burra, pero no pillé ninguna.

—Seguro que fue por eso —dice en voz baja.

—¿Que fue por eso qué?

—Que por eso dejó que te ducharas en su habitación y te invitó a una copa y... todo lo demás.

—¿Porque conocía a Sunny?

—Bueno, por eso y porque no lo conocías a él.

Odio que me diga eso. Voy a tener que esforzarme para que no se me note lo mucho que me ha afectado. El problema es que tuve le sensación de que sí lo conocía. De que me comporté con Alec tal y como soy y que él hizo lo mismo conmigo. Que fuimos nosotros mismos cuando estuvimos juntos. Pero está claro que no fue así.

—¡Oh, no! De ninguna manera. No me gusta esa expresión. —Estudia mi cara—. Vamos a olvidarnos de esto y sigamos adelante.

—Sí, sigamos.

Le cuento como fue ir a la habitación de Alec, la ducha, la fuerte tensión sexual que hubo entre nosotros después.

—Lo sentía por todas partes —le digo. Al oír su risita, añado—: En serio, incluso cuando estuve de espaldas a él, podría haber calculado la distancia que nos separaba con un margen de error de un par de centímetros. —La miro y hago una mueca de dolor porque sé que esto va a destrozar su pobre corazón de fan acérrima—. No te imaginas cómo hace notar su presencia. Es una auténtica locura.

Eden grita y se cubre la cara con ambos brazos.

—¡Esto es *horrible*!

Asiento.

—Sí, lo es.

—No me puedo creer que mi mejor amiga se haya acostado con Alexander Kim. —Hace una pausa, baja los brazos y, cuando se da cuenta de lo que realmente está diciendo, abre los ojos de par en par—. George, te has acostado con *Alexander Kim*.

Suelto un suspiro.

—Sí.

Tras unos segundos, Eden se sienta y recobra la compostura.

—Y bien —dice con una tranquilidad forzada después de haber respirado hondo unas cuantas veces—, ¿fue sexo del bueno?

A mi cabeza acude la imagen de él moviéndose dentro de mí, penetrándome poco a poco. Su cara mirando al techo. El labio superior brillando por el sudor. El recuerdo me produce vértigo, provocándome una incómoda y dolorosa presión en el pecho.

—Lo fue. —No quiero explayarme mucho porque siento que es algo demasiado íntimo. Aun así, estoy segura de que ella se ha percatado de lo temblorosa y débil que me ha salido la voz.

Joder, dijo él. *¿Esto es sexo?*

Y supe exactamente a qué se refería.

—En realidad, me ha arruinado para el resto de mis días.

Eden golpea el colchón con la mano.

—Lo *sabía*.

Me río.

—Eden, no seas rara.

—¿Te das cuenta de que te has acostado con mi hombre perfecto?

Asiento con la cabeza.

—Reconozco que me siento un poco culpable.

—¡Claro que tienes que sentirte culpable! Llevo enamorada de él una década. Si yo llegara y te dijera: «Anoche me acosté con ese atractivo editor del *New York Times* que tanto te gusta», ¿no estarías intentando que te contara cómo fue con todo lujo de detalles?

Le sonrío de oreja a oreja.

—Creo que ambas sabemos que, de las dos, no soy yo la entrometida.

—¡Dijo la periodista!

—Hablando de lo cual... —Le pongo las manos en la espalda y la saco de mi cama.

Me mira desde el suelo.

—Odio que no estés gritando y poniéndote histérica con todo esto. En serio, estoy deseando volverme loca con el hecho de que mi mejor amiga se haya acostado con el hombre que va camino de convertirse en la mayor estrella de la BBC de la década y ni siquiera puedo contárselo a Becky o a Juan. Porque no puedo, ¿verdad?

—No. —Sus compañeros camareros son un par de adorables chismosos cabezas huecas. Si se enteraran, lo mío con Alec terminaría subido a Instagram en cuestión de una hora. Pero sé lo que quiere decir. No me siento emocionada, ni deliciosamente cachonda. Me siento cansada y un poco triste—. Creo que estaría más animada si hubiera sido sincero y me hubiera dicho quién era.

—Tal vez le gustó la idea de poder ser alguien anónimo contigo.

Asiento y me muerdo una uña, mientras vuelvo a pensar en lo que Alec me ha dicho esta mañana.

Me ha hecho muy feliz estar aquí contigo. Esto era exactamente lo que necesitaba. Pase lo que pase después de esto, quiero que me prometas que lo recordarás.

—Lo que ocurre es que me siento un poco utilizada.

—Yo dejaría que el doctor Minjoon Song me utilizara como le diera la gana.

Me río.

—Ya lo sé. Y siento decírtelo, pero es exactamente como te lo imaginas.

Vuelve a tumbarse en el suelo y se pone a hablarme como si estuviera en un ataúd, con los brazos cruzados sobre el pecho.

—Te ha regalado ropa interior y un billete de avión, ¿y ni siquiera vas a llamarlo?

—Eso es lo mejor. —Me asomo por el borde del colchón para esbozar una sonrisa irónica—. Ni siquiera nos hemos dado nuestros números.

Durante una hora, tengo el cerebro demasiado lleno como para escribir algo que sea productivo. La convención farmacéutica es como un aburrido zumbido gris en el fondo, y todo lo relacionado con el Júpiter parece un confuso revoltijo: demasiadas caras, detalles y líneas temporales super-puestas. Alec está presente en todo, el marcado ángulo de su mandíbula, el calor de su cuerpo, el tranquilo y profundo murmullo de su voz; pero, de alguna forma, Spencer también está ahí y su traición se filtra en mis pen-samientos, lo que me provoca una confusa combinación de ira, lujuria y horror que hace que me cueste horrores encontrar la objetividad necesaria.

Sé que debería dormir un poco antes de ponerme a escribir, pero me quedan poco más de treinta horas antes de entregar a Billy los dos artícu-los para que los envíe a la redacción. Y uno de ellos no es solo una «histo-ria», sino la primera gran oportunidad que me han dado desde que empecé a trabajar para el *Times*. No puedo meter la pata.

Escribo las aburridas quinientas palabras sobre Derecho Internacional farmacéutico, envío el documento y luego trabajo casi hasta la media no-che en lo del Júpiter. Duermo hasta las cuatro y me arrastro fuera de la cama para terminar lo que sé que es un borrador de mierda.

Cuando solo me queda medio día para la entrega, empiezo a editarlo.

Pero como el periodismo suele regirse por la Ley de Murphy, justo cuando he pillado el ritmo (con las notas recopiladas y organizadas, los dedos volando sobre el teclado, modificando párrafos enteros y mi mente encajando las innumerables piezas en una narración clara y coherente), recibo un correo de Billy diciéndome que una fuente verificada del Júpiter quiere reunirse conmigo en un hotel de Wilshire a las nueve de la mañana, lo que se comerá por lo menos una hora y media de mi plazo de entrega. Pero lo ha marcado como URGENTE, y sé lo que eso significa.

Que no tengo elección.

6

Una mujer notablemente alta me recibe en el vestíbulo del Waldorf Astoria y parece identificarme de inmediato.

—¿Georgia? —Tiene un acento británico seco que parece ir acorde con el pelo pelirrojo recogido en un severo moño—. Soy Yael Miller. Por aquí.

Antes de que pueda estrecharle la mano, ya se ha dado la vuelta y ha dado dos largas zancadas hacia la zona de ascensores.

Me inquieta la falta de información, aunque no demasiado. Billy sabe dónde estoy y con quién me voy a reunir. Él no me enviaría a ningún sitio en el que corriera peligro. Y es evidente que esto es importante, ya que accedió a darme una prórroga de doce horas en el plazo de entrega.

Entramos en el ascensor, Yael Miller pulsa el botón del ático y subimos en silencio. Al cabo de un momento, las puertas del ascensor se abren y salimos a una pequeña estancia con una única puerta delante de nosotros. Pasa una tarjeta, la abre y me hace un gesto para que entre.

Hago lo que me pide, pero ella no me sigue. La puerta se cierra con un fuerte soplido, dejándome encerrada dentro.

Y entonces el corazón se me sale por la garganta y se me cae al suelo. De pie, frente a las ventanas, recostado con las manos apoyadas en el alféizar, y con un aspecto muy parecido al que tenía en el ascensor que nos llevó hasta su habitación hace solo dos días, está Alec Kim.

Las primeras palabras que salen de mi boca son por puro impulso.

—Tiene que tratarse de una broma.

Alec se endereza al instante.

—No te vayas.

Ya estoy haciendo el amago de darme la vuelta y estoy convencida de que mi cara refleja las ganas que tengo de salir de aquí, pero entonces un recuerdo amargo me golpea como una píldora disuelta en mi lengua.

—Espera, ¿ella es tu asistente?

—Sí.

—¿La que me compró la ropa interior?

Alec asiente.

—Bien, recuérdame que le dé las gracias al salir. Estoy segura de que le encanta hacer ese tipo de recados.

—Ha sido la primera vez que lo ha hecho —confiesa.

—Pues no ha debido de sentarle muy bien —replico, mirando a mi alrededor—. No me ha dirigido la palabra mientras hemos subido en el ascensor.

—Ella es así. —Cuando entiende a lo que de verdad me estaba refiriendo, enarca ambas cejas—. No tiene nada que ver con los celos. A Yael no la atraigo de esa manera.

Exhalo despacio y miro hacia un lado. No tengo ni idea de por qué estoy aquí. ¿De verdad Alec tiene algo que contarme sobre el Júpiter? Y, si es así, ¿por qué no me dio indicio alguno de que sabía algo cuando estuvimos juntos en Seattle?

—Bueno —digo, mirando los cuadros de la pared. Parecen caros. No recuerdo haberme fijado en ese detalle cuando estuvimos en la *suite*—. Ya estoy aquí. ¿Qué querías contarme?

Inhala con fuerza por la nariz y asiente despacio.

—Me imaginé que algo andaba mal por la manera en que te fuiste del aeropuerto..., pero ahora, por tu voz, se nota que estás cabreada.

—No estoy enfadada, Alec. Estoy molesta. Compartí una noche muy emotiva con alguien que me mintió sobre quién era, y ahora me has hecho venir aquí, con un plazo de entrega de por medio, y no sé para qué.

—Para mí también fue emotiva —responde, obviando el resto de lo que le he dicho—. Pero ambos sabemos que no habríamos tenido nada de eso si te hubiera contado más sobre mí.

Puede que tenga razón. Aun así, le digo:

—Me sigue pareciendo horrible.

—¿Trabajas en la sección de noticias internacionales del *LA Times,* no tenías ni idea de quién era yo, y se supone que tengo que sentirme mal por no habértelo dicho?

Abro la boca, estupefacta.

—Eres actor, no un diplomático —contrataco—. ¿De verdad tienes un ego tan grande?

Suelta un gruñido de frustración y mira al techo.

—Vamos, sabes que eso no es lo que quiero decir. Yo solo... O te cabreas porque no te lo dije, o te alegras de la noche que tuvimos, pero no puedes hacer ambas cosas.

—Por supuesto que puedo. De todos modos, lo que tuvimos hace dos noches fue una mentira.

Él se echa hacia atrás como si acabara de darle un empujón. Siento una punzada de culpabilidad en el pecho.

—¿Por qué se me iba a ocurrir que debía aclararte quién era? —pregunta—. ¿Qué importancia habría tenido, al menos al principio? Eras la mejor amiga de la infancia de mi hermana. Dejé que usaras el baño de mi habitación. Pensé que eso sería todo, y que daba igual si solo creías que era el hermano de Sunny. Pero luego empezamos a hablar, nos tomamos unas copas y, antes de darme cuenta, nos estábamos agarrando de la mano. Y cuanto más tiempo pasaba sin decírtelo, menos ganas tenía de hacerlo.

—Quisiste saberlo todo sobre mí, y luego te mostraste poco claro con respecto a tu vida. Al menos podías haberme dicho: «Esta noche, quiero evadirme de la realidad» o «No me apetece hablar de ello». No soltarme medias verdades para darme la impresión de que estábamos siendo igual de abiertos el uno con el otro.

—Me gustó poder ser solo un hombre contigo —dice—. No tener que estar a la altura de ninguna expectativa y que no te pusieras nerviosa conmigo. Me gustó que fueras real. Nunca consigo ser yo mismo, jamás. —Me mira fijamente durante varios tensos segundos—. Pero siento haberte mentido.

No sé qué podemos hacer a continuación.

—¿De verdad me has traído aquí para hablar de lo que pasó entre nosotros? ¿No tienes nada que contarme sobre el Júpiter?

Se toma unos segundos para responder. Y en esos momentos de silencio, observo cómo aprieta la mandíbula primero y luego la relaja.

—No —dice por fin—. Tengo algo que contarte al respecto.

Mi cerebro cambia de actitud al instante.

—Espera. ¿Sabes algo?

Esta historia es un polvorín. Ian, mi compañero periodista del Reino Unido, y yo nos hemos pasado las dos últimas semanas tratando de descubrir lo que sucede realmente dentro del Júpiter. Encontramos algunos bombazos, pero sin ninguna fuente dispuesta a hablar con nosotros, también dimos con un número frustrante de callejones sin salida.

¿Y Alec sabe algo tan importante como para llamar a Billy y hacer que me mande aquí? Atónita, abro y cierro la boca.

Él se da cuenta enseguida de lo que estoy pensando.

—En el hotel, no sabía si podía hablar de esto. —Alec no rompe el contacto visual, pero hace una leve mueca de dolor—. Por desgracia, mi fuente se lo está pensando.

Estallo en una risa incrédula.

—Eres un puto mentiroso.

—No lo soy. Hay muchas cosas que quiero contarte, pero no es mi historia. No puedo hablar de ello si la persona en cuestión no quiere.

—Si resulta que estás involucrado de algún modo en este asqueroso... —digo entre dientes.

—¡Gigi! —me interrumpe, horrorizado—. ¿Lo dices en serio? Eso es... —Cierra los ojos y toma una profunda bocanada de aire—. No tengo absolutamente nada que ver con el Júpiter, ni como inversor ni como cliente. Eso no es lo que quería contarte.

O es un actor aún mejor de lo que me imaginaba o yo soy demasiado blanda.

—Bien —digo ahora con más suavidad—. Es un gran alivio saberlo.

Abre los ojos y me mira fijamente.

—Creía que tenía información para darte que podría ayudar a desenmascarar a alguien, pero resulta que no es así.

La adrenalina abandona mi cuerpo como si acabaran de tirarme una jarra de agua fría, dejándome entumecida.

—De acuerdo. Pues entonces, ya hemos terminado aquí.

Voy hacia la puerta, pero Alec me detiene con un agudo:

—¡Espera! —Freno en seco, aunque no me doy la vuelta—. También... me he dado cuenta de que no nos dimos nuestros números de teléfono.

Ahora sí que me giro, muda de asombro.

—Eres increíble.

—Vamos. Estoy intentando hacer las cosas bien.

Siento un doloroso e inesperado pellizco en el corazón.

—¿Por qué?

—Porque en las últimas treinta y seis horas solo he podido pensar en ti.

Esas palabras opacan cualquier otro pensamiento. Me olvido de la historia y, durante unos segundos, también me olvido de estar enfadada. En lo único en que me fijo es en su postura, con las manos metidas en los bolsillos y el tangible movimiento de su nuez de Adán mientras traga saliva. Veo cómo se humedece los labios, esperando ansioso mi respuesta.

—¿Por qué? —repito. Aunque esta vez en voz más baja.

—Porque... —no parece estar seguro de cómo responder a esto— necesitaba volver a verte.

Por lo visto solo sé responder con las dos mismas palabras.

—¿Por qué?

Esboza una breve sonrisa fugaz.

—Vamos, Gigi.

—Por el sexo —llego a la conclusión.

—Por lo que sea que hay entre nosotros —me corrige—. Me cuesta creer que solo me haya pasado a mí. ¿Lo de la otra noche te pareció sexo normal y corriente? ¿El tipo de sexo que has tenido con otras personas?

—No creo que sea una comparación justa —digo—. Me apuesto a que mi lista es mucho más corta que la tuya.

Se lleva una mano al pelo y aparta la vista. Debería sentirme culpable por ese golpe bajo, pero me quedo demasiado absorta contemplando su mandíbula apretada y la forma en que el cuello se le enrojece por el enfado. La sensación profunda y voraz que se adueña de mi estómago hace que todo lo demás pase a segundo plano.

—Bien. —Alec se vuelve hacia mí—. Entonces eres consciente de que, si solo quisiera sexo, podría conseguirlo en cualquier parte.

Exacto, me increpa una voz en mi cabeza. *La asistente que envía ropa interior a Seattle también puede encontrar a alguien que satisfaga sus necesidades. No se trata de eso, y lo sabes, Gigi. Estás siendo una cobarde.*

Dejo escapar un tembloroso suspiro.

—Lo siento. No debería haberte dicho eso.

—Sí. —Parpadea mirando la ventana y frunce el ceño—. Bueno, supongo que ya hemos respondido a esa pregunta.

—¿Qué pregunta?

—Si lo que pasó entre nosotros sucedió porque no sabías quién era yo.

No sé por qué esto hace que me ponga a la defensiva.

—Eso no es justo.

Me mira sorprendido.

—¿Por qué no es justo?

—Porque tienes que dejar que esté dolida por haber sido sincera contigo y tú no.

—¿Eso es lo que crees? ¿Que no fui sincero contigo?

Y aquí, justo aquí, es donde me ha pillado. Y él también lo sabe.

Nos miramos fijamente, con respiraciones rápidas y profundas, nerviosos.

—Si reconociera que te he hecho daño —empieza en voz baja, intentando contener una sonrisa tímida, pero falla y le aparece un hoyuelo en la mejilla—, ¿entonces qué?

Me muerdo el interior de la mejilla para no devolverle la sonrisa.

—Entonces... no lo sé.

—Ven aquí —me pide en un suave murmullo.

Quedarme quieta implica fingir que mis pies son bloques de hormigón.

—Tengo que revisar mi artículo.

Me mira, apretando la mandíbula y hace un gesto de asentimiento.

—Cierto. Tienes que entregarlo en plazo.

¿Y... ya está? ¿Va a dejar que me vaya sin más? Me siento como un globo al que acaban de pinchar con un alfiler. Mi cabeza es una vorágine de emociones: alivio, lujuria, enfado, anhelo, obsesión... Alec Kim tiene un efecto salvaje en mi sangre.

A ver, el artículo está escrito. Lo único que me queda es una revisión.

Y, al convocarme aquí, me ha dado doce horas más.

Se me empiezan a ocurrir varias excusas que voy descartando. Alec me observa, cada vez más divertido, a medida que va pasando el tiempo sin que me dé la vuelta y desaparezca por la puerta. Al cabo de un rato, por fin le digo:

—Ven *tú* aquí.

Camina hacia mí con una risa serena, parándose tan cerca de mí que siento el calor que despide su cuerpo.

—¿Entonces qué?

¿Oirá mi corazón? Debe de ser lo más ruidoso que hay en esta habitación.

—Sigo sin saberlo.

Me agarra la mano, entrelazando sus dedos con los míos.

—¿Esto?

—Tal vez. —Soy incapaz de contener la sonrisa que esbozan mis labios. Alec me rodea la cintura con el brazo que tiene libre, me atrae hacia él y me pega a su pecho.

Un abrazo en toda regla.

—¿Y esto? —pregunta.

Al sentir el familiar contacto con su cuerpo y la dulce seducción de su abrazo, se me instala un nudo de emoción en la garganta. Todos los recuerdos de la noche que pasamos juntos afloran al instante. Le rodeo el cuello con el brazo libre, tirando de su cabeza hacia abajo hasta que apoya la frente en la mía, y así, con los ojos cerrados, respiramos entrecortadamente al unísono durante unos segundos.

Cuando abro los ojos, lo encuentro mirándome. Antes de darme cuenta y poder evitarlo, lo miro con ternura.

Alec sonríe y se aparta un poco.

—¿Cómo de enfadada puedes estar si me miras así?

—Muchísimo.

Reprime una risa.

—Ese «muchísimo» no ha sonado muy intimidante. —Se besa la yema de un dedo y la frota con ternura sobre mi corazón.

—Me he sentido como una imbécil —reconozco—. Te conté lo de Spencer. Te hablé de mi trabajo.

—No estuvo bien. —Me da un beso en la frente—. Lo siento. Te habría contado más de mí, pero fui un egoísta. Lo sé. La noche estaba siendo perfecta y me preocupaba que todo se fuera al garete.

—De todos modos, ¿qué estamos haciendo? —pregunto—. Ahora mismo, apenas nos conocemos.

—Eso no es verdad. Puede que hayamos cambiado mucho en los últimos catorce años, pero al igual que sucede con las renovaciones...

Sonrío cuando ambos nos damos cuenta de que no ha podido escoger una metáfora peor.

—¿Siempre formaremos parte de los cimientos del otro? —me aventuro a decir.

Alec asiente y se ríe con una mueca de dolor.

—Vaya una comparación que he elegido. No puede ser más horrible.

—No, ha sido muy bonita.

Me detengo un momento para mirarlo de verdad. Sé que su rostro debería despertar en mí otro tipo de conciencia, transportarme al tembloroso territorio de los nervios. Al fin y al cabo, fue el chico del que me enamoré siendo una niña y ahora es toda una celebridad. Pero el escalofrío que recorre mi columna no es debido a los nervios o a la inseguridad; es un hambre voraz por él.

Alec se inclina, acercando sus labios a los míos y con la vista clavada en mi boca.

—Hueles tan bien...

—¿En serio?

Asiente con un murmullo.

—El otro día, por la mañana, no quería ducharme. Quería sentir tu aroma sobre mí un poco más. —Ladea la cabeza y toma una profunda respiración debajo de mi mandíbula—. Olías a una mezcla de azúcar y sexo.

Sus palabras encienden un fuego en mi interior. Meto la mano por debajo de su camisa, sintiendo ese cuerpo que ya conozco, pero al que añado las nuevas imágenes que tengo en mi cabeza: la de la foto de la isla de Jeju con la camisa abierta por la cintura, dejando al descubierto su firme abdomen; lo alto que es y cómo tiene que agacharse para besarme; todos los artículos que han escrito sus seguidores hablando de sus proporciones perfectas... Ahora sí que he entrado en un nuevo territorio de hiperconciencia.

Y esta boca, que ha sido la protagonista del primer plano de miles de fotos, me está besando la mandíbula, el cuello...

Cierro los ojos y me aparto.

—Vale. Esto es muy raro.

Él percibe al instante lo que me está pasando.

—No. —Ladea mi cara para que lo mire—. No hagas eso.

Vuelvo a rodearle el cuello con las manos. Le clavo los dedos en el pelo. Acerca su boca hasta dejarla a un escaso centímetro de la mía y espera a que sea yo la que tome la decisión.

Me pongo de puntillas, atrapo su labio inferior con mi boca y tiro de él. Le oigo soltar un gemido de desesperación antes de agarrarme de la nuca y profundizar el beso con la lengua y los dientes. Luego baja la otra mano por mi espalda hasta llegar al trasero donde me sujeta y aprieta las nalgas.

—Esto —dice, cuando se separa para inhalar un poco.

Entiendo lo que ha querido decir. Que esto seguimos siendo nosotros.

Camina hacia atrás, hacia la cama, tirando de mí. Se sienta en el borde del colchón y sonríe mientras yo me siento a horcajadas en su regazo.

Entonces tomo su mandíbula con la yema de los dedos y lo miro con atención, contemplando cada uno de sus rasgos. Memorizándolos. Los cálidos ojos oscuros. La nariz recta perfecta. Los carnosos y suaves labios que me hacen la boca agua. La mandíbula afilada y esos pómulos de ensueño.

—¿Cuánto tiempo tenemos?

Levanta el brazo y mira su reloj sin mover la cabeza.

—Tengo una entrevista aquí dentro de dos horas.

Perder dos horas de trabajo no es mucho tiempo. Mejor esto en vez de comer, o limpiar, o responder correos electrónicos.

Acerco la punta del dedo a su mejilla izquierda y, cuando sonríe, la encajo en el hoyuelo que aparece. Se acerca y me besa.

—No te muevas.

Trazo un sendero con el dedo desde la frente hasta su nariz, pasando por el arco del labio superior. Alec espera con paciencia mientras le recorro el labio inferior. Le agarro de la mandíbula y le levanto la cabeza para mirarle el cuello. Tengo especial predilección por las gargantas masculinas, y la suya es material de primera para las fantasías y la culpable de esos sueños en los que me despierto excitada y sudorosa.

Así que es lo primero que atrae mi atención. Paso la lengua por toda su longitud, deteniéndome en la nuez de Adán, que vibra contra mis labios cuando gime.

Luego le chupo los labios, lamiéndolos, mordisqueándoselos. Alec empieza a mover las caderas debajo de mí, empujando hacia arriba despacio, mientras mete las manos por debajo de la parte trasera de mi camiseta.

Le beso los pómulos, los párpados. Poso la boca en su sien, respirando el fresco olor de su champú. Su mano hace un lento trayecto por debajo de mi camiseta, deslizándose por mi columna vertebral. Después, con un rápido movimiento de los dedos, me desabrocha el sujetador.

Cuando me aparto un poco, abre los ojos y los clava en los míos. Me quedo inmóvil, como si el tiempo se hubiera detenido, sintiendo como si estuviera mirando dentro de mi mente.

Su mirada me recorre el rostro. Me aparta un mechón de pelo de los ojos.

—¿Lo ves? Tenía razón.

—¿Ahora te vas a poner en plan engreído?

—Mmm. ¡Ajá! —Se acerca a mí y, en cuanto me besa, desaparece la paciente espera que hemos intentado mantener durante los últimos minutos. Su boca ardiente, abierta, se apodera de la mía con el mismo ímpetu que yo siento. Vuelve a meter sus grandes manos debajo de mi camiseta, deslizándolas hacia la parte delantera para acunarme los pechos mientras exhala algo que no entiendo.

—¿Qué acabas de decir?

Mueve los labios por mi garganta.

—Suena mejor en coreano, pero básicamente te he dicho que me gustan mucho estas.

Me río.

—¿Mis tetas?

Él también se ríe y me echa hacia atrás para poder levantarme la camiseta, posar la boca en mi estómago y besarme el cuerpo.

—Esta es una forma más agradable de admirar tus curvas.

Encajo las caderas en las suyas, frotándome contra la dura protuberancia que siento en sus pantalones de vestir.

Suelta un suave gruñido de frustración.

—Un descuido inesperado —dice, antes de mordisquearme el labio inferior.

—¿El qué?

—Esta no es mi habitación. Es la habitación que usamos para las entrevistas.

—Entonces después no te vas a sentir muy cómodo, ¿verdad? —pregunto, riéndome.

—No creo; estaremos en la sala de estar. —Frunce el ceño—. Lo que ahora me preocupa es que aquí no tengo la maleta.

En un primer momento no capto lo que quiere decir. Pero entonces hace un movimiento rotatorio con las caderas, presionando contra mi centro y... ¡Oh!

—¿No hay preservativos?

—No.

—Podemos hacer otras cosas —le digo mientras lo beso.

—Si la memoria no me falla, la última vez se nos dio bastante bien la primera ronda. —Se lleva un pecho a la boca.

Me quito la camiseta y luego hago lo mismo con su camisa. Alec se acomoda sobre mí. Noto su piel, cálida y suave. Cuando vuelve a besarme, mi excitación aumenta, ahuyentando las ganas que tengo de ir despacio y disfrutar de cada segundo. Le clavo las uñas en la espalda, sabiendo que le voy a dejar marca, pero eso solo lo vuelve más frenético. Se pone de rodillas, me quita los vaqueros y se queda quieto en cuanto ve mi ropa interior.

Le sonrío.

—No te preocupes. Ayer hice la colada.

Alec esboza una sonrisa distraída, encendida por la pasión.

—¿Te gusta cómo me quedan?

Desliza un dedo bajo la tela de mi cadera.

—Sí.

—Me recuerdan a ti.

—Entonces —dice, acariciándome la piel—, ¿te has puesto esto hoy sin saber que ibas a verme?

—Exacto.

—¿A pesar de estar enfadada conmigo?

Hago un gesto de asentimiento.

Baja el dedo por el doblez de la seda, sobre mi pubis, y después sigue descendiendo entre mis piernas hasta llegar al clítoris.

Le veo cerrar los ojos. Hace un círculo con el dedo, baja aún más, y cuando extiende mi cálida humedad alrededor, suelta un gemido.

Se aparta, me lleva hasta el cabecero de la cama y después se coloca entre mis piernas.

Mi cerebro se sume en el caos. Me vuelvo loca solo con imaginarme lo que está a punto de hacer. Necesito... Necesito tomar un poco de aire antes de que lo haga.

—Espera.

Me mira.

—¿Qué?

—Estoy casi desnuda.

Continúa mirándome, esperando, siento su cálida y entrecortada respiración contra mi estómago.

—¿Y?

—Y tú no.

Al darse cuenta, retrocede, se sitúa a los pies de la cama y se lleva las manos al cinturón. Aquí es cuando me percato de que he cometido un error. Contemplar cómo se quita los pantalones a plena luz del día no va a ayudar a que me relaje. Oigo el suave chasquido del metal de la hebilla en la silenciosa habitación. El sonido de la cremallera bajando diente a diente es obsceno. Se muerde el labio y esboza una sonrisa que debe de estar relacionada con la que quiera que sea mi expresión mientras lo observo.

Para vengarme, deslizo la mano por mi cuerpo, ahuecándome el pecho y pellizcándome levemente el pezón.

Alec suelta un gruñido y sube la apuesta en este juego enganchando los pulgares bajo la cinturilla de sus calzoncillos oscuros, tirando de ellos hacia abajo, y liberando su dura longitud. Después, sin dejar de mirarme, se la rodea con la mano y empieza a acariciarse.

Se me hace la boca agua y actúo por instinto. Me siento a los pies de la cama para pasar las manos por sus muslos hasta llegar a las caderas. Lo atraigo hacia mí, le aparto la mano y lo mantengo quieto, usando la humedad de mi lengua.

Sorprendido, exhala una palabrota y apoya una mano en mi hombro para no perder el equilibrio.

Siento su pene suave y duro bajo mi lengua. Sabe a lujuria. Cuando me meto la punta en la boca y la chupo, lo miro a la cara para no perderme su expresión.

Retrocede con un gemido y se inclina para darme un beso en la mandíbula.

—¿Gigi?

—¿Mmm?

Pega su boca a la mía.

—¿Qué haces?

—¿Tú qué crees?

—Me has embaucado para que me quitara la ropa.

Me río.

—Y tú me has provocado tocándote. ¿No te gusta que te besen aquí?

—Me gusta demasiado —dice. Gime cuando lo acaricio, vuelve a besarme y me empuja por los hombros hasta dejarme tumbada en la cama. Coloca la mano sobre la que tengo alrededor de su pene y las mueve al unísono en unas cuantas caricias antes de apartarme—. Todavía no.

Mete las manos bajo mis brazos y me arrastra por el colchón antes de descender de nuevo, trazando un sendero de besos húmedos por mi torso hasta llegar a mi entrepierna.

Retira la seda de mis bragas hacia un lado, se inclina, separa mis labios vaginales con el pulgar y me da un beso en el clítoris, succionándolo ligeramente.

No sé cómo voy a sobrevivir a lo que viene a continuación. A su boca voraz, chupándome con fruición, explorándome y jugando con su lengua experta. Al principio, sus dedos son suaves; me penetra primero con uno, luego con dos, después con tres, y entonces ya no está seduciéndome, sino follándome con la mano, introduciendo los dedos profunda y rápidamente hasta que todo mi interior es luz y calor, hasta que el placer es tan intenso que es lo único de lo que soy consciente, hasta que oigo mis propios gritos y me doy cuenta de lo ruidosa que estoy siendo, de que tengo que ser más silenciosa y me tapo la cara con la almohada...

Pero Alec me la quita y la lanza a un lado.

Así que mis gritos vuelven a salir libres, hacia el techo, inundando el ambiente.

Me quedo sin aliento, con un brazo echado sobre la cara y el pecho agitado, intentando normalizar mi respiración, pero él no se retira de inmediato. Me besa con dulzura, con la boca cerrada; es como un aterrizaje suave después de una caída prolongada y brusca. Nunca me había imaginado que el sexo oral pudiera ser así. Que existiera tal cosa.

Alec, también sin aliento, trepa por mi cuerpo, arrastrando su boca mientras avanza, pero se detiene en mis pechos.

—¿Todo bien? —pregunta, antes de trazar un círculo con la lengua sobre mi pezón.

Asiento con la cabeza y bajo el brazo.

—Mírame —susurra—. Mírame y dilo.

—Estoy muerta. —Me las arreglo para abrir los ojos, pero necesito unas cuantas respiraciones para pronunciar las palabras—. Nunca nadie me lo había hecho así.

Continúa haciendo círculos con la lengua.

—¿Así cómo?

Tengo que buscar las palabras.

—De una forma tan salvaje... —Miro al techo y jadeo—. Tan voraz.

Siento que me mira fijamente durante un instante antes de volver a prestar atención a mis pechos lamiéndolos, chupándolos y humedeciéndolos. El sonido de su boca al alejarse y sus graves gruñidos contra mi piel hacen que tiemble de anhelo. Me parece increíble que, después de haberme provocado ese orgasmo tan potente hace apenas dos minutos, vuelva a hacer que me sienta insaciable y anhelante tan pronto. Pero veo cuáles son sus intenciones en cuanto se cierne sobre mí, se sienta a horcajadas sobre mis costillas y me aprieta los pechos alrededor de su pene.

—¿Te parece bien?

Asiento con la cabeza, pero él me mira y enarca una ceja fingiendo estar molesto.

—Me gusta —le digo con una sonrisa de oreja a oreja.

Se pone a juguetear con mis pechos y empieza a moverse. Mis manos se quedan libres para tocarle los muslos, la cintura y el pecho. Cuando le rozo los pezones con las uñas, suelta un siseo tenso y hambriento.

—Sí —dice cuando lo hago de nuevo.

Y esa única palabra se convierte en una llamada y respuesta susurradas; la suya cada vez más tensa y la mía alentándolo con ímpetu. Nunca en mi vida he visto nada más erótico que Alec intentando alcanzar el clímax desesperado.

Le acaricio la piel por todas partes, hasta llegar a sus dedos, húmedos y resbaladizos. Entonces deja que sea yo la que me agarre los pechos y él se sujeta al cabecero.

—Gigi —dice, antes de tragar saliva con fuerza—, me corro.

Gime con fuerza. Una, dos veces. Contemplo su rostro mientras libera su placer, que cae cálido y húmedo sobre mi pecho y cuello. En el silencio jadeante que sigue, llevo los dedos hasta su semen, mientras observo cómo me mira.

—¿Estás bien? —pregunta, frotándome con dulzura el labio inferior con el pulgar.

Asiento con la cabeza.

—Me estás echando a perder. El sexo ya no volverá a ser igual.

—¿Lo era antes?

—Por favor, cualquier hombre que haga lo que tú me has hecho ahí abajo ha tenido un montón de sexo del bueno.

—Creo que jamás me he puesto como ahora. Así de salvaje, como has dicho —añade—. Me preocupaba hacerte daño.

Le sonrío.

—¿Tengo pinta de que me hayas hecho daño?

—No. —Se echa hacia atrás, se acomoda sobre mí y murmura las siguientes palabras contra mis labios—: Eres preciosa.

Y ahí está, la dicha y la tragedia entrelazadas de esto. Hace que me sienta guapa, incluso estando sudada, tumbada sobre la cama desecha de un hotel.

Se levanta y se dirige al baño. Oigo el agua correr y, un momento después, regresa con una toalla templada y mojada, con la que me limpia los dedos el cuello y los pechos.

—Y pensar —digo, peinándole un mechón de pelo que le cae sobre la frente con la mano— que vine aquí creyendo que iba a obtener información para mi artículo y en cambio hemos terminado así. Ni siquiera puedo enfadarme por haber perdido dos horas de edición.

Alec dobla la toalla del revés y vuelve a pasarme con cuidado la parte limpia por el cuello. Después deja escapar un murmullo de constatación.

—Te prometo que te lo contaré en el momento en que me dejen hacerlo.

Ladeo la cabeza y lo miro.

—En realidad, creo que ya no puedes contarme nada de forma oficial. Acabamos de cargarnos cualquier tipo de imparcialidad.

Deja la toalla en la mesita de noche y se tumba de costado, frente a mí, con la cabeza apoyada en una mano.

—Bueno, no creo que me sintiera cómodo hablando de esto con nadie que no fueras tú.

—Alec, ¿qué pasa? —Termino la pregunta justo cuando oímos llamar a la puerta con un único golpe de nudillos.

Sobresaltado, se fija en la puerta antes de clavar la vista en el reloj que hay junto a la cama. Ni siquiera me molesto en mirar, pero su tono me ha dejado inquieta. Parece molesto... devastado en realidad. Por primera vez, pienso que el que Alec conozca a alguien que sabe algo quizá no es tan sencillo. Si no responde a mi siguiente pregunta, Yael Miller va a tener que sacarme de aquí a rastras.

—¡Eh! —Le agarro la barbilla para que me preste atención y hago todo lo posible para que no me tiemblen las manos y mantener un tono de voz firme—. Al menos dime que no tengo que preocuparme por tu seguridad.

—Estoy bien —me asegura con premura—. De verdad. —Baja la vista hasta el lugar en el que el que está dibujando espirales sobre mi clavícula con el dedo. Vuelven a llamar a la puerta. Dos veces en esta ocasión—. Pero es lo más que puedo decirte antes de que Yael entre aquí.

7

Decir que cuando llego a casa estoy preocupada sería un eufemismo. Alec tiene información sobre la historia en la que he estado pensando casi todas las horas que he pasado despierta el mes pasado, y no tengo ni idea de qué puede tratarse, cuándo me lo va a contar o si alguien lo va a saber antes que yo. Entiendo que tenga que aclararlo antes con su fuente, pero ¿cambiará lo que llevo escrito? Además, soy consciente de que no se trata de ninguna nimiedad, sino de algo importante. Algo lo bastante grande como para que mantuviera una expresión tensa y nada comunicativa cuando me ha acompañado a la puerta y me ha dado un beso de despedida.

Ha sido un pico vacilante, aunque para ser justos, ambos sabíamos que iba a ser así: estábamos vestidos, cada uno en su papel (él en el de actor deslumbrante; yo en el de periodista ávida de noticias), con el peso de una bomba de magnitud desconocida entre nosotros.

—Intenta dormir un poco —me ha dicho. Y luego ha añadido—: No te preocupes. En serio.

—¿Cuándo terminarás esta noche?

—Tarde. —Y entonces me ha puesto en la mano un iPhone de última generación—. Te prometo que te llamo mañana.

Me he quedado con la vista clavada en el dispositivo.

—Esto no es mío.

—Si no te importa, me gustaría que usáramos números distintos a los habituales. He agregado mi número privado en los contactos.

Me he reído al oírlo. Lo he llamado «Casanova 007» y he bautizado al aparato con el nombre de «Bat-teléfono», pero mi sonrisa se ha esfumado en cuanto he comprendido la verdad: tontear con Alec después de saber que tiene información sobre el caso en el que estoy trabajando genera una serie de conflictos personales y profesionales.

—De acuerdo, sí, bien pensado.

Me ha dado un beso rápido, ha dejado entrar a Yael y ambos se han puesto en marcha para preparar la batería de entrevistas mientras yo tomaba el ascensor para volver a la planta baja.

En cuanto llego a casa, por supuesto, lo busco en Google por segunda vez. Pero ahora por un motivo diferente. La última vez quería averiguar por qué la gente lo estaba esperando en el aeropuerto de Los Ángeles; ahora quiero saber con quién pasa el tiempo, dónde suelen encontrárselo los fotógrafos y los fanes y a quién puede conocer que esté relacionado, aunque solo sea por encima, con el Júpiter.

Y mientras me sumerjo en una búsqueda profunda por internet, me alivia descubrir que Alexander Kim no suele prodigarse en público. Su vida social parece de lo más respetable. La mayoría de los lugares donde se le ha fotografiado son aeropuertos, museos, alfombras rojas y en los distintos platós donde ha trabajado.

No hay ningún indicio que lo relacione con el Júpiter.

Cuando suena el teléfono, se me revuelve el estómago.

—Hola, Billy —lo saludo mientras me recuesto en la silla del escritorio y cierro los ojos.

—¿Cómo lo llevas?

—Ya lo he terminado. Ahora solo le estoy dando un repaso.

—¿Con la nueva información de esta mañana? —pregunta con tono distraído, entrecortando las palabras. Me lo imagino en su escritorio, con barba de tres días, bebiendo un café frío y leyendo otra cosa a la vez que habla conmigo.

Hago una pausa y exhalo un lento y prolongado suspiro. Podría hablarle de mi relación con Alec. Es más, *debería* hacerlo. Pero sé lo que pasaría: Billy me apartaría de la historia y se la daría a otra persona. He llegado demasiado lejos para renunciar a ella; además, tampoco es que Alec me haya contado nada.

—Su fuente se ha echado para atrás —comento—. Cuando he llegado allí no tenía permiso para hablar de ello.

—¡Mierda! —espeta Billy entre dientes—. ¿Qué ha pasado? ¿No intentaste animarlo para que te contara algo?

Cierro los ojos. La culpa me revuelve las tripas.

—Claro que sí.

—Bueno, quizá sea suficiente con lo que tienes. Vamos a hacer un repaso rápido.

Me siento recta y enderezo la pantalla del portátil.

—De acuerdo. Bien, empezamos con mujeres que han sido agredidas en las salas VIP de un club exclusivo y hombres poderosos que han utilizado su influencia para encubrirlo. Luego abordamos la historia a fondo. Lo más seguro es que nadie de los Estados Unidos haya oído hablar de esto, así que ofrezco algunos datos del club. El Júpiter abrió hace nueve meses, blablablá, por una estrella del pop y un grupo de hombres de negocios de éxito que ya han sido propietarios de algunos de los clubs más conocidos de Londres. Situado en el corazón de Brixton, tiene capacidad para albergar a unos ochocientos invitados y cuenta con varias zonas VIP en las que, por lo que parece, hay habitaciones privadas equipadas con cámaras de vídeo. —Contemplo el artículo en mi pantalla, preguntándome qué nivel de detalle quiere Billy que incluya—. Prefieres que no mencione el nombre del portero, ¿verdad? ¿Incluso aunque su cuenta de Twitter fuera pública antes de que dejara de existir?

—Sí —responde—. Es mejor ser precavidos. Mantener todo en las instancias superiores, algo así como: hace unas semanas, un portero le dijo a su jefe que las mujeres estaban siendo acosadas en el club. El portero recibió una paliza, según él como represalia. Fue a quejarse al jefe de su jefe y acabó siendo despedido.

—Entonces su cuenta de Twitter desapareció —continúo, asintiendo.

—Correcto. El gorila fue despedido, decidió compartir la historia en Twitter y luego publicó capturas de pantalla que dijo que alguien le envió de unas salas de chat privadas donde queda claro que los propietarios del club están compartiendo imágenes de contenido sexualmente explícito que se graban en la zonas VIP. —Toma un bocado de algo y continúa hablando—: Y entonces...

—Entonces la cuenta de Twitter desaparece. Cuando encontré al portero (Jamil Allen), no quiso hablar con nosotros. Hay callejones sin salida por todas partes. No sabemos quién es el anfitrión de las salas de chat *online*, o quién le envió las capturas de pantalla. Y luego, un par de días después, mientras Ian y yo estamos en un *pub*, revisando nuestras notas, él recibe una llamada de una mujer que consiguió su número a través de Jamil y le dice que unos ejecutivos del Júpiter se han puesto en contacto con ella y le han preguntado directamente si quiere llegar a un acuerdo económico.

Espero a que Billy reaccione a esto último. Tarda un segundo:

—Espera. ¿Para qué?

—Exacto, *para qué* —contesto—. Resulta que la policía la había identificado en uno de los vídeos que se habían subido a los chats, pero nadie se lo había notificado. Había sufrido una agresión, que habían grabado en vídeo y, sin embargo, no se acordaba de nada.

—Joder. Entonces, ¿la policía sí estaba investigando el asunto, pero le daba la información al club?

—Eso parece. La suya es la única cara que se puede reconocer. Es posible que todos los vídeos sigan el mismo patrón. ¿Qué probabilidades hay de que en todos los vídeos que están en poder de la policía ella fuera la única a la que drogaron? Pocas, ¿verdad? Te juro que todo conduce a los propietarios, Billy. Cuatro de ellos... Sus nombres no dejaron de salir en todas las conversaciones que tuvimos. Gabriel McMaster, Josef Anders, David Suno y Charles Woo. Camareros, azafatas (todo de forma extraoficial), todo el mundo los veía a todas horas en las zonas VIP, siempre con mujeres distintas. Incluso algunos obreros que trabajaron en la construcción del club me dijeron que Anders y McMaster fueron muy específicos durante el proceso. Quisieron que las habitaciones incluyeran cámaras. No solo de vigilancia, sino varias de tecnología punta. El padre de Suno es el dueño de la empresa que se encarga de la seguridad del club. No estoy segura de cómo encaja Woo en todo esto, pero no me sorprendería que su nombre empezara a salir más.

Billy suelta un grito y oigo el sonido de su puño, dando un golpe en la mesa.

—Vamos con ello —dice—. Los antecedentes del club, la historia del portero, las capturas de pantalla de los vídeos que se comparten en los chats *online*, las cámaras en las salas VIP. La historia de la fuente anónima a la que le ofrecieron un acuerdo por una agresión que ni siquiera recuerda. Sigue investigando a estos cuatro propietarios. No vamos a dar sus nombres hasta que estemos absolutamente seguros y tengamos pruebas que podamos mostrar. Y también estate atenta a todo lo que te pueda contar la nueva fuente mientras está en la ciudad; incluiremos lo que nos ofrezca en un segundo artículo. Esta mierda está a punto de explotar.

Hago caso omiso al malestar que me provoca el tener que usar a Alec como fuente porque, en mi interior, la aguerrida Gigi está exultante. ¿Tengo mi primera gran historia y me acaban de ofrecer hacer un segundo artículo al respecto? Hago todo lo posible por controlar mi entusiasmo.

—Me parece estupendo.

Billy se ríe. Para él soy como un libro abierto.

—Poco a poco, muchacha.

Nos despedimos y vuelvo a sumergirme en el proceso de edición durante unas horas antes de leer el artículo una última vez. Después, contengo la respiración y le doy a enviar. Creo que me ha quedado bien.

No, creo que me ha quedado genial.

Luego me meto en la cama, me envuelvo en la manta (con ropa incluida) y me duermo en cuestión de minutos.

Me despierto a las tres de la madrugada, aturdida y con hambre. Me desprendo de las sábanas a patadas. Con una esperanza demente, echo un vistazo a mi nuevo Bat-teléfono.

Tengo cuatro mensajes de Alec. Mi corazón se echa a volar al instante.

> Me han cambiado algunos compromisos
> y mañana tengo el día libre.

Me estaba preguntando si te apetecería ir a la playa.

Me acabo de dar cuenta de que debes de estar trabajando o durmiendo.

Espero que estés durmiendo.

El último mensaje lo ha enviado a medianoche. Si a esas horas estaba despierto, ahora seguro que no.

¿Verdad?

Aunque si su cuerpo sigue con el horario de Londres, tendrá la sensación de que es mediodía.

A las tres y treinta y siete de la mañana no puedo evitarlo. Me preparo una taza de café y le envío un mensaje de texto.

Tengo todo el día libre, si la oferta sigue en pie.

Al ver aparecer los tres puntos que indican que está respondiendo, se me para la sangre.

¿Estás despierta?

Sonrío de oreja a oreja mientras contesto.

Envié el artículo y caí rendida a las ocho.

Mándame tu dirección. Te recogeré a las siete para que podamos salir antes de que haya mucho tráfico.

Esbozo una sonrisa demasiado grande para mi cara.

¿Has podido dormir algo?

Unas pocas horas.

Hoy deberías pasar el día descansando.

Ni hablar. Subsistiré con el sol de California, la cafeína y Gigi.

Como me va a recoger y no lo he visto con nada que no sea de lujo, espero que venga con un cochazo. De modo que, cuando un utilitario Ford rojo se para en la acera, Alec tiene que pitarme para que me dé cuenta de que es él. El claxon del coche suena como una risa aguda.

Entusiasmada, me subo al vehículo junto a él.

—¡Vaya! Bonito coche.

—He alquilado este pequeño esta mañana, cerca del aeropuerto de Los Ángeles. —Se aleja de la acera y me sonríe—. Vamos a ir de incógnito.

—¿Sabes? Podría haberte recogido yo a ti. ¿Qué tipo de angelina sería si no tuviera coche?

Alec niega con la cabeza.

—Me gusta conducir y en Londres nunca lo hago.

Gira hacia Washington y se coloca con destreza en el carril correcto para incorporarse a la autopista.

Con la música puesta, las ventanas bajadas y Alec a mi lado, me olvido del artículo, las preocupaciones y el resto del mundo durante un rato. Lo único que me importa es disfrutar de la sensación que me produce estar cerca de él.

Busca mi mano, entrelaza los dedos con los míos y la deja sobre su muslo.

—¿A dónde vamos? —pregunto.

—Te voy a llevar a mi playa favorita.

Lo miro durante un buen rato. Va vestido con una camiseta negra y una gorra de béisbol. Pero, aun yendo de incógnito, se le reconoce perfectamente.

—¿Crees que ir a una playa pública es una buena idea, doctor Minjoon Song?

—Nadie me va a reconocer allí.

Me río.

—Sí, claro, eso díselo a la multitud del aeropuerto.

Sonríe con la vista clavada en la carretera.

—Yo tampoco me lo esperaba.

—¿Sabes? Esa fue la primera vez que se me ocurrió buscarte en Google.

Me mira un instante antes de seguir las señales hacia la 405 Sur.

—¿En serio? Porque mientras estábamos en la cola del hotel, esperando las habitaciones, le pedí a Yael que te buscara en Google.

Estoy absolutamente convencida de que lo hizo. Seguro que, antes de decirme que podía usar su ducha, tenía un informe completo de mi persona.

—Bueno, cuando tenga una asistente las veinticuatro horas del día a mi disposición, seguro que se me da mejor eso de buscar por internet a mis aventuras de una noche antes de que nos vayamos a la cama.

Alec frunce el ceño.

—No somos una aventura de una noche.

—Está bien —reconozco con una sonrisa—. De dos noches.

Alec sonríe a la carretera.

—De dos semanas. —Me mira—. Mientras esté aquí, quiero verte todo lo que me sea posible.

Asiento y me muerdo la lengua para no decir nada. *Dos semanas es tiempo más que suficiente para encariñarse con alguien.*

Vuelvo la cabeza y contemplo por la ventanilla del copiloto cómo la autopista pasa volando frente a mis ojos, el cielo azul despejado, la jungla de hormigón salpicada con jacarandas y palmeras, buganvillas y adelfas rosas que trepan por las barreras de contención de la autopista. Y entonces me doy cuenta de que estamos conduciendo hacia el sur.

—Vale, pero, en serio, ¿a dónde vamos? —pregunto con una sonrisa—. Todas las playas más bonitas están al norte de mi casa.

—Vamos a Laguna.

Lo miro boquiabierta. Está a una hora de distancia.

Me observa con cara de sorpresa.

—Me dijiste que habías enviado el artículo y que tenías el día libre.

—Sí, pero Santa Mónica está *ahí mismo*.

Se ríe.

—Quiero llevarte a mi lugar favorito, y no me he subido a un coche para conducirlo por placer desde hace unos... diez años. —Mira a su alrededor.

Me pregunto qué debe de sentir al haber pasado aquí casi los veinte primeros años de su vida.

—¿Echas de menos California?

—Sí y no. Pienso en ella con nostalgia y tiene cosas que me encantan. Pero llevo fuera casi una década. No me imagino viviendo aquí de nuevo.

No sé qué responder a esto, aunque durante un breve instante, siento una extraña oscuridad en el pecho. Llevamos quince minutos de lo que es nuestra primera cita de verdad, y estoy dispuesta a pasarlo lo mejor posible, pero Alec volverá a Londres en un par de semanas y quizá no lo vuelva a ver.

Nos quedamos unos minutos en un cómodo silencio, con la música sonando en el interior del coche y Los Ángeles viéndose cada vez más pequeña en el espejo retrovisor.

—Te has quedado callada —dice al cabo de un rato, dejando de prestar atención a la carretera un par de segundos—. ¿Va todo bien?

Intento alejar de mi cabeza cualquier pesar y asiento.

—Me gusta el acento que tienes ahora.

—¿Ah, sí? —pregunta con una voz rasgada que envía un escalofrío por todo mi cuerpo. Alec ve mi mirada penetrante y sonríe—. ¿Qué?

—No sé cómo voy a conseguir estar en una playa contigo, oyendo esa voz que tienes, sin poder tocarte.

—Haremos todo lo que podamos. Seguro que somos capaces de controlarnos.

—No tienes ninguna prueba que corrobore esa afirmación —replico, riéndome.

Alec también se ríe.

—Yael sabe lo nuestro, por supuesto...

—Sí, lo de la ropa interior le dio una pista enorme.

—Cierto, pero como Melissa, mi representante, se entere de que estoy en una cita y que me he tomado un día libre para ir a la playa... —suelta un silbido— me meteré en un buen lío.

—¡Pero si eres un hombre adulto!

Asiente.

—Sí, pero la gente que estamos sometidos al escrutinio público tenemos que renunciar a algunas libertades y dar explicaciones de algunas facetas de nuestra vida. Sobre todo, si salgo con una mujer; no me quedaría a solas con una mujer en público. A Melissa no le gustan las sorpresas.

—¿Sabe lo de Seattle?

—Sí.

—¡Vaya! ¿Lo sabe *todo*? ¿Incluso cuando te acuestas con alguien?

—A ver, no hablamos de eso en términos tan explícitos —dice, riendo—, pero sí le comenté que me encontré con alguien allí y que fue solo una noche, así que seguro que leyó entre líneas. —Hace una pausa y se pone un poco serio—. Lo que no sabe es que nos hemos vuelto a ver en el hotel de Los Ángeles.

Alzo ambas cejas.

—Entonces soy una amante secreta.

—Eres una *amiga* —añade, guiñándome un ojo—, ¿verdad? La mejor amiga de la infancia de mi hermana. Es lógico que retomáramos el contacto.

—Nos portaremos bien —le prometo—. Ni siquiera te trataré como una celebridad. Si te acaloras mucho, puedes abanicarte...

—¿Abanicarme? —Finge dar la vuelta al coche.

—... llevar tu propia toalla —continúo—. No te voy a meter mano a la vista de todo el mundo.

Se ríe y cambia de carril para salir en Long Beach.

Lo miro muda de asombro.

—¿De verdad vas a dar la vuelta?

—Necesitamos provisiones.

Al salir de la autopista, aparcamos frente a un Walgreens. Me quedo mirando fijamente la entrada.

—Vale, entiendo que eres un famoso, ¿pero de verdad me has traído a una farmacia? Puede que esta cita sea demasiado elegante para mí, Alec.

Se ríe.

—Dame uno —me pide—. Antes de salir.

Estoy a punto de preguntarle qué, pero se acerca a mí, me acuna la cara y posa con dulzura su boca sobre la mía. Al principio es solo un pico, un roce de labios. Después me da otro que es incluso más suave, pero luego ladea la cabeza, y profundiza el beso, tirando de mi labio inferior. Cuando me agarra por la nuca y me mantiene quieta para poder hacer conmigo lo que quiera, está a solo un gemido de arrastrarme al asiento trasero.

Por suerte, parece tragarse el gemido, aunque cuando le rozo el labio con los dientes deja escapar una risa alegre y jadeante en mi boca. Recordaré este beso; recordaré el alivio que me supuso encontrar por primera vez en mi vida a alguien que besara exactamente igual que yo.

Este pensamiento hace que en mi cerebro se encienda una sonora señal de alarma. Estoy caminando sobre brasas. Sea lo que sea esto, está intentando deshacerse de la etiqueta que con tanta rapidez le hemos puesto: la de un rollo que tiene una fecha de caducidad muy clara. ¡Pero si hasta me ha dado un iPhone secreto, por el amor de Dios!

Pero los rollos no pasan cada segundo que tienen libre juntos; no se besan a escondidas cada vez que pueden. Y, desde luego, no piensan en lo maravilloso que es haber encontrado el equivalente en besos a un alma gemela.

Mi corazón se expande, llenándose de estrellas.

Alec se aparta y me mira la boca.

—¿Lista?

—Sí. —Hago una pausa, todavía aturdida por el beso—. ¿Lista para qué?

Se ríe, pensando que estoy de coña y vuelve a darme un breve pico.

—Vamos.

Dentro de la tienda, compramos botellas de agua, barritas de cereales, el protector solar que ambos nos hemos olvidado, sillas de playa baratas y varias tonterías flotantes. Él me regala un sombrero horroroso de Post Malone y yo a él unas gafas de sol de aviador con cristales rosas iridiscentes.

Cuando nos metemos de nuevo en el coche, cada uno con sus regalos, sube la música, bajamos las ventanillas y conduce en silencio, con su mano apoyada ligeramente en mi muslo.

Ligeramente, al principio, porque enseguida me acaricia la tela de las bragas con el pulgar al ritmo de la canción, en pequeños círculos que se van ensanchando y estrechando. Por fin, al cabo de un rato, me deja un momento tranquila y mueve la mano para ajustar el volumen, pero regresa con una tortura aún peor porque juguetea con las yemas de los dedos con el dobladillo deshilachado de los vaqueros. Después, poco a poco, se van colando por debajo, tocándome, danzando sin rumbo a lo largo de la piel de mi muslo interior, como si lo estuviera haciendo de forma inconsciente mientras yo, por dentro, sufro un infierno, con el calor crepitante de la hoguera que tengo bajo la piel. ¿Será consciente de lo que me está haciendo al tocar la piel que ha besado, la piel que le rodeó las caderas, que presionó su cara? ¿Una piel que sufre por el anhelo que está provocándome?

Le agarro la mano, me la llevo a los labios y le beso el nudillo del pulgar. Cuando lo miro a la cara, lo veo contener una sonrisa. El muy desgraciado. Sabía perfectamente lo que me estaba haciendo.

—¿Vas a estar burlándote de mí todo el día? —le pregunto—. ¿Te das cuenta de que has estado a escasos cinco centímetros de conseguir que me encaramara a tu regazo?

Se ríe, me mira y se aparta.

—Eres tan suave... No me he dado cuenta de lo que estaba haciendo hasta que me has agarrado la mano. —Ahora es él quien hace una pausa y exhala una lenta bocanada de aire—. Estoy pensando que tal vez lo de la playa ha sido una idea terrible.

—Mira, justo lo que he dicho yo antes.

Vuelve a reírse y me aprieta la mano. Teniendo en cuenta que ya estamos saliendo de la autopista en dirección a las ciudades con playa, ha llegado demasiado tarde a esa conclusión; una conclusión que yo expresé casi nada más subir al coche. Al menos el buen tiempo logrará distraer a mi lujurioso cerebro. Hoy hace uno de esos días magníficos propios del sur de California en abril: un cielo matutino brumoso y una temperatura de dieciocho grados, pero que en cuanto desaparezca la niebla marina se transformará en una jornada perfecta de playa.

Pasamos volando por la carretera de la costa del Pacífico, prácticamente solos en el largo tramo de costa, y entonces Alec nos desvía por una calle sinuosa, hacia un barrio con unas casas muy bonitas que parecen estar construidas de forma precaria sobre un acantilado. Hay un montón de coches aparcados en la cuneta, pegados los unos a los otros. Nos imagino caminando un kilómetro y medio, cargados con todas las tonterías que hemos comprado en Walgreens. Pero entonces lo vemos a la vez, un sitio libre justo al lado de las escaleras que bajan a la playa de Crescent Bay.

—Bueno —dice orgulloso de sí mismo—, ha sido fácil.

Eso es lo malo, pienso para mí. Que todo esto parece *demasiado* fácil. Como la forma en la que me ha acariciado la pierna sin pensar. O la manera en que salimos del coche y le dejo mi bolso por inercia, y que él lo agarre y lo guarde en la mochila sin más. O cómo sacamos todas las cosas del coche y las vamos cargando en silencio, como si fuera algo que hubiéramos hecho mil veces antes, cuando en realidad es la primera vez que estamos juntos de día.

—¿Cuándo fue la última vez que estuviste aquí? —pregunto.

Vamos hacia los estrechos y empinados escalones.

—Puede que una o dos semanas antes de que nos mudáramos.

—¿A Londres?

Asiente mientras baja con cuidado por los tablones de madera, todavía húmedos por el rocío de la mañana.

—¿Sueles venir por aquí?

—Ya sabes cómo va esto —respondo—. El condado de Orange está a solo una hora de viaje, pero muy bien podría tratarse de Nueva York.

Se ríe y yo me dedico a observar sus piernas tonificadas descender por las escaleras y cómo se le mueven los músculos debajo del bañador negro.

Un rato después, alzo la vista y miro al cielo y a la vasta extensión del Pacífico azul. Parece no tener fin.

Subíos a un barco, me digo a mí misma. *Vete a vivir con este hombre, ahí fuera, para siempre. Podríamos subsistir a base de barritas de cereales.*

Al final de las escaleras, gira a la izquierda, caminando hacia un tramo de suave arena blanca que bordea el rocoso y escarpado límite sur de la playa. Anda con paso decidido, dirigiéndose al que supongo que es su lugar favorito. Aunque podemos elegir cualquier sitio en el que acomodarnos. Solo son las ocho y media; en la playa hay movimiento, sí, pero se trata de gente que no quiere sentarse en la arena a pasar el día: surfistas tomando las agitadas olas matutinas, parejas paseando juntas, personas sacando a sus perros o corriendo. Hay mucho oleaje, las olas rompen con una bravura ostentosa, pintando medias lunas escalonadas en la arena húmeda.

Decidimos quedarnos bajo el acantilado, en una zona en la que a mediodía habrá sombra. Después de colocar las sillas, las toallas y la endeble sombrilla de playa que ha comprado, Alec se gira para inspeccionar nuestro asentamiento y yo me quito la camiseta y me echo un chorro de crema solar en la mano para untármela sobre el pecho y el estómago.

Hay mucha tranquilidad a nuestro alrededor, mucho silencio, y cuando levanto la vista, Alec me está mirando fijamente el cuerpo. Empiezo a hacer una broma sobre él y mis pechos, pero tiene una expresión tan concentrada en el rostro que las palabras se evaporan en mi lengua. Se adelanta para colocarme el tirante del bikini, donde la hebilla de cierre se ha deslizado hacia delante, pero en cuanto lo ajusta, ralentiza el movimiento de los dedos y, mientras clava la vista en mi cuello, todo a nuestro alrededor se vuelve borroso.

—¿Qué? —Miro hacia abajo, intentando ver lo que le ha llamado tanto la atención, pero no hay nada más que el brillo de la crema solar.

—Solo estaba pensando —responde, arrastrando los dedos sobre mi esternón, entre mis pechos.

—¿Pensando en qué?

Suelta el aire despacio.

—Que te he sentido aquí. Que te he follado aquí.

Sus palabras vuelven a encender un fuego bajo mi piel que estoy convencida que él mismo puede sentir. Baja los dedos y los inclina como si fuera a deslizar toda la mano en la copa del bikini, pero en lugar de eso cierra el puño alrededor del tirante.

—Está bien. —Apoyo la mano en su pecho y él levanta la cabeza—. Creo que hoy necesitamos establecer algunas reglas básicas, como...

Traga saliva, esperando a que termine la frase, pero ahora soy yo la que se distrae con la larga línea de su garganta. Por fin, al cabo de un rato, me pregunta:

—¿Como cuáles?

—Bueno, en primer lugar, no puedes decir cosas así.

Sonríe.

—¿No?

—No, salvo que luego podamos estar a solas en algún lugar.

Suelta un suspiro y baja la barbilla hasta el pecho antes de enderezarse y dar un paso al frente para aprisionarme entre las sombras, contra el acantilado. Siento el calor de su cuerpo por todo mi torso. Miro a ambos lados. Nadie nos está prestado atención; aun así, tengo la impresión de estar dentro de una pecera.

—¿Qué haces? —susurro.

—Pensar.

—Estás pensando en mi espacio personal.

—¿Quieres que me mueva?

Levanto la mano y la apoyo en su abdomen.

—No. Me gusta que invadas mi espacio personal.

Me mira a los ojos.

—Voy a serte sincero.

—Bien. Me gusta la sinceridad.

—Bastante franco, de hecho.

—Mejor. —Estoy fanfarroneando. El corazón se me ha subido hasta la garganta y está a punto de salírseme por la boca.

Se lame los labios y me observa.

—No soy una persona de sexo esporádico —confiesa en voz baja—. En realidad, nunca me he acostado con nadie con quien no estuviera saliendo antes. No creo que se me dé muy bien lo contrario.

—De acuerdo. —Su admisión es demoledora. Esto sería mucho más fácil si uno de los dos supiera cómo desenvolverse en una relación esporádica.

—Me temo que me voy a encariñar contigo si pasamos otra noche juntos.

Deja de prestar atención a mi boca y se fija en mis ojos.

Esto es lo que siente uno cuando se enamora, pienso.

—Bueno —digo con cuidado—, me parece bien que no pasemos la noche juntos, si eso es lo que necesitas. —Levanto la mano y recorro la línea de su camiseta a lo largo de la clavícula—. Aunque, a estas alturas, tengo bastante claro que, hagamos lo que hagamos, no lo voy a pasar bien cuando te vayas a casa. Pero creo que sería peor saber que estás aquí y no poder verte, que verte y luego recordar lo que hemos compartido.

—¿Eso significa que estamos de acuerdo en lo que es esto? ¿Que solo serán dos semanas?

—¿Qué otra cosa podría ser?

Al oírme decir esto murmura un «Claro», se acerca a mí, agacha la cabeza y roza mis labios con los suyos. Lo primero que se me pasa por la cabeza es darle un suave empujón para apartarlo, recordarle dónde estamos. Pero algo en mi interior me insta a apoyarme en él. Y cuando termina el beso (al fin y al cabo, estamos en un sitio público y la playa se está llenando poco a poco) me aprieta contra su pecho, coloca mis pies sobre los suyos y me abraza con fuerza.

Le rodeo los hombros con los brazos.

—Creía que hoy no íbamos a besarnos delante de la gente.

—Estamos medio ocultos.

—No estamos nada ocultos, tonto.

Suelta un gruñido y se inclina sobre mí, fingiendo que me va a dar un buen mordisco en el cuello, que termina siendo un breve beso. Luego susurra:

—Quizá pueda pasar la noche en tu casa.

—¿En serio? —Me echo hacia atrás y le sonrío.

—En serio.

8

Una vez resuelto este asunto, siento que se evapora parte de la tensión que parecía rodearnos. Dejamos nuestras cosas, nos acercamos a la plataforma de roca que hay a pocos metros y observamos la marea menguante que deja al descubierto las famosas marismas de la zona. Nos pasamos la hora siguiente trepando por las rocas y compartiendo todos nuestros descubrimientos: anémonas, percebes diminutos, peces plateados y corales. Cuando el sol está en lo alto, volvemos a la playa, extendemos las toallas bajo la sombrilla y contemplamos el interminable oleaje.

Me agarra la mano, la coloca sobre su regazo y se pone a girar el único anillo que llevo en el dedo anular de la mano derecha: un sencillo aro de zafiros.

—¿De quién es?

—De mis padres.

—Es muy bonito. —Me toca los dedos y después me gira la mano y pasa la yema del pulgar por mi muñeca—. ¿Es tu piedra de nacimiento?

Asiento con la cabeza.

—El seis de septiembre. ¿Y tú?

—El dieciocho de abril.

Lo miro con sorpresa.

—¿El día que volamos a Los Ángeles era tu cumpleaños?

Asiente, riéndose.

—No suelo darle mucha importancia. A Sunny siempre se le va de las manos.

—Bueno, me parece bien que tengas una hermana que te obligue a ce-lebrarlo.

Me besa la muñeca antes de soltarme la mano.

—¿Alguna vez has querido tener hermanos?

Hago un gesto de asentimiento.

—Antes, mucho. Ahora tengo a Eden, que es como una molesta herma-na pequeña, aunque en realidad sea un par de años mayor que yo.

—¿Voy a poder conocerla esta noche?

Miro el agua con ojos entrecerrados mientras calculo a qué hora llegará a casa. Hoy es miércoles, así que le toca trabajar. Como no volvamos a las cuatro, no podremos verla.

—No creo.

—Le dejaré una nota.

Me apoyo en él y le golpeo el hombro con el mío.

—Le va a dar un soponcio. En serio.

Baja la vista hacia mi mano y sonríe.

—De todas las películas y series que has hecho, ¿cuál es la que más te ha gustado?

Alec me mira y enarca una ceja.

—Creía que me habías buscado por Google.

—Fue solo una búsqueda de pánico. Miré lo justo para sentirme lo bas-tante mortificada por haberte preguntado si te seguía gustando patinar.

Suelta una carcajada que me encanta.

—Puede que esa fuera mi parte favorita del bar.

Le doy un golpe en el brazo.

—Me ha gustado mucho todo lo que he hecho —dice—, pero la que más, *The West Midlands*. Es divertido hacer algo en donde tienes que de-sarrollar relaciones con los coprotagonistas a lo largo del tiempo, y el elenco es increíble. —Vuelve a agarrarme la mano, entrelaza nuestros de-dos y los apoya en su muslo—. Mis primeros trabajos los siento muy leja-nos. Fueron emocionantes, pero muy locos. Conseguí el papel en *Saviors*, y sé que es lo que siempre se suele decir, pero todo cambió de la noche a la mañana.

—Pero te gusta, ¿no? Debe de estar genial eso de que te reconozcan.

—Sí y no. —Me suelta la mano para hurgar en la mochila en busca de las botellas de agua y las barritas de cereales. Me pasa mi botella y da un buen trago a la suya—. Al principio te hace ilusión, pero también puede resultar agotador. Y los medios en Londres son implacables.

—¡Vaya! No había pensado en eso.

Enarca una ceja.

—Por ejemplo, complica el hecho de mantener una relación con alguien.

Me alejo con cuidado de este campo minado.

—Pero saliste con tu compañera de reparto, ¿verdad?

—¿Con Park Jin-ae? Sí. Durante un par de años. —Me sonríe—. Veo que la búsqueda en Google dio sus frutos.

—Seguro que no hace falta que te diga que cuando escribes «Alexander Kim» en Google, la primera sugerencia que te autocompleta el buscador es «Alexander Kim novia».

Suelta un gruñido de queja.

—Esa relación... Tuvimos que hacer un comunicado de prensa —explica—. Sacaban el tema en cada entrevista. Incluso se lo preguntaban a otros compañeros de reparto que trabajaban con nosotros o habían trabajado en el pasado. Al final tuvimos que reconocer que estábamos juntos. Eso es algo que siempre da problemas, por eso no suelo hacer públicos aspectos de mi vida privada.

—Sí, seguro que te cuesta confiar. —Esto último hace que se quede callado. Siento perfectamente cómo me mira, como si estuviera analizándome—. Sé que me estás mirando, pensando que ahora mismo debo de estar hablando de mí misma.

Al oírlo reírse, sé que tengo razón.

—Me dijiste que solo hacía unos meses que habías roto con tu ex, ¿no?

—Sí. Hace seis meses.

—¿Y cuánto tiempo llevabais juntos? —pregunta.

Hago una mueca de dolor porque sé cómo va a terminar esta respuesta.

—Unos seis años y medio.

Como era de esperar, Alec se queda inmóvil.

—¡Cielos!

Asiento y digo:

—Odio el tiempo que le dediqué. Creo que ya no sentía lo mismo por él antes de que todo se desmoronara. —Bebo otro sorbo de agua para disminuir la presión que siento en la garganta—. Estoy más enfadada conmigo misma que con él.

—¿Por qué?

—Por dejar que me mintiera durante tanto tiempo.

—Pero no fuiste tú la que mintió.

—Cierto. —Por fin lo miro—. Pero si tú hubieras estado con alguien que te hubiera mentido durante un año, que hubiera estado representando un papel delante de ti todo ese tiempo sin que te dieras cuenta, también tendrías la misma sensación que yo. Eres actor. Tu trabajo consiste en saber cuándo alguien está actuando. Yo soy periodista. Debería haber descubierto el engaño, y no lo hice.

Pronuncia un silencioso «Ah».

—Entiendo.

—Y también me cuesta creer que ninguno de nuestros amigos estuviera al tanto. Me pregunto si alguno de ellos lo sabía y estaba intentando ayudar a Spencer a recuperarse sin decírmelo.

—¡Uf!

Vuelvo a asentir.

—Así que ahora me cuesta confiar en mi instinto.

Nos quedamos contemplando el agua en silencio durante un momento.

—Bueno —señala él—, mi instinto me dice que ha llegado la hora de ir a pasar un buen rato con esas olas.

Quiero besarle por el cambio de tema. Agarramos un par de churros de piscina y nos adentramos poco a poco en el gélido Pacífico, esquivando con cuidado las enormes olas que rompen, zambulléndonos debajo de ellas y yendo más allá, hasta llegar a una zona en la que el agua está clara y en calma. Desde aquí, la gente que hay en la playa parecen puntos.

Nos metemos los largos cilindros de gomaespuma debajo de los brazos y flotamos el uno frente al otro, recuperando el aliento. ¡Cómo me gustaría poder embotellar la sensación que tengo ahora mismo para poder disfrutarla en los días, semanas y años venideros! Aunque intento evitarlo con todas mis fuerzas, la conciencia de que Alec es absolutamente perfecto surge en los momentos más inesperados, provocándome una punzada de dolor en el pecho.

Pero entonces me mira a los ojos y mis pulmones se desinflan un poco al darme cuenta de que me ha traído aquí para contarme algo. Me gustaba nuestra burbuja Laguna Beach.

—Ahora puedo contártelo todo —dice en voz baja.

—Espera... ¿Por qué? ¿Qué ha cambiado?

—Le he dicho a mi fuente que estaba hablando contigo *en concreto* y me ha dado permiso para contártelo.

—¿Conmigo *en concreto*?

Hace un gesto de asentimiento.

No lo entiendo. Pero...

—Por mucho que me cueste decirte esto, vas a tener que contármelo solo como tu ligue de dos semanas. —Intento sonreír—. Ya sabes, conflicto de intereses.

—Bueno, de todos modos, es extraoficial. —Sumerge las puntas de los dedos en el agua y luego levanta la mano, dejando que las gotas reflejen la luz del sol al caer—. Pero creo es mejor explicárselo a alguien que lo entienda. Y puede que esta información te ayude a encontrar algo más, aunque no puedas hacer referencia a esta fuente.

Y aquí está la zona gris en la que consiste la vida de un periodista.

—Cuéntame cualquier cosa que estés cómodo compartiendo.

—No sé muy bien por dónde empezar. —Se queda mirando el cielo un rato antes de tomar una profunda bocanada de aire—. Está bien. —Hincha las mejillas mientras exhala—. Uno de los amigos que hice en la universidad en el Reino Unido se llama Josef Anders.

Me mira para captar la reacción que sé que soy incapaz de evitar. Se me revuelve el estómago y siento cómo la sorpresa se apodera de mi rostro.

Alec sonríe con tristeza.

—Entiendo, por tu cara, que has oído hablar de él.

—Sí. Mucho. Es uno de los propietarios. Su nombre ha salido por todas partes.

Alec se frota la frente y me mira con ojos entrecerrados.

—Me imagino.

Un trueno. Así es como siento los latidos de mi corazón.

—En la universidad tuve un grupo de amigos con los que estuve muy unido —explica—. Y luego, cuando volví a Londres después de vivir en Corea del Sur, retomé el contacto con algunos. Todos estábamos muy ocupados, así que no nos veíamos tanto como antes, pero sí una vez al mes más o menos.

—Te juro que he mirado todas las fotos de Anders en internet y no he visto ninguna de vosotros dos juntos —digo, confundida—. Nunca.

—Porque somos amigos desde mucho antes de que nos hiciéramos famosos. No salimos para hacernos fotos. Todos solemos quedar en nuestras casas. —Traga saliva, mira al horizonte y parpadea—. Igual que mi familia no suele hacerme fotos en casa, los amigos tratamos de proteger nuestra intimidad.

Siento cómo se me forma un nudo tan negro como el alquitrán en el estómago. Me muero porque me cuente todo lo que sabe, pero ya me siento devastada por lo que sea que va a compartir de alguien a quien ha considerado un amigo tan cercano.

—En la misma época en la que regresé a Inglaterra, Sunny comenzó su carrera de modelo. Se estaba dando a conocer en la industria. Mis amigos venían a casa de mi familia y, en algún momento... —vuelve a tragar saliva—, Josef y mi hermana empezaron a salir.

—¡Oh, vaya! —Hago un repaso mental a todo lo que sé sobre Anders—. No tenía ni idea.

—Claro que no. Sunny es mucho más celosa que yo de su vida privada. —Asiente, sumergiendo la barbilla en el agua—. Esto que te estoy contando sucedió hará unos dos años. Por supuesto que ambos se conocían desde que Josef y yo íbamos juntos a la universidad, pero en ese momento mi hermana tenía trece años, así que fue un poco raro. —Me mira un instante y luego vuelve a apartar la vista—. Ni siquiera lo sabían los otros amigos del grupo. Josef nunca se lo dijo cuando nos juntábamos para cenar o para ver un partido. Yo me enteré por Sunny, me lo contó *ella* cuando ya llevaban unos meses juntos.

—¿Te enfadaste? —le pregunto.

Se lo piensa unos segundos, con la barbilla y los labios sumergidos en el agua. Luego se mete por completo debajo del agua, emerge un momento después y se limpia las gotas de los ojos.

—Si te soy sincero, estaba más preocupado que enfadado. Me parecía una persona honesta, pero desde que lo conocía, había tenido un montón de novias y no quería que mi hermana saliera con alguien a quien le importasen tan poco los sentimientos de su pareja.

—Entiendo.

—Pero eso daba igual, Sunny es una mujer adulta. No era algo que dependiera de mí, ¿verdad? —Mira detrás de mí, hacia las olas que rompen en la playa—. Seguro que sabes que Josef formó parte de un grupo musical, los Tilts, que logró colocar uno de sus temas entre las canciones más escuchadas antes de disolverse.

Toca con los dedos la superficie del agua y, durante un minuto, flotamos en silencio, meciéndonos suavemente en el océano. Le veo dibujar formas en el agua y me pregunto si estará deletreando algo. Tengo la impresión de que, aun siendo actor, es el tipo de persona que, en momentos difíciles como este, le gusta escribir primero lo que quiere decir.

—Pero él era el principal compositor y *Turn It Up* sigue sonando en casi todos los eventos deportivos importantes del Reino Unido. Con esa canción ganó una buena cantidad de dinero, y Josef supo cómo invertirlo. Destinó parte de esos ingresos en el Júpiter.

Aunque es una información que ya conozco, siento como si me dieran un puñetazo en las entrañas.

—Cierto.

—Cuando el club se hizo popular, Josef estaba allí todo el tiempo.

Me arde el estómago. Quiero oír todo lo que tiene que contarme (una curiosidad morbosa y la deformación profesional me mantienen fascinada), pero también quiero que Alec termine cuanto antes para que desaparezca esa expresión de sombrío temor que tiene en el rostro.

—Él y Sunny estuvieron juntos como un año y pico antes de que ella dejara la relación. Casi todo ese tiempo fue durante la construcción y el lanzamiento del Júpiter. Hay muchas cosas que Sunny no me cuenta, sobre todo ahora. Pero creo que la ruptura tuvo que ver con el tiempo que le dedicaba al club. Ahora bien, tengo la sensación de que él quería seguir con mi hermana. Todos nos dimos cuenta de que estaba desconsolado.

Se coloca mejor el cilindro y vuelve a mirar hacia el cielo. Contemplo su perfil y la hendidura tallada de sus pómulos que contrasta con la plenitud de su boca. Creo que su rostro se ha quedado grabado para siempre en mi cerebro.

—Hace unos cuatro meses, Sunny consiguió su primer contrato importante como modelo, en Dior —continúa—. Pasó de tener que dejarse la piel para poder subirse a una pasarela a convertirse en toda una supermodelo. Empezó a aparecer en las estaciones de metro, en las vallas publicitarias y en las revistas. Ha sido un logro importante. —Me mira y, durante un instante, su expresión se suaviza y sonríe—. Es genial.

—Seguro —coincido—. Todo un éxito.

—Sí. —Se mueve de nuevo, desliza los brazos sobre el cilindro y apoya la barbilla en él—. Y aunque había dejado de salir con Josef, todavía lo consideraba un amigo de la familia. —Traga saliva, y después vuelve a tragar una segunda vez y aprieta la mandíbula. Me mira y dice en voz baja—: Todo esto es extraoficial, ¿verdad?

—Absolutamente. —Hago todo lo posible por que mi voz no refleje el nudo que tengo en la garganta—. Te lo prometo.

Mira otra vez el agua.

—Hace un par de meses, otro de los amigos del grupo, Lukas, se quedó conmigo. Aunque se había mudado a Berlín, estuvo unos días en Londres y quiso pasarse por el Júpiter para ver cómo le iba a Josef. A mí no me apetecía mucho ir, pero él y otro par de amigos nuestros fueron. Un par de horas después, Lukas me llamó y me dijo que había visto llegar a Sunny, pero que después le había perdido el rastro un par de horas y que, cuando volvió a verla, parecía estar bastante borracha. Me avisó porque pensó que quizá querría ir a recogerla.

Siento como si me acabaran de dar un bofetón.

—No.

—Sunny no bebe mucho porque el alcohol no le sienta bien.

Se queda callado un buen rato. Me acerco a él, le pongo la mano en la espalda y se la froto un poco.

—Puedes terminar de contármelo en otro momento.

—No. Está bien. Tengo que hacerlo. —Se pasa una mano por la boca y me narra el resto de la historia como si fuera un autómata—. En un primer momento, no me preocupé. Como te he dicho, me pareció raro que mi hermana bebiera mucho, pero como le estaba yendo muy bien en su carrera, pensé que quizá quiso celebrarlo con Josef. Al fin y al cabo, seguían siendo amigos. Llamé a Josef, pero no me respondió. Llamé a Sunny; tenía el teléfono apagado, así que no pude localizarla. —Se frota la cara—. Llamé a Lukas, que vino a por mí y juntos nos pusimos a buscarla por todas las salas VIP.

Pronuncio un silencioso «¡Oh, mierda!».

—Sí. La encontramos. Había un montón de gente, pero fue como si mis ojos se clavaran de inmediato en Sunny, desmayada en un sofá. Mi hermana estaba... —Hace una pausa y sacude la cabeza—. En cuanto entré, todos se dispersaron como cucarachas. La alcé en brazos, encontré su ropa y la llevé al baño. Estaba completamente inconsciente. Le puse... —Traga saliva y entorna los ojos mirando al vacío, incapaz de terminar la frase, aunque no hace falta que lo diga en voz alta. Sé que lo que quiere decir es que tuvo que ponerle la ropa—. Le eché agua en la cara. Nos quedamos allí sentados mucho tiempo. No sé cuánto, pero la gente empezó a llamar a la puerta. Apagué el teléfono. Solo hablé con ella. Le dije que estaba a salvo y que tenía que despertarse. Por fin recobró la consciencia lo suficiente para caminar, aunque a duras penas. Le puse mi abrigo, la saqué por la puerta trasera y la llevé al hospital.

Vuelve a quedarse callado, apretando los dientes.

—No recuerda nada de esa noche. Doy las gracias por ello. Pero a menos que haya una grabación de aquello, puede que nunca sepamos qué ocurrió exactamente. Y tampoco sé si quiero saberlo. —Se pasa una mano temblorosa por la cara—. Por supuesto, en el hospital la examinaron y... —Hace otra dolorosa pausa y luego asiente.

Siento como si me volvieran a dar otro puñetazo.

—¡Oh, Dios mío, Alec!

Ahora entiendo por qué ha querido hacer esto aquí, donde puede confesarlo en voz alta y dejar que se lo trague el océano.

—Pasó el día siguiente bastante mala. Encontraron un coctel de sustancias en su organismo; nada que pudiera haber pedido en un bar. Josef llamó por la mañana. —Me mira y el dolor que veo en sus ojos me llega al alma—. Estaba muy preocupado. Dijo que no sabía dónde se había podido meter Sunny. Yo, ingenuo de mí, le conté lo que había visto en esa sala y se quedó estupefacto. Fue bastante convincente.

Tengo ganas de vomitar.

—Si te soy sincero, en cuanto vi a Sunny en ese sofá fui incapaz de fijarme en nadie ni en nada de lo que había alrededor. Jamás se me ocurrió que pudiera haberla visto en ese estado. Porque de ser así, la habría ayudado, ¿no? ¿Su ex? ¿Mi hermana?

—Alec...

Sacude la cabeza y parpadea, mirando de nuevo al vacío.

—Más tarde, ese mismo día, Lukas me llamó para ver cómo estaba. Necesitaba hablar de ello, también se había quedado traumatizado. Cuando le conté mi conversación con Josef, se puso furioso. Me dijo: «Alec, colega, Josef estaba allí. Salió corriendo en cuanto entraste». Estuvo allí, Gigi.

Sé lo que viene a continuación. Lo sé. Pero eso no hace que sea más fácil oírlo.

—Entonces, cuando Josef te llamó, ¿intentaba averiguar lo que habías visto? ¿Lo que sabía Sunny?

—Sí, eso es lo que creo.

Dejamos que esta verdad terrible se desvanezca en el agua.

—¿Quiere Sunny presentar cargos?

Alec hace un gesto de negación con la cabeza.

—Han pasado dos meses. Está muy indecisa, porque no se acuerda de nada, no quiere que la prensa sensacionalista se cebe con ella, le preocupa, con razón, cómo puede afectar esto a su reputación y porque, además, fue allí por voluntad propia.

—Me juego el cuello a que estás deseando dar una paliza a Josef.

Se ríe; un sonido áspero.

—No lo sabes tú bien. —Sus palabras exudan violencia. No las pronuncia, las escupe. Vuelve la cara y respira hondo para tranquilizarse—. ¿Qué clase de monstruo es capaz de hacer algo así? ¿De, como mínimo, presenciar lo que le pasó a Sunny y seguramente ser el que está detrás de eso, y encima llamarme al día siguiente y hacerse el inocente? Me sentí como un auténtico idiota.

—Le diste a tu amigo el beneficio de la duda. Eso no es ninguna idiotez. Eso es lo que hacen las buenas personas.

—Supongo.

—¿Y nadie del club ha contado nada sobre él a las autoridades?

Vuelve a negar con la cabeza.

—Gigi, seguro que hay cientos de personas que han visto entrar y salir a mujeres drogadas todas las semanas y no han dicho nada.

Eso es lo único que no he podido entender: cómo es posible que esté sucediendo algo así en un club tan importante y que no haya ningún detenido.

—Ha sido desesperante. No quería presionar a Sunny para que saliera a la luz, pero me preocupaba que no se supiera nada de esta historia si ella no lo contaba. Me he sentido como un cínico al respecto, hasta que noté la ira en tu voz la otra noche en el hotel. —Alec me busca con los ojos y me sostiene la mirada—. Supongo que ya sabes a dónde quiero llegar con esto. Lo único que necesito que hagas es que sigas presionando de forma oficial, que continúes investigando la actividad de Josef Anders.

Se me rompe el corazón al verlo así.

—Lo haré. Te lo prometo.

Cierra los ojos y, cuando los vuelve a abrir, intenta sonreír.

—Esto es lo único que sé.

—Pues es mucho. —Me acerco y le retiro el pelo de la frente con cuidado—. ¿Estás bien?

Alec se apoya en mi mano.

—No voy a fingir que esto no ha sido lo más duro con lo que he tenido que lidiar en mi vida.

—¡Oh! Seguro que sí.

—Estoy preocupado por Sunny, por lo que le pasó esa noche. Lo único que quiero es apoyarla de la forma en que necesita. ¿Hay vídeos por ahí? ¿Quién más estaba en la habitación? Me alegro de que no recuerde lo que pasó, pero también me pregunto si, con el tiempo, lo hará.

Me muerdo el labio mientras decido si contarle o no lo siguiente. No porque sea un secreto (al fin y al cabo, va a salir en mi artículo de mañana), sino porque sé cómo le va a afectar.

Pero Alec se da cuenta por la cara que pongo.

—Solo dilo.

—Está bien. Una de las mujeres, a la que por lo visto grabaron en vídeo, ha recibido una oferta económica para llegar a un acuerdo. Hasta ese momento, ni siquiera sabía que la habían agredido. —Espero mientras asimila la información con los ojos cerrados—. De modo que, a pesar de que la policía confiscó todas las grabaciones del club, alguien de dentro está proporcionando información a estos tipos. Aunque al final se presenten cargos, los autores están accediendo a todas las pruebas primero.

—¡Mierda! —Suelta una bocanada de aire en el agua—. ¿Entonces es probable que haya un vídeo por ahí en el que salga Sunny?

—Si te digo la verdad, no lo sé. Pero es posible.

—Estas últimas semanas he estado preocupado por todo —dice—. Ese es uno de los motivos por los que viajé un poco más tarde que el resto del reparto. Ni siquiera tenía claro si podía dejarla sola en un momento como este.

—¿Hay alguien con ella?

—Sí, está con nuestros padres.

—¿Cómo está?

Ladea la cabeza a un lado y a otro.

—Está bien. Obviamente, sabe que estoy hablando de ello, de forma extraoficial. Que me dejara hacerlo ha sido un gran paso para ella.

Al ver la lucha que se está librando en su interior, me acerco todo lo que puedo a él nadando estilo perrito.

—Lo siento mucho.

Asiente con la cabeza y coloca los cilindros de manera que pueda encerrarme entre sus brazos. Después, pega su cara a mi cuello y, aunque le rodeo la cintura con las piernas, no tiene ninguna connotación sexual. Simplemente nos abrazamos en silencio, flotando sin rumbo.

Pero entonces empieza a hablar y noto cómo sus labios se mueven contra mi cuello.

—Gracias por escucharme. Me alegro mucho de que no nos hayan comido los tiburones.

Me río.

—Gracias por meterme esa idea en la cabeza. Ahora en serio, gracias por contarme lo que le ocurrió a Sunny. Me duele por ella y por ti.

—Todavía no he hablado con nadie de ello.

Me aparto un poco para mirarlo.

—¿Con nadie?

Niega con la cabeza.

—Cariño —le digo, acunándole el rostro—, no puedes cargar con esto tu solo.

Alec se queda quieto un instante antes de esbozar una lenta sonrisa.

—¿Qué? —pregunto.

—Me acabas de llamar «cariño».

—Llamo «cariño» a todo el mundo —miento.

Frunce el ceño y me mira con escepticismo.

—No me pareces el tipo de persona que llame «cariño» a todo el mundo.

Le doy un beso en la barbilla.

—Bueno, tampoco le des demasiada importancia. Recuerda, son solo dos semanas.

Levanta la mano, me agarra del cuello y mete los dedos entre mi pelo. Siento la fría palma de su mano contra la mejilla, caliente por el sol. Se acerca a mí, mojado y salado, y se apodera de mi boca.

Más tarde, mucho más tarde, cuando estamos arrugados por el agua y consumidos por la necesidad, nadamos de vuelta a la orilla y nos dormimos en nuestras toallas bajo la sombrilla y bajo el deslumbrante cielo azul, a un montón de kilómetros del estrés, de las responsabilidades y de los ojos de cualquiera que quiera encontrarnos.

9

Está claro que Eden no tiene ni idea de qué cara poner cuando entro en el apartamento con Alexander Kim a solo dos pasos detrás de mí. Primero abre los ojos marrones de par en par, luego los entorna y después hace lo último que me esperaría de la descarada y pendenciera Eden Enger. Se da la vuelta... y se va.

Me echo a reír.

—¡Eden!

—¡No puedo! —grita por encima del hombro.

—¡Vuelve aquí! —Miro a Alec, esbozo una sonrisa divertida de disculpa y lo meto dentro antes de perseguir a mi amiga por el pasillo.

La engancho del antebrazo y la obligo a darse la vuelta para que me mire. Tiene las mejillas sonrosadas y los ojos desorbitados.

—George —sisea en un susurro—, deberías haberme llamado para decirme que ibas a venir con.... —señala con desesperación el pasillo— ¡eso!

—¡Es miércoles! Creía que estabas trabajando. ¡Lo siento!

—Hay gente a la que la condenan a cadena perpetua por delitos menores que este.

Me inclino, me llevo sus nudillos a los labios, y medio riéndome contra ellos, se los beso.

—Lo siento. Si te soy sincera, esperaba que se diera cuenta de que no podía venir y se largara. No quería decírtelo y que te pusieras a limpiar como una loca.

—Alexander Kim está en nuestro apartamento —dice— y yo estoy sin ducharme, con una camiseta de los Lakers y unos vaqueros viejos. El estado de nuestro salón, siempre ordenado, es la menor de mis preocupaciones.

—Estás adorable. —Y lo digo en serio. Lleva su espesa mata de pelo negro recogida en un moño despeinado y sus ojos oscuros brillan por la emoción. Todos los que la conocen la adoran porque siempre se muestra tal y como es, sin complejos—. Vamos. De todos modos, estamos sudados, cansados y llenos de arena. —Le pongo ojos de corderito—. Además, él es tan dulce... No te sientas incómoda. Tal vez te ayude si piensas en él solo como Alec.

Se lleva las yemas de los dedos a los labios como si volviera a ser consciente de quién está en su salón.

—Te juro que todavía había una parte de mí que creía que te lo estabas inventando y que no era él.

—Lo sé.

Señala de nuevo el pasillo y murmura.

—Pero está *ahí* mismo, Gigi.

—Sí, y se va a quedar un rato por aquí, si te parece bien. —Ladeo la cabeza y esbozo una sonrisa triunfal—. Venga, ¿vienes con nosotros?

Vuelvo al salón, con Eden detrás de mí. Alec está de pie, con los vaqueros negros que se puso antes de regresar a casa y las manos metidas tranquilamente en los bolsillos, mirando a su alrededor. Doy las gracias de que tanto Eden como yo seamos unas auténticas maniáticas del orden y siempre tengamos el apartamento limpio. Aun así, me cuesta no ver la estancia con sus ojos.

Es un salón pequeño, amueblado con un surtido de muebles al azar que ambas hemos ido acumulando a lo largo de los años. Un sofá amarillo. Un sillón azul grande y cómodo. Una mesa de centro baja que decoramos nosotras mismas con baldosas unas semanas antes de mi viaje al Reino Unido. Las paredes están salpicadas de una mezcolanza de cuadros de artistas locales y marcos con fotos nuestras y de nuestras familias. Estoy convencida de que la casa que Alec tiene en Londres le da mil vueltas a la nuestra. Me pregunto qué estará pensando al ver esta habitación, si se dará cuenta de lo que falta, si percibirá el espíritu de nuestros adorados cuadros y de las fotos de la universidad y posteriores, que guardamos en cajas porque decidimos que no merecían adornar nuestras paredes.

—Eden, este es Alec.

Alec se da la vuelta y esboza esa sonrisa tan característica suya, la que provoca que también sonrías por instinto como respuesta, aunque la estés viendo a través de la pantalla de una televisión. Cuando aparecen sus hoyuelos, observo cómo Eden intenta mantener la compostura.

Tiene que fruncir el ceño para evitar que se le parta la cara. Eden lo mira con ojos entrecerrados y tararea un vago:

—Alec, ¿verdad?

—Para. —Le doy un golpe en el brazo. A mi lado, Alec se pone a reír—. Alec, esta es mi compañera de piso, Eden.

—Encantado de conocerte. —Le tiende la mano—. Gigi habla maravillas de ti.

—Miente —digo, sonriéndoles a ambos—. Le he dicho que eras una bestia infernal.

Eden le estrecha la mano. La conozco lo suficiente como para saber que cada molécula de sangre ha subido a la superficie de su piel y está llamando a la puerta. Seguro que la palma de mi amiga ahora mismo es como un trozo de carbón ardiendo sobre la mano de Alec.

—Tengo que avisarte —dice con voz tensa—. Voy a hacer todo lo posible para permanecer tranquila, pero he visto todo lo que has hecho, y me va a costar bastante no ponerme a gritar como una loca por tenerte en mi apartamento.

Alec sonríe con dulzura.

—Te entiendo. Yo también me pongo nervioso con los actores que me gustan.

Eden suelta un sonido hilarante, medio gemido, medio chillido, y se tapa la cara.

—¿Hay algo que pueda hacer para que te sientas más cómoda? —pregunta él.

Mi amiga se ríe detrás de sus manos.

—Creo que nada. —Se gira con brusquedad, sin saber qué hacer con su cuerpo—. De hecho, voy a tomarme un trago.

—Bueno —dice Alec—, yo también beberé. Y si esto te hace sentir mejor, que sepas que he hecho cosas increíblemente estúpidas y vergonzosas delante de Gigi.

Se me escapa una carcajada.

—¡Oh, venga ya! ¿Cuándo?

—Una vez me sorprendiste bailando Eminem en ropa interior.

Me quedo boquiabierta.

—¿Cuándo pasó eso?

—Creo que tenías... ¿siete años? Yo tenía trece. Fue horrible.

—No me acuerdo de nada —le digo, estupefacta—. ¡Vaya un cerebro mediocre que tengo! ¡Qué decepción!

Alec se ríe.

—Estaba seguro de que te había traumatizado.

—Es obvio que no.

—¿Y el hip hop en el concurso de talentos Larchmont? —pregunta con una mueca.

Un recuerdo acude a mi memoria. Ahora soy yo la que se tapa la boca con una mano.

—¿Cómo he podido olvidarme de eso?

—¿Hip hop? —consigue decir por fin Eden.

Alec asiente con la cabeza, mirándola.

—Algunos de mis amigos y yo estábamos convencidos de que íbamos a dar el campanazo en el mundo del hip hop en Los Ángeles cuando teníamos... —mira hacia arriba—, ¡Dios!, ¿dieciséis años quizá? Gigi y Sunny se pasaron meses viéndonos ensayar después de las clases.

—Eran malísimos —confirmo, recordando el número que habían creado; uno con mucho movimiento agresivo de caderas, vacíos que llenaban con unos cuantos «oye, oye, oye» murmurados y dudosos intentos de *break dance*.

—¡Vaya! Seguid; esto es magnífico.

—Creo que ya hemos tenido suficiente por ahora.

—Me ha ayudado mucho. —Eden respira hondo para tranquilizarse—. No me voy a desmayar para lo que sea que ocurra después, pero no creo que pueda llamarte Alec.

—Está bien. —Alec vuelve a esbozar esa sonrisa encantadora, con hoyuelos incluidos, que no ayudan en nada a la situación—. ¿Cómo vas a llamarme?

Eden lo observa detenidamente.

—Frank.

Alec enarca una ceja.

—¿Tengo aspecto de Frank?

Eden asiente. Empiezo a notar cómo se relaja.

—Eres Frank, el amigo de mi compañera de piso.

—Me parece bien —dice él, asintiendo con firmeza—. ¿Puede Frank pedir una *pizza* para Lucy, la compañera de piso de Gigi?

—¿Es que Gigi no va a tener un nuevo nombre? —pregunto.

—No —responde Eden.

Alec también está de acuerdo.

—Demasiados nombres nuevos de los que acordarse.

Me doy la vuelta y me dirijo a la cocina.

—Bueno, parece que ya habéis resuelto todo. ¿Quién quiere una cerveza?

Eden responde gritando:

—¡Tráete el paquete entero de seis! Tengo la sensación de que nos las vamos a ventilar rápido.

Eden no se ha equivocado. El paquete de seis cervezas nos ha durado cuatro manos de póquer; todas las cuales he perdido.

Nos las bebemos, no solo porque la cerveza va genial con la *pizza*, sino porque los dos payasos que me acompañan deben de ser hermanos de fraternidad que llevan años sin verse y han convertido toda la velada en un juego de beber.

No se pueden poner los codos en la mesa.

Hay que beberse la cerveza de un trago.

El último en tocarse la nariz cuando salga la palabra «amor» en cualquier canción de la lista de reproducción de Spotify tiene que beber.

Hasta he descubierto que hay una penalización si preguntas de forma inocente si hemos retrocedido en el tiempo y volvemos a ser universitarios de primero.

Por supuesto, también hay penalizaciones si usas el nombre de Alec o Eden. Y como nunca han pasado tiempo juntos y, por lo tanto, no están acostumbrados a llamarse por sus nombres reales, es a mí a quien le toca beber más.

Aun así, en algún momento me doy cuenta de que Alec está haciendo que desaparezca la tensión de fan acérrima de Eden y de que ella, sin saberlo, lo está distrayendo de toda la carga de lo que hemos hablado hoy en la playa. Y los adoro a ambos por eso.

Alec deja su tercera botella vacía sobre la mesa y gime.

—Creo que llevo años sin beber tanta cerveza.

—¿Cómo puede gustarte tanto la cerveza —pregunta Eden— y mantener esa tableta de seis? —Entorna los ojos y me percato de que está contando mentalmente—. ¿O es una tableta de doce?

—Vale, Lucy, bebe. —Cierro un ojo para enfocar la vista al otro lado de la mesa, donde se encuentra ella—. Nueva regla: cada vez que Lucy se ponga en plan pervertido, tiene que dar un trago.

Eden se ríe y se lleva la botella a la boca.

—Ya empiezas a entenderlo.

—¿Y qué pasa si el pervertido soy yo? —quiere saber Alec.

—Frank —indico, señalándolo— puede ser un pervertido, pero solo conmigo.

Hace una pausa y se inclina para besarme antes de quedarse quieto, con su boca contra la mía. Entonces se da cuenta de lo que ha hecho, abre los ojos y se aparta despacio. Al otro lado de la mesa, Eden se queda con la boca abierta.

—Solo... —se interrumpe y se lleva la botella a los labios, dando un trago de penalización por ser una pervertida.

Alec agarra las cartas y las baraja con las mejillas rojas por la cerveza o por el beso (o por ambos).

Después se coloca la gorra del revés; un gesto que me llama la atención. En este momento, Alec Kim es un ser humano como cualquier otro. Camiseta negra, vaqueros negros y gorra del revés. Tiene unos hoyuelos de muerte y los está enseñando porque va achispado. Y por lo visto es un borracho delicioso. Me doy cuenta de que a Eden todavía le cuesta creer que *Alexander Kim* esté en *su* casa. Pero el modo en que se está riendo detrás de las cartas, tomándole el pelo, lo mal que canta al ritmo de la música, la manera en la que esta celebridad está bebiendo cerveza y no sabe poner cara de póquer también le da un toque normal.

—Ahora vamos a jugar al *Trash* —dice, repartiendo diez cartas a cada uno.

—No sé cómo se juega al *Trash* —confieso.

—Entonces vas a tener que beber mucho. —Me sonríe y Eden se ríe, encantada—. Además, esto va a ser un *Trash* rápido. Estas son las reglas: si tardas más de dos segundos en empezar tu turno, bebes. El ganador de cada ronda está exento de cumplir las reglas de la ronda siguiente. Cualquier palabrota conlleva una penalización que es elegida por el ganador de la mano anterior. ¿Entendido?

No puedo dejar de sonreírles.

—No —respondo. Pero Eden asiente, así que seguimos adelante.

Estos dos son como dos gotas de agua.

Alec tamborilea con los dedos en el borde de la mesa. Eden cruje los nudillos. Se miran fijamente, chocan las botellas y empezamos. No tengo ni idea de en qué consiste el juego, ni de lo que se supone que estamos haciendo, pero da igual. Incluso cuando la partida se acelera, tengo la sensación de que el tiempo se ralentiza y la música parece sonar más alta. Estoy viendo a mi mejor amiga y a este en parte desconocido, en parte amante, resolver un desacuerdo sobre las cartas con el piedra, papel o tijera. Estoy contemplando la sonrisa de oreja a oreja de Alec cuando ella le gana y se pone de pie para hacer el baile de la victoria. Estoy viendo cómo él forma una pila antes que ella y cómo Eden se cae de espaldas riendo, olvidándose cada vez más de con quién cree ella que está, mientras disfruta de la compañía de quien es Alec realmente.

Este es un momento que recordaré el resto de mi vida, pienso. *Da igual lo que pase después de esto. Atesoraré esta noche bajo la etiqueta de «Felicidad».*

Vamos a la cocina a por más bebidas. Eden saca masa de galletas del frigorífico y Alec se apoya en la encimera, acerca mi espalda a su pecho y estira el brazo para birlarle una buena porción de masa del cucharón. Luego le da un mordisco, me ofrece un poco a mí y pega los labios sobre mi cuello.

—Me sigue pareciendo raro —comenta mi amiga, mientras echa más masa en una bandeja de horno. Pero ya no parece estar pisando terreno peligroso. De hecho, lo dice de coña, como si fuera un tema zanjado: ya ve normal la relación de Alec y Gigi.

Pero lo nuestro no es nada normal, ¿verdad? Podemos contar con los dedos de una mano los días que llevamos con lo que sea que está sucediendo entre nosotros y en ningún momento he tenido la sensación de tener que hacer nada para impresionarlo. Tal vez sea porque esto tiene fecha de caducidad, porque hoy lo hemos dejado claro. Terminará de forma rápida y sin dramas. Entonces, ¿para qué fingir? Si no le gusta lo que ve, lo peor que puede pasar es que se acabe un poco antes de lo previsto. Y en ambos casos me quedaré hecha polvo. Porque es lo que sucederá. Ahora lo sé.

Regresamos al salón con un plato de galletas recién hechas y té. Eden pone a John Oliver. Me siento en el sofá y, antes de que pueda cruzar las piernas sobre el asiento, Alec invade con delicadeza mi espacio y se tumba con la cabeza sobre mi regazo. Da un mordisco a su galleta y mastica mientras estudia dónde dar el siguiente. Levanto la mano por inercia y le peino el pelo a la altura de la frente. Su cabello es como seda entre mis dedos. Recuerdo habérselo tocado cuando me hizo el amor en Seattle, cuando me besó entre las piernas ayer mismo, cuando se lo he retirado de la frente hoy, en el agua.

Tararea en silencio y da el segundo mordisco. Nuestras miradas se encuentran y pregunta:

—¿Quieres una?

Aunque sabe que puedo llegar al plato sin ningún problema.

Niego con la cabeza. Me esfuerzo por olvidarme del mundo que existe fuera de este apartamento, donde siento la vida de Alec, nuestras circunstancias y la imposibilidad de que haya un nosotros como una losa en el pecho. En cambio, intento recordar qué es lo que él quiere, por qué está *aquí*. Está aquí para ser solo un chico con la cabeza apoyada en el regazo de una chica.

La voz de Eden nos llega desde el lugar en el que está tumbada en el suelo.

—Y dime, Frank, ¿cómo consigue alguien como tú tener todo un día libre en un viaje como este? Si se cancela algún evento, ¿no tenéis un millón de cosas de reemplazo?

Noto cómo asiente en mi regazo.

—Les pedí que no me concertaran ningún otro compromiso —explica—. Necesitaba un día libre. No he tenido uno desde hace... —Se pone a pensar—. Ni siquiera recuerdo cuándo fue la última vez que no tuve algo programado.

Su primer día libre desde quién sabe cuándo y lo ha pasado conmigo. Ahora mismo el corazón no me cabe en el pecho.

—¿Sabe tu gente que estás con ella? —pregunta Eden, haciendo un gesto hacia mí con la cabeza.

—No. Pero saben que me crie aquí. Así que lo más seguro es que se imaginen que estoy viendo a viejos amigos.

—Que es lo que eres —digo.

Me mira fijamente y siento cómo una enredadera crece en mi interior, envolviendo mi corazón, que late desaforado.

—Que es lo que soy.

10

Busco un cepillo de dientes para él debajo del lavabo. Cuando me incorporo, está detrás de mí. Sus ojos risueños se encuentran con los míos en el espejo, y así es como nos lavamos los dientes, con las bocas llenas de espuma y sonriendo de oreja a oreja. Me pregunto si también lo está sintiendo. Este vértigo anticipado. Es como tener diez años y que te den un billete de veinte dólares en la puerta de una tienda de chucherías. Tengo delante de mí un futuro delicioso y no sé por dónde empezar a hincarle el diente.

Cuando me agacho para escupir y enjuagarme, mete la mano por debajo de mi camiseta, a la altura de la cintura, y sus dedos me acarician la piel. Al cambiar de posición para que él se incline, escupa la pasta sobrante y se enjuague, le rodeo con los brazos el talle y me dedico a disfrutar de este momento, abrazándolo y sintiendo los músculos de su espalda contra mi mejilla.

En el dormitorio, me quita la ropa sin prisa, como si fuera un regalo que estuviera desenvolviendo con paciencia. No es la primera vez que nos tocamos y nos miramos, pero sí la primera que no dependo de un reloj.

Aunque puede que él sí.

—¿A qué hora tienes que irte por la mañana?

Detiene la exploración de mi pecho y mira su reloj.

—Sobre las seis.

Me fijo en el reloj de la mesita de noche. Faltan unos minutos para las once. Me sirve.

Se mueve para besarme el cuello mientras desliza las manos por mis pechos.

—¿Qué vas a hacer mañana? —le pregunto.

—Algunas fotos promocionales. —Me pellizca suavemente el pezón con el pulgar y un dedo—. Un encuentro con los fanes y creo que también tenemos una firma de autógrafos a la una y media. —Se endereza, me mira y deja de quitarme la camiseta—. ¿Tienes alguna oficina a la que ir?

Niego con la cabeza.

—Tengo un escritorio, pero voy muy pocas veces.

—¿Mañana vas a trabajar?

—Tengo que hacer algunas llamadas. Investigar unas cosas. —No pronuncio el nombre de Josef Anders; aun así, se instala entre nosotros como un punto oscuro en una fotografía. La ansiedad hace que los latidos de mi corazón sean más fuertes. La presión por hacer esto bien me pesa.

Se desabrocha los vaqueros y se los quita de una patada, logrando distraerme de mi inminente pánico. Luego tira de mí hacia la cama, colocándome sobre él.

Lo miro desde arriba y le recorro la mandíbula con la punta del dedo. Cierra los ojos y gime. Desde esta posición, me doy cuenta de lo mucho que gusta estar encima de él, porque me permite ser testigo de cómo se entrega al placer de esa forma tan absoluta. Abre los ojos y me observa mirándolo. Y ese silencioso momento de entendimiento me hace anhelarlo aún más. Se lleva las manos a la cintura y se retuerce debajo de mí para quitarse los bóxers.

He estado deseando esto desde que noté su erección debajo del agua, arqueándose en una fútil ingravidez, mientras flotábamos en el océano. Ese deseo creció cuando durmió a mi lado sobre la arena caliente y durante el tranquilo trayecto de vuelta a casa, donde reanudó la exploración errante de mis muslos, metiendo de vez en cuando la mano entre mis piernas antes de alejarla, jugando conmigo. Y, de alguna forma, llegó a su punto álgido al ver la facilidad con la que se ha integrado en mi vida con Eden.

Ahora me acerco a él, atrapándolo entre mis muslos, deslizándome sobre su miembro. Pero no lo tomo, solo me froto contra él.

—Llevo todo el día deseando esto.

Vuelve a cerrar los ojos y sonríe, murmurando un suave «Yo también», al tiempo que sube las manos por mis pechos. Quiero capturar esta imagen, grabarla en mi memoria para siempre: Alec en mi cama, Alec debajo de mí. La larga línea de su cuello, la punta afilada de su nuez de Adán, la viril curva de sus clavículas. Tiene un pequeño hematoma en el pecho que parece una marca de mordisco, de ayer o de antes. Ni siquiera lo sé. Estaba oculto bajo la camiseta, pero ahora ahí está, frente a mis ojos, como una muestra de nuestro pequeño y perfecto secreto. Saber eso hace que me ilumine por dentro como el amanecer.

—Gigi —dice, abriendo los ojos—, tómame.

Cuando me inclino sobre él, estirando el brazo hacia la mesita de noche me lame y me chupa el pecho. Me oye abrir una nueva caja de condones y, durante una fracción de segundo, noto que se queda quieto. Le miro a la cara y, mientras rompo el envoltorio de aluminio, veo la sonrisa en sus ojos. Continúa mirándome cuando bajo la vista y le pongo el preservativo, con mucha menos elegancia y velocidad que él la primera noche que estuvimos juntos.

—¿Por qué sonríes?

—Ya sabes por qué —susurra.

No puedo evitarlo. Me encanta el peso de su miembro en mi mano. Si mi propia necesidad no fuera tan acuciante, juguetearía con él con los dedos y con la lengua, pero estoy impaciente, al igual que Alec, que arquea las caderas y, con sus manos, me empuja hacia delante y sobre él.

Es la segunda vez que lo tengo en mi interior, pero en cuanto desciendo sobre su pene, gime y tengo que taparle la boca y morderme el labio para no gritar.

Al verlo hundir la cabeza sobre la almohada, estirando el cuello, todo mi cerebro se pone en marcha, convirtiendo mi cuerpo en una máquina de precisión que introduce una y otra vez su dura longitud dentro de mí y se mueve contra él, buscando la fricción más placentera. Cuando encontramos el ritmo adecuado, me mira fijamente con sus ojos negros y la boca formando un silencioso «¿Así?», para después murmurar un suave «Joder» con una sonrisa. Clavo la vista en sus labios y continúo moviéndome, observando cómo se los lame, cómo emiten silenciosos sonidos de súplica, cómo los entreabre en un pequeño gruñido obsceno.

Estar tan concentrada hace que el placer no venga de inmediato, sino como un barco ascendiendo por una ola hasta que se instala en lo más hondo de mi interior, subiendo por mi columna vertebral y llenando mi pecho con un grito que contengo con los labios sellados y la cabeza echada hacia atrás. Durante un segundo, pierdo la noción de lo que Alec está haciendo mientras me dejo llevar y lo único que puedo hacer o sentir es mi propio alivio y lo que parece un rayo de un placer salvaje que me atraviesa.

Justo cuando empiezo a bajar de la cima, Alec se incorpora, como si no pudiera aguantar más, me agarra del pelo y se apodera de mi boca. Después, nos hace girar y vuelve a tomar el mando. En ese momento, me viene a la cabeza un pensamiento que hace que me sienta como una jactanciosa, como una traidora, y es que, si en este momento alguien nos viera así, podría perder la cabeza al saber que, de puertas para dentro, Alexander Kim es exactamente lo que el mundo quiere que sea.

Me encanta su risa entrecortada, ese sonido que ya reconozco como el de una incredulidad eufórica.

—Shhh —me susurra. Y entonces entiendo lo que le hacía reír, lo que le hacía feliz: cómo me estoy derritiendo debajo de él, la forma en la que he empezado a soltar estos pequeños gritos rítmicos, olvidándome de dónde estamos y a la compañera de piso que tenemos solo a dos paredes de distancia. Me tapa la boca con la mano y me da un beso en la mejilla, reduciendo sus movimientos a pequeños empujones provocativos de sus caderas—. ¿Estás intentando despertar a todo el vecindario?

Vuelvo mi cara hacia su cuello y pego mi boca allí, susurrando una disculpa que no siento, una disculpa que él tampoco quiere.

—Me gusta ver cómo haces todo lo posible por quedarte callada tanto como me gusta hacerte gritar —dice. Y luego, como si quisiera ponerme a prueba, se apoya en las manos y me lanza una advertencia con la mirada antes de empezar a moverse en envites prolongados y duros.

Sin embargo, en algún momento, pasamos del frenesí a la lentitud. Y así, con él sobre mí, abrazándome y con la boca abierta contra mi cuello, caigo en un estado de éxtasis. Se trata de hacer el amor sin ninguna meta, simplemente movernos al unísono, perdernos en lo mismo. Nunca en mi vida me he sentido tan conectada con alguien, es como si compartiéramos el mismo subidón. Le rodeo con los brazos y trato de concentrarme en cada pequeña sensación: el suave deslizamiento de su pecho sobre el mío, los silenciosos sonidos de su respiración contra mi cuello, el cálido y suave roce de sus caderas contra mis muslos, y la intensa fricción de su miembro al entrar y salir de mi interior.

Después, mucho tiempo más tarde, cuando se detiene jadeante sobre mí (sudoroso y agotado), se desploma a mi lado, enciende la luz y pasa las yemas de los dedos por la línea de mi cabello y por mi mandíbula, mirándome. Me toca las costillas, traza la marca que ha dejado con los dientes en mi pecho, desliza la mano por mi estómago y la apoya con ternura entre mis piernas.

—Estás tan caliente... ¿Te duele?

—No. —Arrastro somnolienta el dedo por su clavícula—. Aunque puede que mañana sí.

Baja la mirada de mi cara hasta el lugar donde me acaricia con los dedos; un lugar donde sigue palpitando mi pulso enardecido.

—No puedo dejar de tocarte.

—Ya veo. —Cierro los ojos. Tengo la sensación de que no estoy viviendo en el mismo mundo que durante el día. Si esto es lo que te produce la dicha, no quiero salir nunca de esta cama—. Me gusta.

Me recorre el clítoris con la punta del dedo, rodeándolo lentamente.

—A mí me gusta esta pequeña y tersa parte de ti. La cara que pones cuando te toco aquí.

—¿Qué cara? —pregunto arrastrando las palabras, con voz adormilada.

—Voy a tener que inventar una palabra para describirla. Es como una súplica aliviada. —Me río cuando se apoya sobre un codo para verme mejor. Si estuviera más despierta, estaría un poco más cohibida. O si no fuera Alec—. Eres tan bella que no puedo evitar sentir esta dulce especie de angustia. Estoy desesperado por ti, Gigi.

—¿Desesperado por mí? Por favor, pero si me tienes en el bote.

Le veo esbozar una sonrisa distraída que desaparece a los pocos segundos.

—Antes de volver a Londres, me gustaría dejar constancia de que reclamo este labio inferior. —Sigue acariciándome—. Pero también esta peca que tienes en el hombro. He estado buscando más, pero es la única que he visto. —Me mira con atención—. Y tus ojos cuando te ríes. Sí, también son míos. La curva de tu columna cuando te estás corriendo. La tersa piel de tus muslos contra mi cuello... —Vuelve a apoyar la mano entre mis piernas—. Y esto, justo esto. Me vuelven completamente loco.

—Mi turno. —Levanto la mano y trazo su boca con ella—. Reclamo *tu* labio inferior.

Suelta un suspiro contra mi mano.

—Tienes que elegir otra cosa distinta.

—Calla. Tú no haces las reglas. —Muevo las yemas de los dedos sobre su barbilla y le acaricio más abajo—. Tu garganta. Tengo especial predilección por las gargantas y la tuya es perfecta. Tu nuca. —Sigo haciendo un sendero con los dedos hacia abajo—. Las clavículas. Este músculo de aquí. —Le acaricio justo en el hueco del hueso de la cadera. Alec se aparta como si le hubiera hecho cosquillas. Le agarro la mano y le beso la palma—. Y tus manos.

Se ríe.

—Mis manos, por supuesto.

Entrecierro los ojos y lo miro.

—También me quedaría con tus hoyuelos. Pero a todo el mundo le chiflan tus hoyuelos.

—¿Ah, sí? —pregunta, aunque ya lo sabe.

—Hay una cuenta en Twitter con el nombre de AKHoyuelos, con unos trescientos mil seguidores, que prácticamente lo único que sube son fotos de tus hoyuelos cuando sonríes.

Vuelve a reírse.

—Te lo estás inventando.

—Sabes que no.

—Pero ¿cómo es posible que estés al tanto de eso? —pregunta—. Si ni siquiera ves mi serie.

—Eden me lo ha enseñado. —Respiro hondo y apoyo la mano en su pecho—. Ella la sigue. Me preguntó si de verdad saben a caramelo.

Tarda un segundo en asimilar lo que acabo de decirle.

—¿Te preguntó si mis hoyuelos saben a caramelo? —Suelta una risa que parece un silencioso resoplido y me mira horrorizado—. ¿La gente se pregunta eso?

—Seguro que esa es la parte de tu anatomía más inocente que se imaginan probando, Alec.

Frunce el ceño y yo le beso el dulce mohín que hace.

—Bueno, ¿y qué me dices? —pregunta al cabo de un rato, con una sonrisa de oreja a oreja.

—¿Qué te digo de qué?

—Que si tienen un sabor dulce.

—No.

—¿A qué saben?

—A felicidad.

Al ver cómo se queda quieto tengo la sensación de que he roto la armonía del momento. Estábamos haciendo el tonto hasta que me he sincerado. Tendré que aprender a gestionar mejor estos sentimientos florecientes, porque son demasiado eufóricos. Quieren salir, gritando a los cuatro vientos.

—Voy a crear la cuenta de Labio Inferior de Gigi —confiesa al cabo de un rato.

Suelto una risa aliviada.

—Solo tendrás un seguidor.

—De eso nada, espera a ver mi foto de perfil.

—¿Sabes siquiera cómo usar Twitter?

Su «shhh» es tan revelador como un «no», pero hace un gesto con la mano para restarle importancia.

—Tendré más seguidores que el tipo ese de tu nuevo sombrero.

—Solo necesitas un seguidor: AKHoyuelos. Se conocen muy bien.

—Efectivamente —dice, dándome un beso en la barbilla—. Son los mejores amigos del mundo.

Algo extraño se apodera de mi corazón, retorciéndolo.

—¿Alguna vez has estado enamorado de verdad? —pregunto sin más.

Sin embargo, la pregunta no parece sorprenderlo en absoluto.

—No lo sé. —Mira su mano mientras me recorre la cintura y la posa suavemente sobre mi pecho—. ¿Y tú?

Cierro los ojos y atraigo su cabeza hacia mi cuello. Respondo justo antes de que el sueño se apodere de mí.

—Tampoco lo sé.

El despertador de Alec suena a las cinco, abrimos los ojos poco a poco, haciendo lo mismo que la noche anterior, pero a la inversa. Nos tocamos y nos abrazamos durante unos minutos somnolientos, sin palabras, con manos lentas y perezosas por el sueño. Después, nos quedamos en el lavabo de mi cuarto de baño, cepillándonos los dientes y dibujando caras en el espejo con el dentífrico. Luego vamos a la cocina, donde insisto en prepararle un café antes de que se vaya.

—Podrías seguir en la cama —susurra, con cuidado de no despertar a Eden, que duerme a solo dos puertas del pasillo—. No tenías que haberte levantado.

—Entonces no habría pasado más tiempo contigo —le digo— y no tendrías la oportunidad de probar mi café.

—¿Te sale bueno?

Pienso la respuesta mientras lleno la tetera.

—No quiero parecer presuntuosa. Seguro que tienes un robot que te recoge los granos a mano y los tuesta a tu gusto.

—Suelo beber lo que me trae Yael o lo que hay en el plató. En realidad, no soy tan exigente.

Señalo un taburete junto a la encimera de la cocina, pongo la tetera a calentar y agarro el bote de granos.

—¿Tienes que devolver hoy el coche? Si quieres, puedo hacerlo por ti.

Hace un gesto de negación con la cabeza.

—Creo que Yael ya lo recogió anoche.

—¿Qué?

Se nota que Alec no entiende mi estupefacción.

—¿Qué de qué?

—¿Vino anoche, mientras estabas aquí, y devolvió el coche de alquiler?

—¿Qué otra cosa tuvo que hacer ayer? —pregunta, riendo—. Le molestó más que me tomara el día libre a que le mandara hacer algo a..., ¿cuándo?, ¿las siete de la noche? No es como si la hubiera llamado a las tres de la mañana para hacer un viaje de ida y vuelta a San Diego.

—Supongo. —Tomo algunos granos y los vierto en el molinillo—. Tápate las orejas.

Me obedece, haciendo el tonto, levantando los hombros como si el sonido de los granos moliéndose fuera de verdad ensordecedor. El chasquido agudo y el zumbido metálico rompen el silencio, vierto el resultado en el filtro y lo miro por encima del hombro.

—Y dime —comienzo con cuidado—, ¿cómo es Yael?

Se queda pensativo un instante, mientras saca un bolígrafo de una taza que hay en la encimera y dibuja garabatos en el dorso de un sobre de correo publicitario.

—Es una persona increíble —dice despacio—. Bastante reservada. Tímida. Y aunque se puede tardar un poco en conocerla, es tremendamente leal. Eso sí, no va a hacer lo imposible por complacer a alguien a quien no conozca.

Bueno, eso explica en parte el silencioso trayecto que hicimos el otro día en el ascensor.

—¿Cuánto tiempo lleva trabajando para ti?

—Unos cinco años —explica y, ante mi mirada, aclara—: Se mudó a Corea cuando terminé el servicio militar. Pero la conozco desde que ella tenía catorce años.

—¡Vaya!

Asiente.

—Su madre era el ama de llaves de mis padres. Pasó mucho tiempo en nuestra casa.

—Entonces, ¿es más o menos de la misma edad que Sunny y yo?

—Sí. Mi hermana y ella están muy unidas. —Hace una pausa, reflexionando sobre lo siguiente que me va a comentar—. Cuando Sunny y ella tenían dieciocho y diecinueve años, Yael también fue modelo, pero no le gustó mucho. Es organizada y mandona, aunque tímida. —Dibuja una serie de círculos concéntricos alrededor del borde de un folleto de Trader Joe—. Supongo que se le da mejor estar entre bastidores que delante de una cámara.

—¿Sabe que te conozco de antes?

Asiente con la cabeza.

La siguiente pregunta se me atora en la garganta, pero tengo que hacerla.

—¿Alguna vez habéis...?

Me mira a los ojos y, cuando se da cuenta de lo que le estoy preguntando, suelta una breve risa.

—No. Jamás. —Y luego añade con una sonrisa—: Yael es lesbiana.

Oigo el silbido de la tetera, me vuelvo para agarrarla y vierto el agua con cuidado sobre el café molido, observando cómo se filtra en la jarra. El silencio inunda la estancia y da la sensación de que se traga sus siguientes palabras.

—Parece un café muy sofisticado —dice.

—Lo es. Deberías estar impresionado y darme las gracias.

Alec se ríe.

—Lo estoy, lo estoy. —Acepta la taza humeante que le ofrezco, pero luego la deja en la encimera y se acerca a mí, colocándome entre sus piernas—. Gracias, Georgia Ross, barista sin igual.

—De nada. —Lo beso, luchando contra el impulso de dejarme llevar por su contacto—. ¿Cómo te gusta?

Alec sube la mano por debajo de mi camiseta.

—Como te guste a ti.

Le doy una ligera palmada en la frente.

—Me refiero al café.

—Con crema de leche y azúcar, cuanto más se parezca a un helado, mejor.

Suelto un gruñido y me vuelvo hacia el frigorífico.

—Vaya una manera de desperdiciar mi café.

—No —se queja, riendo mientras toma la crema y se echa una generosa ración en su taza—. Te prometo que lo voy a disfrutar.

—Si no tienes coche, ¿cómo vas a volver al hotel?

Alec levanta el brazo en el que lleva el reloj.

—Me vienen a recoger en diez minutos.

—¿Yael?

Asiente.

—¿Y luego estarás ocupado todo el día?

Vuelve a asentir.

—Deberíais venir a la firma de autógrafos del reparto.

—¡Pero si no he visto la serie! —señalo, aunque me apresuro a añadir—: ¡Todavía! Te prometo que la voy a empezar en cuanto pueda. Pero me sentiría mal llevándome una entrada destinada a una fan.

Por alguna razón, eso le hace reír.

—No necesitas ninguna entrada, Gigi. No te estoy sugiriendo que tengas que hacer cola para conseguir un autógrafo. Vendrías como mi invitada. Y puedes traerte a Eden.

Le tapo la boca.

—Cuidado con lo que ofreces. No te puedes imaginar lo que se contuvo anoche. Si la invitas hoy, podría presentarse con una camiseta con tu cara. O, peor aún, con la imagen de tu torso.

—No pasa nada —dice—, siempre que sepa que los hoyuelos pertenecen a otra.

La acuno la cara y le doy un beso en cada mejilla.

—El labio inferior de Gigi está de acuerdo con esto.

11

Una hora después de que Alec se marche, recibo un breve mensaje de un número desconocido que, por la brevedad, supongo que es de Yael.

> Reúnete en la entrada lateral del Ace Hotel de Blackstone a la una en punto. Escribe a este número en cuanto llegues.

Con esa información en mano, entro bailando a la habitación de Eden. Mi amiga está tumbada de espaldas en la cama, con el portátil apoyado en la rodilla. Por los altavoces oigo la voz de Alec; una voz sorprendentemente surrealista.

—¿Qué estás viendo?

—*The West Midlands.* —Me mira un momento y sonríe—. Tu chico está a punto de tener un accidente de coche.

Me pongo a su lado.

—¿Me voy a quedar traumatizada?

—¿Por el accidente? —Me mira—. No, pero por los besos sí.

—¡Oh! —Pongo cara de que no me importa—. Vi un montón de gifs de esa escena en el Lyft, de camino a casa.

—Lo sabía, pequeña desgraciada.

Le robo una de las almohadas y la coloco debajo de mi cabeza.

—Muy bien. Ponme al día.

—¿Quieres verla *ahora*?

—Bueno —le digo con una sonrisa enorme—, teniendo en cuenta que hoy vamos a ir a una firma de autógrafos como invitadas de Alec, me vendría bien saber algo sobre la serie.

Me mira fijamente sin parpadear.

—¿Qué?

—Es en el Ace Hotel. ¡Oh! —digo, al darme cuenta—. Tienes que llamar al trabajo y decir que te has puesto mala. La asistente cíborg de Alec me ha enviado indicaciones para entrar por la puerta lateral. —Me señalo el pecho—. Ya sabes que ahora me codeo con la gente de Hollywood.

Eden suelta un chillido ensordecedor y se abalanza sobre mí. En algún lugar de la estancia, oigo el sonido de su portátil golpeándose contra la pared.

—¿Voy a conocerlos a todos?

—Supongo que sí.

Otro chillido. Abrazo su cuerpo delgado.

Aunque durante un buen rato, no está nada complacida conmigo porque, como no tengo remedio y es cierto que necesito un resumen completo de la serie, me paso las siguientes horas señalando caras y diciendo: «Me suena de algo» o «Ese salía en la película en la que se veía parte de un pene, ¿verdad?».

Sin embargo, al final de este somero repaso, puedo decir tres cosas con absoluta certeza: 1) La serie tiene pinta de ser dramática y adictiva. 2) Ahora entiendo perfectamente por qué todo el mundo está dispuesto a creerse que se está acostando con su compañera de reparto, Elodie Fabrón. La química que hay entre ellos hace que salten chispas de la pantalla. Y 3) Teniendo en cuenta lo anterior, tengo que encontrar la manera de que Alec Kim termine en mi cama esta noche.

Llegamos temprano al acto, justo después del mediodía. Aparcamos en la calle y echamos un vistazo a la puerta lateral. Hace un calor de mil demonios, y Eden me acosa para que envíe un mensaje de texto a Yael antes de tiempo. No conozco a Yael, pero sí la he visto lo suficiente como para decirle a mi amiga que se calle. Le enviaré el mensaje a la una en punto, ni un segundo antes.

Desde el lugar en el que estamos, podemos ver la cola que rodea la manzana y que da otra vuelta más. Sé que muchos de los fanes que hacen cola están aquí para ver al famoso actor de Doctor Who que interpreta al primer rompecorazones de *The West Midlands,* o al bombazo de la taquillera franquicia de superhéroes DC, pero algunos de ellos (seguramente muchos) han venido aquí solo por Alec.

Como tengo que responder a unas cuantas preguntas que me ha hecho el editor sobre el artículo antes de que se publique y hablar con Ian sobre lo que está investigando en Londres, agradezco el rato que voy a tener que pasar esperando. Aun así, es una experiencia surrealista hacer mi trabajo rodeada de cientos (quizá miles) de personas que se han debido de tomar el día libre para venir a ver a un grupo de famosos. En cuanto envío el último correo electrónico, Eden y yo nos quedamos en silencio, un poco asombradas ante la magnitud del evento y escuchando a hurtadillas las entusiastas conversaciones. Me encanta ese lado fan de mi mejor amiga, el amor que Eden siente por las cosas que le gustan. Yo nunca he experimentado nada parecido a eso, ni siquiera en los momentos en los que la veía y parecía que estaba disfrutando de lo lindo. A menos que se trate de algo relacionado con mi profesión, no tengo la capacidad de sumergirme de cabeza en algo y pasarme horas sin pensar en otra cosa.

Pero al contemplar a la gente que está parada ociosamente en la fila que se extiende a lo largo de Blackstone y más allá, y escuchar sus conversaciones, me doy cuenta de que es fácil que estos fanes sepan más de la vida de Alec que yo. Algunas mujeres dicen que se han traído bolígrafos de su color favorito (el rojo), mientras se preguntan si les firmará sus camisetas (por lo visto, Alec es el único miembro del reparto que no ha firmado un autógrafo en el cuerpo de alguien). Hablan de su sonrisa, de cómo solo se siente cómodo cuando pasan unos minutos, de cómo siempre se tarda más con él en la cola de autógrafos porque habla con todo el mundo. Comentan si irá a la Comic Con y se sueltan frases de broma entre ellas, que supongo que forman parte de los diálogos de alguna de sus series.

Cuando sacan sus teléfonos y empiezan a abrir sus fotos y gifs favoritos, me esfuerzo por no prestar atención. Estoy segura de que está sin camiseta en más de la mitad de ellas. Una extraña y oscura sombra se instala en mi cabeza mientras pienso en ellas, mirando su cuerpo desnudo.

—¿Te molesta? —me pregunta Eden en voz baja, como si acabara de leerme la mente.

Me río por lo oportuna que ha sido.

—Mucho.

—Las fanáticas son bastante intensas.

—Eso no me importa —le digo con total sinceridad—. Me encanta ver cómo te emocionas con las cosas que te gustan. Lo que pasa es que me siento como un pez fuera del agua. Me he dado cuenta de que es probable que estas mujeres sepan más de él que yo.

Noto que me observa y que asiente en silencio, lo que hace que me sienta aún más incómoda. Quiero ver a Alec en su entorno, pero hay una parte de mí que, aunque sabe que él no actúa de ese modo, teme que me mimetice entre la multitud, que me vea aquí y se dé cuenta de que no tengo nada de especial. Nunca me he sentido así, jamás me preocupó este detalle hasta que no me he visto rodeada por cientos de sus fanes. ¿Por qué hemos mezclado nuestros mundos de este modo?

Pero ya es demasiado tarde para dar marcha atrás. Eden está a mi lado, vibrando de emoción.

Nunca se me ocurriría sacarla de aquí. *No te queda otra que superarlo,* pienso.

A la una, finalmente envío un mensaje de texto a Yael.

> Estamos aquí.

No me responde, pero unos minutos más tarde se abre una puerta y la veo asomar la cabeza. Nuestras miradas se encuentran un segundo antes de que nos haga un gesto para que entremos. Oigo las quejas de algunas de las mujeres que tenemos detrás de nosotras y los gritos de otras más adelante, pidiendo que las dejen entrar a ellas también. Pasamos por la pesada puerta de acero y salimos a un largo pasillo vacío.

Yael y sus piernas kilométricas nos guían a toda prisa por el pasillo, deteniéndose ante una puerta sin ningún cartel.

—Limitaros a quedaros ahí y pasar el rato, ¿de acuerdo? —nos dice de forma sucinta—. Alexander os saludará en cuanto pueda.

Creo que es su forma de decirnos que no se nos ocurra molestar a los famosos. Aunque no tiene de qué preocuparse. Me arrepiento de haber venido en cuanto entramos a lo que me doy cuenta de que es la sala de descanso del reparto. Hay unas cuarenta personas hablando entre sí y todas ellas parecen haber nacido elegantes. Eden lleva una camiseta de *My Lucky Year* con la cara de Alec y yo unos vaqueros negros y una camiseta de tirantes del mismo color. Me he recogido el pelo en un moño alto y he optado por pintarme lo imprescindible, suponiendo que nadie se iba a dignar a mirarme.

No podría haber estado más equivocada. Nada más entrar, todo el mundo alza la vista y se queda boquiabierto al darse cuenta de que acaban de aparecer dos mujeres que son solo fanes. La conversación se torna incómoda hasta que deciden que no somos interesantes y se olvidan de nosotras de inmediato; algo que, de alguna forma, hace que me sienta mucho más cohibida. Cualquier movimiento que hagamos puede atraer la atención sobre nuestras personas. Reconozco algunas caras del cine y de la televisión, incluyendo a la novia de Alec en la ficción, Elodie Fabrón. Al cabo de un rato, por fin, veo a Alec cerca de la pared del fondo, enfrascado en una conversación con alguien que no sé quién es. De hecho, Alec está tan absorto en la charla, que es posible que él y el otro hombre sean los únicos que no nos han mirado cuando hemos entrado.

Eden y yo bordeamos la sala y tratamos de encontrar un lugar en el que no molestemos a nadie. Mi mejor amiga está en el paraíso de las fanes y parece que acaba de nacer, pero yo me siento tan incómoda como si estuviera desnuda en medio de una ciudad desconocida. Soy consciente de que todos los que hay esta sala están relacionados de alguna u otra forma con el mundo del espectáculo; todos menos nosotras. Nos quedamos en un extremo, cerca de una mesa de aperitivos, hasta que alguien se acerca a tomar algo y nos movemos hacia la pared de enfrente, pero es la zona donde el reparto ha dejado sus objetos personales y nos piden que nos vayamos de ahí. Alec sigue ocupado hablando con el hombre que me recuerda a un director y aún no nos ha visto.

¿Qué hacemos aquí? Quiero enviarle un mensaje de texto desde el Batteléfono; algo que hace nada me parecía un artilugio divertido propio de los agentes secretos, pero que ahora hace que me sienta un poco vulgar. Estaría mucho más cómoda si me hablara de lo que ha sucedido en este evento más tarde, en la intimidad de su habitación o de mi apartamento, pero sé que si intento tirar de la camiseta con la cara de Alec de Eden y llevarla hasta la salida, mi amiga estallaría en llamas y me quemaría viva.

De pronto, se produce un pequeño revuelo cerca de la puerta y una mujer se sube a una silla y da unas palmadas.

—Hola a todos. Prestadme atención unos segundos. —Los presentes se van callando poco a poco—. Han empezado a dejar entrar a gente en el recinto. Saldremos en unos diez minutos. El orden será el siguiente: Dan, Alexander, Elodie, Ben, Gal, Becca y luego Dev. Seguiremos un formato de preguntas y respuestas moderado por... —señala hacia un lado y sonríe— este tipo de aquí.

No puedo ver al tipo en cuestión, pero todo el mundo se pone a aplaudir, a silbar y a gritar, así que supongo que es alguien importante. Hasta que Eden no se acerca a mí y me susurra el nombre de Trevor Noah, no empiezo a percatarme de la cantidad de estrellas que están en esta sala con nosotras.

Cuando la mujer termina su perorata, se baja de la silla y la gente reanuda sus conversaciones, pero ahora hay una nueva energía en el ambiente. Desde el fondo del pasillo, nos llegan sonidos lejanos: aplausos, gritos, la vibrante cacofonía de un montón de cuerpos en un espacio reducido. Miro a mi alrededor y, justo cuando mis ojos pasan por el rincón donde antes he visto a Alec, nuestras miradas se encuentran.

Veo cómo su boca forma un sorprendido «Ahí estás» y se excusa de inmediato para acercarse a nosotras. Lleva una camisa negra y unos vaqueros oscuros, pero lo que mejor le sienta es esa sonrisa de oreja a oreja que trae. Me da un brinco el corazón.

Unas cuantas personas vuelven a fijarse en nosotras; una atención que me produce urticaria. Hago todo lo posible por no esconderme detrás de Eden. Alec se acerca a nosotras, nos estrecha la mano (esto también me resulta muy raro) y nos sonríe con gesto cálido.

—¡Lo habéis conseguido!

Eden responde con un pequeño chillido ininteligible y Alec se aleja con ella para presentarle a algunas personas que tenemos cerca. Genial. Ahora me he quedado sola.

Un minuto más tarde, la veo hablando con entusiasmo con una actriz estadounidense superconocida y Alec regresa a mí, ahora con una sonrisa diferente; una sonrisa que habla de intimidad.

Mientras se acerca, hago caso omiso de todos los ojos que lo miran. Solo quiero ver y sentir su expresión y el secreto que hay entre nosotros. Se detiene a medio metro de distancia y, como está dando la espalda a los presentes, se permite el lujo de hacer un seductor escrutinio por todo mi cuerpo.

—Hola.

Intento esbozar una sonrisa educada.

—Hola.

—¿Por qué no me has mandado un mensaje avisándome de que ya estabas aquí?

—Porque estás... —titubeo—. Estás en modo famoso.

Se muerde el labio inferior y me mira con ojos entrecerrados, estudiándome.

—Odias esto, ¿verdad?

—Solo lo normal.

Alec se ríe.

—Quería que estuvieras aquí, pero pareces incómoda. He sido un egoísta.

Miro a la sala que hay detrás de él.

—Estoy bien. De verdad. Solo que... —Le devuelvo la mirada y me río—. Creo que apenas te queda un minuto para estar conmigo.

—Me gusta saber que estás aquí —confiesa—. ¿Tiene sentido?

Asiento con la cabeza. Claro que tiene sentido. Todo en él lo tiene.

Parece que quiere besarme. Tiene las mejillas sonrojadas y los ojos brillantes. Por el rabillo del ojo, veo a la mujer de la silla conducir a Trevor Noah fuera de la sala de descanso. Segundos después, oímos los gritos de la gente. Mujeres chillando. Suena como un enjambre rugiente de abejas.

Creo que todavía no estoy preparada para enfrentarme de verdad a la realidad de su fama. Hasta ahora, el tiempo que hemos pasado juntos, salvo en el aeropuerto de Los Ángeles, hemos sido solo nosotros. Alec como hombre y yo como mujer. Los dos dejándonos llevar por algo que ninguno sabe cómo llamar. No soy una persona a la que le guste esto. Estar con un famoso no es algo que forme parte de mis fantasías. Pero sí me gusta lo que sucedió en el hotel de Seattle y en el hotel de Los Ángeles. Nuestro día de playa. La última noche, haciendo el tonto con Eden. Lo que pasó después, en mi cama, que me vuelva a decir que tiene que encontrar una nueva palaba para describir la cara que se me queda cuando me toca. Me gusta oírle decir que está desesperado por mí.

Alec me agarra de la barbilla con el pulgar y el dedo y me obliga a mirarlo a los ojos.

—No lo hagas.

—¿Cómo no voy a hacerlo? —Sacudo la cabeza, riendo—. Lo sabía, pero no me di cuenta.

—Mírame a la cara. —Clava la vista en mí con tanta intensidad que, poco a poco, el sonido de los gritos y murmullos desaparecen y todo lo que hay a nuestro alrededor se vuelve borroso—. Tengo que preguntarte algo importante.

Reprimo una sonrisa ante su sinceridad.

—De acuerdo.

—No hace falta que me respondas ahora mismo. Te lo pregunto ahora porque no creo que después tenga oportunidad de hacerlo.

—Está bien.

Baja la cabeza hacia mí. Tengo sus labios tan cerca que los siento moverse contra el lóbulo de mi oreja.

—Creo que deberías mudarte a la *suite* de mi hotel durante todo el tiempo que esté en Los Ángeles. —Siento un estallido en mis oídos a medida que mi cerebro se equilibra. Alec se aparta, con los ojos muy abiertos, y sopesa mi reacción antes de volver a acercarse y decirme—: Puedes trabajar desde allí. Así no tendremos que preocuparnos de la prensa, ni de andar de un lado a otro, y podremos aprovechar al máximo el tiempo que nos queda.

—¿Para que sea aún más difícil cuando te vayas? —digo sin querer. Las palabras han abandonado mi boca sin más.

Alec frunce el ceño y me mira a los ojos antes de centrarse en mis labios. Después se humedece los suyos, como si estuviera pensando en cómo se sentiría si me besara aquí mismo. Yo también me humedezco los míos por instinto.

—Bueno —dice al cabo de un rato—, por eso no tienes que responder ahora. Solo tienes que enviarme un mensaje. Si decides hacerlo, puedo darte una llave.

Cuando conducen al elenco fuera, el resto de nosotros los seguimos en un largo y desorganizado séquito. A Eden y a mí no nos han dicho dónde tenemos que colocarnos o qué se supone que debemos hacer, pero en cuanto llegamos al espacio donde se va a llevar a cabo el evento, dejo de preocuparme por ello, porque lo único en lo que puedo concentrarme es en el muro de sonido y en el mar de gente.

La sala es enorme y está llena de filas y filas de asientos. No debe de haber ningún bombero cerca, porque hay gente de pie en los laterales y en el fondo. En la zona delantera hay una larga mesa con sillas para cada uno de los invitados y pequeños letreros con los nombres de todos ellos colocados sobre el mantel blanco. Cuando el grupo entra y los miembros del reparto de *The West Midlands* ocupan sus asientos, los asistentes se revolucionan. Trevor tarda un minuto largo en conseguir que todo el mundo se siente para poder hacer las presentaciones. Después de esto hay una breve sesión de preguntas y respuestas, y luego vendrá la firma de autógrafos.

No entiendo muchas de las preguntas; se refieren sobre todo a temporadas anteriores o adelantos de lo que está por venir. Un par de ellas son de carácter personal, aunque se ha pedido a los fanes que eviten hacer este tipo de cuestiones. ¿Está saliendo Ben con esa cantante? El hombre tiene que recodar al público que está casado. ¿Son Alexander y Elodie pareja en la vida real? Ambos responden de forma poco convincente, aunque lo entiendo: los rumores siempre llaman la atención de los espectadores.

Dejo de escuchar las respuestas y me fijo en la facilidad con la que se desenvuelve Alec ante una multitud de este tamaño. Yo sería un manojo titubeante de nervios. Él, en cambio, incluso cuando responde a preguntas de carácter íntimo, parece tomárselo con calma y su voz grave y tranquila adquiere un tono deslumbrante y coqueto.

Quiere que me quede en su habitación del hotel. ¿No sería eso una locura? Es cierto que ansío cada segundo que pueda estar con él, pero contemplarlo en este evento hace que me sienta como un monstruo codicioso, tramando cómo escabullirme con él detrás de la mesa y arrastrar su silla detrás de la pantalla de la BBC-Netflix para ponerle las manos encima.

Justo cuando estoy pensando en esto, oigo una voz a mi lado.

—Este viaje está siendo toda una novedad para él.

Alzo la vista, sorprendida de encontrar a Yael de pie, a medio metro de distancia de mí.

—¿Perdón?

—Alexander. —Lo señala con la barbilla. En este momento está recibiendo al primer grupo de fanes en la mesa de autógrafos—. Sus viajes no suelen ser así —me explica—. El tiempo que está pasando contigo. —Me mira, con las cejas enarcadas, como si yo no supiera a qué se refiere—. Normalmente no tiene tiempo para salir con nadie.

Muy pocas veces me quedo con la mente en blanco, pero ahora mismo no tengo ni idea de qué se supone que debo decir.

—Seguro que está muy ocupado.

—Lo está. —Hace una pausa y luego suelta lo que de verdad quiere decirme—: No quiero que te hagas ilusiones, Georgia.

Sigo sin saber qué responder, así que me limito a hacer un pequeño gesto con la cabeza para que sepa que la he oído. ¿Ilusiones? No sé a lo que se refiere con eso. Alec acaba de invitarme a quedarme con él en la habitación de su hotel hasta que regrese a Londres. Quizá Yael debería hablar antes con él que conmigo.

Yael se aleja y yo me quedo mirando cómo Alec se inclina hacia una fan adolescente para escucharla mejor. Se pone a la altura de sus ojos, haciendo contacto visual con ella. Sé exactamente lo que esa adolescente está sintiendo ahora mismo, con esos cálidos ojos marrones clavados en los suyos: que ella es la única persona que existe en toda la sala. Pero, para mí, la estancia no hace más que dar vueltas. Alec me ha invitado a venir a este evento. Me ha pedido que me quede con él en su *suite* y su asistente me está diciendo que debería dejarlo en paz. Es evidente que ansío estar cerca de él, pero también quiero hacer lo mejor para él.

—¿Se supone que tengo que fingir que no he oído eso? —pregunta Eden desde mi otro lado.

—¡Vaya!

—Creo que no he hecho nada que indique que tengo alguna esperanza de que esto vaya a llevarnos a ninguna parte.

—Yo creo —comenta Eden— que lo que ha querido decirte es que está preocupada por que Alexander Kim *quiera* que os lleve a alguna parte.

Mientras asimilo esto, lo veo aceptar un regalo hecho a mano por una fan. Un encargado intenta agarrarlo y meterlo en una caja, pero Alec le hace un gesto de negación con la cabeza. Quiere dejarlo con él en la mesa.

—Me ha pedido que me quede con él en el hotel.

—¿En serio?

Asiento.

—¿Y vas a hacerlo?

—Quiero hacerlo, pero también creo que eso sería como clavar un cuchillo al rojo vivo en mi corazón dentro de nueve días.

—¡Dios, qué dramática eres!

La miro.

—¿Tú lo harías?

—Ya sabes la respuesta a eso. Aunque también aceptaría el empleo de pulidora de cinturones de Alexander Kim si me lo ofrecieran.

Me muerdo el labio y observo su largo cuello mientras se inclina sobre la mesa para estrechar la mano de una fan que va en silla de ruedas. No me cuesta nada imaginarme la cara que debe de estar poniendo, su expresión dulce y atenta y la aparición de sus hoyuelos mientras le sonríe y le da las gracias por haber venido.

Pero también puedo imaginarme el sonido de alivio que hará cuando se quite los zapatos más tarde. Cuando caiga rendido en el sofá de su *suite*. Puedo imaginarme cómo me arrastrará hasta su regazo y soltará un gruñido de felicidad con la boca pegada a mi cuello.

Me imagino que pedimos la cena al servicio de habitaciones. Que me ofrece probar su comida y asiente contento cuando ve que me gusta. Me pregunta qué me apetece ver en la tele y luego me distrae de todas las formas posibles, con sus manos y su boca. Al final claudicamos y terminamos haciendo el amor.

Mi cerebro decide interrumpirme en esa frase. *Hacer el amor.*

Eso no es lo que estamos haciendo, pero aunque lo fuera... lo querría.

Sí, lo quiero, aunque solo sea durante un puñado de días.

Le mando un mensaje de texto desde el Bat-teléfono e intento ignorar el nudo que se me forma en el estómago cuando me imagino la reacción de Yael.

> Vale. Me quedaré en tu *suite*.

12

Sabía que hoy era el día, pero cuando Billy me manda un mensaje de texto a las tres y media de la tarde, diciéndome que mi artículo saldrá en internet antes de la edición impresa de mañana, me invaden unas náuseas de nervios que solo he sentido un puñado de veces. Estoy en un Uber, de camino al Waldorf Astoria de Beverly Hills, con la llave de la habitación 1001 ardiendo como una cerilla encendida en mi bolsillo y mi primer artículo importante en el *LA Times* a punto de publicarse en media hora.

Lo más probable es que a Alec le queden dos horas más de autógrafos. He sido incapaz de seguir todos los detalles de la organización del evento (pulseras azules, verdes y rojas, pases VIP para fanes), pero cuando se tomaron un descanso mientras cambiaban de grupo de pulseras, me encontró, me metió una llave en la palma de la mano y me dijo que me fuera cuando quisiera y que él se reuniría conmigo allí más tarde. Durante unos segundos, me planteé decirle que a Yael no le iba a hacer ninguna gracia, que ella me había venido a decir, a su modo, que me relajara un poquito con lo que estaba pasando, e irse a vivir juntos es todo lo contrario a relajarse. Pero Alec la conoce desde hace casi quince años y, sin duda, tiene que saber cómo va a reaccionar su asistente con todo esto.

Durante todo el trayecto desde el deslumbrante vestíbulo del hotel hasta el ascensor, creo que me van a parar en cualquier momento para preguntarme a dónde voy o si necesito ayuda. Crecí en Santa Mónica y fui al colegio con los hijos de los famosos. No me siento fuera de lugar en los lugares más elegantes de Los Ángeles, aunque también me criaron unos padres que me ayudaron cuando lo necesité, pero que ya no se hacen cargo de mí. Me mantengo por mí misma, lo que significa que subsisto en Los Ángeles al mes con lo que mucha de la gente que se aloja en este hotel ha pagado por una escapada de fin de semana a California. Seguro que mi maleta vale menos que una caja de pajitas de las que usan en el bar, y todavía voy vestida con lo que he llevado para la firma. Después de un día caluroso y húmedo, los tirantes de mi camiseta son mucho menos robustos que los de mi sujetador y se me van cayendo por los hombros.

Sin embargo, cuando entro en la tranquila *suite* de Alec, con el aire acondicionado funcionando, siento como si estuviera en una ciudad distinta a la que he conocido toda mi vida. Desde que soy adulta, jamás he estado en un hotel de este tipo, salvo cuando he tenido que hacer alguna entrevista. En la placa dorada de la puerta ponía «*suite* villa». Un pasillo conduce a una amplia sala de estar circular con muebles de color verde agua, cojines dorados y blancos, y unas lámparas y una mesa de centro que probablemente cuestan más que mi alquiler mensual. El espacio está separado en dos ambientes, el comedor está detrás de una estantería abierta salpicada de adornos de un gusto exquisito: un jarrón *art déco* en blanco y negro, una figura de bronce de un caballo, libros de arte y láminas enmarcadas en blanco y negro.

Deslizo la mano por la mesa del comedor mientras observo el aparador de inspiración asiática, los delicados grabados dorados de las paredes, las sillas blancas de felpa (seis, como si fuéramos a dar una cena). Las ventanas abarcan la pared del fondo del salón-comedor, curvándose con la forma del edificio y mostrando una vista magnífica de la enorme terraza y las colinas de Hollywood. Estas son las vistas que la gente se imagina cuando piensa en Los Ángeles. No los tramos atestados de tráfico y llenos de vallas publicitarias de Sepúlveda, al norte del aeropuerto de Los Ángeles, ni la maraña de autopistas en pleno centro de la ciudad, sino esto: un cielo abierto, colinas verdes y exuberantes y palmeras a lo largo de las amplias calles.

Saco el teléfono y envío un mensaje a Eden.

Ahora mismo estoy viviendo un momento *Pretty Woman.*

Sé más específica. ¿Te han echado de las tiendas
o te estás dando un baño de burbujas?

Ninguna de las dos cosas. Pero esta *suite* es increíble.

Más vale que lo sea.

Sonrío ante la adoración que siente por Alexander Kim, meto el teléfono en el bolso y lo cuelgo sobre una silla del comedor mientras exploro el resto de la *suite*.

He tenido a este hombre dentro de mí, he besado casi cada centímetro de su cuerpo y, sin embargo, todavía me entran sudores fríos cuando veo la enorme y pulcra cama de cuatro postes con almohadas blancas de felpa. Es un dormitorio tan pintoresco que resulta de lo más absurdo, y lo único que puedo pensar es que es una cama para recién casados. Para consumar algo. Y nosotros vamos a dormir aquí. De cuatro noches, ya hemos pasado dos juntos, y ahora *esta* es nuestra cama. Pienso en la cama que tengo en mi casa, con un colchón de tamaño normal que, comparado con este, parece diminuto. A Alec se le quedaba un poco corto, pero dio igual. Ahora sé que, si Alec pudiera salirse con la suya, se acurrucaría y me haría la cucharita toda la noche. Mejor aún, dormiría encima de mí.

Justo cuando entro en el cuarto de baño y vislumbro la bañera descomunal con vistas a las colinas, empiezo a recibir un montón de mensajes y correos. Durante unos minutos, se me ha olvidado que esta habitación no es lo único que está cambiando mi vida hoy.

El artículo se ha publicado.

Oigo el sonido de la llave, la puerta abriéndose y a Alec caminando por el pasillo.

—¡¿Gigi?! —grita.

El alivio y la emoción me golpean el centro del pecho con la precisión de un láser. He estado leyendo un libro, intentando olvidarme de los comentarios online, de las reacciones de la gente y del personal del *LA Times,* pero lo dejo sobre la mesa baja justo cuando él entra en la sala de estar de la *suite.* En cuanto me ve, esboza una enorme sonrisa de alivio.

—Estás aquí.

Me muerdo los labios, tratando de contener las ganas que tengo de gritar de felicidad. Lleva puesto lo mismo que en la firma, pero parece distinto; se le ve mucho más relajado, hasta puede que aliviado.

—Hola.

Echa un vistazo a su alrededor. Ve mis zapatos al final del pasillo, mi maleta apoyada en la pared y el libro boca abajo sobre la mesa.

—Bien —murmura—. Te has traído tus cosas.

¡Qué raro me resulta esto! Vamos a estar juntos. A *vivir* juntos, en esta *suite.* Vamos a compartir comidas y sueño, duchas y trabajo. No podemos comprometernos a nada más allá pero, al menos, vamos a hacer esto: cohabitación temporal y encaprichamiento indefinido.

Se acerca, apoya las manos en el respaldo del sofá y se agacha para besarme.

—Ahora vuelvo. —Desaparece en el baño y oigo correr el agua. A Alec Kim nunca se le ocurriría tocarme con las manos sucias.

Pero, cuando vuelve, no nos desnudamos de inmediato. El ambiente no nos conmina a ir deprisa y en plan acalorado; todo lo contrario, la atmósfera es amplia, llena de oxígeno, espacio y tiempo. Lo veo atravesar el salón hasta el minibar e inclinarse para agarrar dos botellas de agua.

—¿Cómo te ha ido la tarde?

—Han publicado mi artículo en internet.

Se vuelve con los ojos abiertos de par en par.

—Espera... ¿Hoy?

Asiento, exultante.

Se saca el teléfono del bolsillo.

—Pásame el enlace. —Cuando lo hago, me quedo mirando cómo mueve los ojos, leyendo el artículo, y cómo los sube para empezar de nuevo—. Es muy bueno.

El orgullo me inunda como un cálido rayo de sol.

—Gracias.

—En serio —dice, acercándose—, es un artículo muy bien escrito. Informa, pero no cae en el chismorreo.

Intento desviar el cumplido, contestando con un somero:

—Me alegro.

—¿Qué reacciones está teniendo?

—Hasta ahora geniales. He recibido tantos mensajes, llamadas y notificaciones que he empezado ponerme un poco nerviosa, así que he dejado el teléfono y me he puesto a leer un rato en la terraza. —Aunque evito decirle que luego he entrado, pues sabía que tenía que estar a punto de llegar.

Alec levanta la vista del teléfono.

—Está muy bien, ¿verdad?

—¿La terraza? —me río—. Sí, es muy bonita.

Se desploma en el sofá a mi lado, abre el tapón del agua y lo lanza sobre la mesa.

—En una escala de «Ha sido perfecto» a «No vuelvas a llamarme en la vida», ¿cuánto has odiado lo de la firma de autógrafos de hoy?

Estiro el brazo y le quito un trozo de confeti del cuello.

—No lo he odiado.

—Mentirosa.

—De verdad —insisto—. Estoy acostumbrada a estar alrededor de gente importante, pero siempre por motivos profesionales. Hoy me he sentido un poco... —intento encontrar la palabra adecuada— un poco rechazada porque estaba allí *solo* como un fan. Ha sido una experiencia extraña.

Alec da un buen trago al agua y asiente mientras traga.

—Te entiendo. Puede que sea lo que menos me gusta del mundo de la cultura.

—A ver, que seas una celebridad *no* es la razón por la que estoy contigo.

Sonríe y me mira con un brillo de diversión en los ojos.

—¿Por qué estás conmigo?

Le meto un dedo en el hoyuelo y trazo un sendero por sus labios y garganta.

—¡Ah, claro! —Siento su risa vibrando en la yema del dedo. Se endereza y se hace con el libro que he dejado en la mesa—. ¿Qué libro es? —No le respondo porque ya está indagando por su cuenta—. ¿Está bien?

Me encojo de hombros.

—Solo llevo unas cincuenta páginas, pero por ahora me está gustando.

Mientras lee la solapa de la cubierta, me acerco a él y le rozo con el dedo el pelo de la sien.

—¿Cómo ha ido el resto del evento?

—Bien. Hemos tenido sesiones de fotos. —Deja el libro y se lleva las manos a las mejillas, masajeándoselas.

—¿Has tenido que sonreír un montón?

Se ríe y asiente. Luego se mueve para tumbarse con la cabeza en mi regazo y me mira fijamente.

—Me alegro mucho de que hayas querido quedarte aquí —dice por fin. Observo cómo toma una profunda bocanada de aire y tarda diez segundos en expulsarla.

—Yo también. —Ver que le alivia tanto que esté aquí es como beber champán. Siento un cosquilleo por todo el cuerpo.

—Creo que, hasta que no te he visto aquí, no me he dado cuenta de lo mucho que quería que aceptaras.

—Bueno —me inclino para darle un beso en la frente—, me alegro.

—¿Vas a poder trabajar aquí?

Hago un gesto de asentimiento.

—Aquí estaré más tranquila que en casa. Esta semana va a ser una locura, así que me dedicaré a trabajar mientras tú sales a la calle, a ejercer de rompecorazones de Inglaterra.

—¡Oh! —Esto ha despertado su interés—. ¿Ha pasado algo?

—Billy está en todo —explico—. Se anticipó a esta explosión y contactó con nuestro corresponsal en Londres para hacer el trabajo más pesado del seguimiento. Esto significa que ambos firmaremos el artículo, pero si te soy sincera no podría haberlo hecho yo sola desde aquí. Este hombre, Ian, suele cubrir los asuntos de política, así que es muy bueno. Volvió a buscar en los registros de invitados y en las grabaciones de vídeo y descubrió lo que yo ya sabía: que no hay ningún registro de quién entró o salió del club las noches que sabemos que se grabaron los vídeos que se compartieron en el chat. O la noche que fuiste a buscar a Sunny.

Alec frunce el ceño.

—¿En serio?

—Esos registros se han «perdido» —digo, haciendo el gesto de las comillas—. Sin embargo —alzo el dedo índice y sonrío satisfecha—, al lado del club hay un hotel, el hotel Maxson. Pues bien, el aparcamiento que suelen usar los clientes que no se alojan en el hotel para acceder al club no está unido al hotel, sino que está en una estructura independiente, situada más cerca de la entrada exterior del Júpiter. Y la empresa que gestiona la seguridad de ese aparcamiento no tiene nada que ver con la que gestiona la del club, que como seguro recuerdas, pertenece al padre de uno de los propietarios. Resulta que esta otra empresa de seguridad guarda las grabaciones durante seis meses y nadie se ha molestado en pedírselas.

Alec se sienta y se vuelve hacia mí. Habla con voz tranquila, pero enunciando cada una de las letras.

—¿Y eso qué significa exactamente?

—Significa que, aunque no tenemos un registro de clientes del Júpiter en las fechas correspondientes a los vídeos, Ian ha podido obtener las imágenes del aparcamiento que usan la mayoría de los clientes del club para dejar sus vehículos. No es lo ideal; está claro que un vídeo en el que se viera a todas las personas que entran o salen del club nos vendría mejor, pero si Josef (o cualquiera de los otros propietarios o asociados VIP) dejó su coche en ese aparcamiento, obtendremos un registro de las fechas y horas en las que podrían haber estado dentro del club.

—Eso es estupendo —aspira.

—Y —añado con expresión radiante— aunque no estamos recibiendo mucha ayuda del servicio de seguridad del club, el Hotel Maxson está cooperando para que podamos cotejar las imágenes de su vestíbulo con las de la vigilancia del aparcamiento. De ese modo, si, por ejemplo, vemos a Josef dejando el coche en el aparcamiento, pero no lo vemos en el Maxson, no podrá alegar que estaba en el bar del hotel.

—¿Cuántas horas de grabación tenéis que revisar?

Me río.

—Muchas —vuelvo a peinarle el cabello con el dedo e ironizo—: Bienvenido al periodismo. Pero ayuda que tengamos una serie de fechas con las que empezar, e Ian ha puesto a unos cuantos becarios a trabajar en esto. Mañana nos van a enviar algunos segmentos para que los revisemos y los cotejemos con los nombres. Yo solo trabajaré como apoyo en este asunto de las grabaciones para poder centrarme en Josef Anders.

Me mira y asiente con la cabeza. No necesito preguntarle para saber lo que esto significa para él, lo que puedo ayudarle de este modo.

—¿Entonces has terminado de trabajar por esta noche?

—Sí.

Se levanta, me alza en sus brazos y me coloca a horcajadas sobre su regazo.

—¿Tienes hambre?

—Bueno, ahora sí.

—Me refiero a hambre de comida —se ríe—. Desde el café que me he bebido esta mañana en tu casa, solo he comido media magdalena. Ahora mismo me zamparía todo lo que hay en el minibar.

—¿Llamamos al servicio de habitaciones?

—Me has leído la mente. —Estira el brazo delante de mí para agarrar la carta que hay en la mesa baja. Después, la coloca entre nosotros y la gira hacia un lado para que podemos leerlo juntos, pero yo me lanzo a su cuello.

—Pídeme algo que tenga verde —le digo.

—¿Cómo una ensalada césar o... un plato de verduras a la parrilla con arroz integral?

—Sí. Eso.

Alec responde con un murmullo que vibra contra mis labios mientras le beso la garganta.

—Tiene buena pinta. Si me pido una *pizza* margarita y te diera un trozo, ¿me darías un poco de verdura?

—Sí.

—Trato hecho. —Me deja en el cojín del sofá, se acerca al teléfono y pide la cena—. ¿Te parece bien si me doy una ducha? —Al verme asentir, me pasa el mando a distancia—. Escoge una película para que la veamos luego.

Vemos la película mientras cenamos en la mesa baja, sentados en el suelo el uno al lado del otro, con las piernas cruzadas y riéndonos con las mismas escenas cómicas de *Trabajo basura*. Mientras Alec mira la pantalla con la boca abierta por las risas, va pinchando de mi plato sin preguntar. Un detalle que me encanta. Cuando acaba de cenar, me rellena la copa de vino y me besa de forma distraída el hombro, como si por tenerme a su alcance tuviera que hacerlo sí o sí.

Y, cuando termina la película, ponemos *Spotlight* (no me puedo creer que no la haya visto hasta ahora) y nos subimos al sofá. Alec se recuesta y me coloca encima de él, alineando nuestros torsos y nuestras piernas y rodeándome la cintura con los brazos.

—Eres el colchón más cómodo —murmuro contra su pecho.

Se ríe.

—¿Debo tomármelo como un cumplido?

—Me gusta que las camas sean duras.

Me da un beso tierno y casto, y yo vuelvo a apoyar la cabeza sobre su pecho, de forma que el sonido de la película me llega por un oído y los latidos de su corazón por el otro. Y así es como me duermo.

Me despierto en la cama, con los vestigios de un sueño atrapados en mi mente como el negativo de una foto. Me encontraba con Spencer en algún lugar (una cafetería; estaba tomándome un bollo y un té helado) y él se quedaba estupefacto porque no me alegrara de verlo. No tenía ni idea de lo que le estaba hablando; su voz reflejaba tal dolor, conmoción y, finalmente, rabia, que empezaba a tener la impresión de que quizá me lo había inventado todo. Como si no hubiera existido todo el daño, el aislamiento y la traición.

La sensación de dolor que me deja es tan intensa que tardo unos segundos en darme cuenta de que no estoy en mi cama y de que tengo a Alec acurrucado detrás de mí, con el brazo colgado sobre mi costado y su torso apoyado en mi espalda.

Parece que solo lleva los calzoncillos, pero yo todavía voy vestida con los pantalones holgados y la camiseta de tirantes y no recuerdo que me haya traído hasta aquí. Su respiración acompasada me indica que está profundamente dormido. Cuando miro el reloj, me sorprende que solo sea medianoche. No me creo que haya estado dormida todo este tiempo. Debí de caer rendida enseguida. En mi sueño, mi ex me estaba haciendo una luz de gas de libro y mi cerebro inconsciente se había preparado para soportarlo con estoicismo, pero no era real.

Estoy a salvo en el fuerte abrazo de Alec.

Siento que algo se desgarra en mis entrañas, como cuando se parte un folio en dos. Estas horas de la noche siempre son bastante sensibles para mí, pero esto es algo totalmente distinto. Una cosa es llamar al servicio de habitaciones y cenar mientras vemos unas películas, pero esto, lo que hay entre nosotros, tiene que ver con el sexo. O, al menos, esa es la mentira que tengo que creerme si quiero mantener la cabeza sobre los hombros y las emociones bajo control.

Sin embargo, si hacemos esto, si vivimos juntos y nos comportamos como dos personas que disfrutan de la compañía del otro en aspectos que van más allá de lo físico... Entonces, ¿qué? ¿Por qué estoy invitando al dolor a entrar de nuevo en mi vida?

Me deslizo con cuidado por debajo de su brazo y me escabullo en silencio hasta el baño.

Una vez allí, me lavo los dientes, me echo agua en la cara y me siento en el suelo, con la cabeza entre las manos y la mente dando vueltas, mientras intento calmar el salvaje latido de mi corazón. Un corazón que ya me han roto en el pasado; ¿qué hago volviéndolo a poner en riesgo de esa forma cuando apenas he terminado de suturar las heridas? Ya casi no pienso en ese último día; el día en que se me hizo pedazos, cuando decidí que Spencer supiera que estaba allí, en el parque, y salí de detrás de un árbol en plena jornada laboral. Le había enviado un mensaje de texto, preguntándole cómo le estaba yendo el día, y le había visto responder allí mismo, en el banco, inventándose una historia sobre una reunión que se le estaba haciendo eterna y un compañero que le estaba poniendo de los nervios. Me quedé delante de él durante diez largos segundos antes de que se percatara de mi presencia, antes de que su expresión reflejara lo que estaba pasando.

Tuvimos que pasar por mucho después de eso. Separar nuestras vidas fue como tener que transportar un océano de agua, cuesta arriba y en cubos llenos de agujeros. Las facturas, todas las pertenencias que compartíamos... Nos fuimos turnando para recoger nuestras cosas en el apartamento, dejándonos notas sobre lo que había que solucionar. Después de aquel día en el parque, no volví a escuchar su voz. Y sigo sin hacerlo. Apenas podía soportar estar cerca de él. Odiaba tener que tocar todas sus cosas cuando tenía que apartarlas para alcanzar las mías. Cada contacto con un plato, una almohada, alguno de sus vaqueros era una puñalada, como si alguien me gritara al oído: «¡¿Cómo no te diste cuenta?!».

No sé cómo pude estar tan ciega. Spencer no solo me mintió una vez; me mintió cada vez que me hablaba. «Estoy bien» era una mentira. «Buenas noches», también. «Te quiero» fue la mayor de todas. En mis momentos más bajos (y hoy lo sigo manteniendo), le dije a Eden que me habría resultado mucho más fácil si hubiera pasado la noche con otra mujer. Incluso que, después de esa noche, hubiera decidido que la quería más a ella que a mí y me hubiera dejado para siempre. Eso me habría dolido menos que la disposición que tuvo para mentirme a la cara día tras día.

Pero uno no puede elegir cómo quiere que le rompan el corazón y jamás averiguaremos qué caminos podrían haber sido peores. Lo único que podemos decir con seguridad es que nunca sabemos lo que puede estar esperándonos a la vuelta de la esquina. Entonces, ¿qué estoy haciendo aquí? ¿Sacarme el corazón del pecho y dejarlo directamente en una tabla de cortar? Alec no me va a mentir, sé con toda mi alma que no me traicionará de ese modo, pero ahí está el problema. El dolor que voy a sufrir es una incógnita, y su magnitud ya me resulta aterradora. Sí, será de un nuevo tipo, pero el dolor no deja de ser dolor.

¡Qué tonta que soy!

Un segundo después de ver una sombra que pasa por encima de la luz, noto cómo un cuerpo cálido se agacha detrás de mí. Sus piernas se acercan a las mías y se inclina sobre mi espalda, rodeándome con sus brazos, aprisionándome entre ellos con dulzura.

—Hola.

Me trago un sollozo.

—Hola.

—¿Estás bien?

Ahora mismo estamos a oscuras; en medio de la noche, todo lo que nos rodea es borroso. La luz del día deforma las cosas, nos hace negarlas. Pero en este momento no es de día.

—Solo estoy aquí, asustándome en silencio.

Presiona la boca contra mi cuello y pregunta contra mi piel:

—¿Sobre qué?

—Ya lo sabes.

Se queda callado un buen rato.

—Cierto. —Toma una profunda bocanada de aire—. Pensaba que te habías ido.

—No sé si voy a poder hacer esto —confieso.

—¿Por qué?

—Porque se suponía que era solo sexo.

—Gigi... —dice en voz baja—. No creo que haya sido solo sexo.

—Creo que hasta esta noche no me he dado cuenta de que ni siquiera estamos fingiendo.

—Te entiendo.

—Solo han pasado —me paro a pensarlo— cuatro días desde Seattle. Los sentimientos no surgen en tan poco tiempo.

Se queda callado como respuesta.

—Cuatro días no es nada —digo—. No tiene sentido. Esto es... demasiado bueno para ser verdad.

Detrás de mí, se pone de pie y me agarra de los hombros.

—Vuelve a la cama.

Me ayuda a levantarme y, en medio de la oscuridad, encontramos el camino hasta la cama. Me meto entre las sábanas y atisbo su sombra haciendo lo mismo. Se acerca a mí, me envuelve con la solidez de su cuerpo, mete mi cabeza bajo su barbilla y desliza la mano por debajo del dobladillo de mi camiseta, apoyándola en la parte baja de mi espalda.

—Es probable que este sea el peor momento para ambos de empezar una relación —reconoce. La vibración de su voz recorre mi cuero cabelludo—. Acabas de salir de una que terminó mal. Y yo he estado completamente absorto con lo que le está pasando a Sunny. Yael y yo estuvimos a punto de no hacer este viaje.

Recuerdo lo que Yael me ha dicho durante la firma de autógrafos: *No tiene tiempo para salir con nadie. No quiero que te hagas ilusiones.*

—Sí, también está eso —comento. No quiero ser demasiado explícita, pero necesito, al menos, expresar la preocupación que su asistente tiene respecto a lo nuestro—. Yael no... —No sé cómo terminar la frase. No quiero que piense que estoy hablando mal de ella, o que quiero delatarla—. No creo que a Yael esto le parezca una buena idea.

—Bueno —me da un beso en la coronilla—, no depende de ella.

—Lo sé, pero ella es alguien importante para ti.

—Lo es, pero en este caso..., me refiero a Yael, es complicado. —Inspira y espira. Ambos nos quedamos callados unos segundos, hasta que dice al cabo de un rato—: Lleva mucho tiempo enamorada de Sunny.

Cierro los ojos. Ahora lo entiendo todo.

—¡Oh!

Alec traga saliva.

—No sé si Sunny alguna vez... —Hace una pausa y elige con cuidado sus palabras—. No sé si tienen una relación o no. A veces creo que sí, pero tampoco es asunto mío. En cualquier caso, Yael quería que me quedara en Londres. Para cuidar de Sunny, para averiguar lo que realmente pasó con Josef esa noche. No podía perderme este viaje, pero la idea era venir, cumplir con las obligaciones de la promoción y volver a casa. —Otra pausa—. ¿Te ha dicho algo?

—Sí, pero no pasa nada. Ahora lo entiendo.

Agradezco que no me pida que le dé más detalles. Solo se limita a decir:

—Seguro que para Yael eres una complicación para la que no tenemos tiempo.

Me trago el nudo de emociones que se me ha formado en la garganta.

—Es comprensible.

—Pero yo lo veo de otro modo —explica—. Solo han pasado unos días, y es cierto que hay muchas más cosas que no sabemos el uno del otro que las que sí, pero la impresión que tengo de ti no ha cambiado desde Seattle. Y no sé qué hacer con esto. —Me acaricia la espalda en lentos círculos—. Se me suele dar bien conocer a las personas, aunque tampoco me involucro con ellas como lo he hecho contigo. —Suelta una risa baja—. Es una combinación un poco desconcertante.

—Sí —admito y sonrío en su cuello.

—Supongo que lo que mi instinto me dice es que deje que las cosas sigan su curso hasta que llegue el momento de tomar una decisión, pero ¿y si cuando termine este viaje tenemos sentimientos todavía más fuertes que los de ahora?

Sacudo la cabeza y aprieto la cara contra él. Esa posibilidad es lo mejor y lo peor que nos puede pasar.

—Tengo que decirte que ahora mismo no me veo capaz de soportar una relación a distancia —confieso—. Aunque no te pareces en nada a Spencer, y me considero una persona bastante sensata, creo que en este momento la distancia no sería lo mío. Me provocaría demasiada ansiedad.

Esa verdad cae entre nosotros como una losa.

—Lo entiendo. —Alec se aparta un poco para mirarme en la oscuridad—. Y también entendería si ahora mismo quisieras irte a casa. Hoy has tenido un día lleno de emociones intensas. Prefiero que te quedes. Está claro que siento una profunda atracción por ti, pero aparte de eso, me *gustas*. Quiero estar cerca de ti todo el tiempo posible hasta que me vaya. —Saca la mano de debajo de mi camiseta y me acuna la cara—. También comprendo el ataque de pánico que te acaba de dar. Podría parecer que es demasiado pronto para mantener este tipo de conversación, pero teniendo en cuenta cómo estamos juntos, lo natural que resulta esto, no creo que lo sea. Probablemente sea bueno que la tengamos.

Asiento con la cabeza y miro sus ojos oscuros y brillantes bajo la tenue luz que se cuela entre las cortinas. Me planteo pedir un taxi e irme a casa. Pero la idea de dormir sola en mi cama, sabiendo que él también está aquí solo, me agría la sangre.

—Me quedo esta noche.

Me da un beso en la frente.

—Bien.

En mi interior hay todo un vocabulario de sentimientos y pensamientos, dispersos en montones sueltos de palabras disparejas. Un escalofrío me recorre por completo, siento un cúmulo de emociones oprimiéndome las costillas, golpeándome la piel.

—Siento haberte despertado. Y más sabiendo el día de locos que tienes mañana.

—No te preocupes. —Apoya una mano en mi cadera y me aprieta. Posa el dedo en la franja de piel que queda al descubierto entre la camiseta y la cintura de los pantalones y traza en ella óvalos lentos y prolongados.

Tengo su cuello tan cerca de mi boca... Tan cálido, tan tentador... Pego los labios en el punto donde le late el pulso y lo oigo inhalar. Flexiona la mano contra mí, agarrándome por instinto. En el fondo de mi vientre, un hambre familiar se dispara, dejando de lado todo lo demás.

—¿Quieres hacerlo? —le pregunto.

—Siempre quiero —responde en un murmullo tan bajo que me tiembla la sangre—. ¿Pero después te sentirás mejor o peor?

Eso es algo que no me he parado a pensar.

Presiono la mano contra su pecho y él aparta las caderas. Bajo mi palma, siento el firme latido de su corazón.

No solo su corazón, todo en él es firme. No deja cosas sin decir, quiere conocerme, vino a buscarme al baño y supo por qué estaba allí. Lo supo porque pensó que podía haberme ido.

—Ven aquí —me dice y se mueve para que me tumbe encima de él, pero no con una connotación sexual, sino de la misma forma en la que hemos estado en el sofá, con su cuerpo como colchón, su hombro como almohada y él respirando tranquilo por el alivio de un abrazo de cuerpo entero.

—Vamos a dormir.

—Antes he tenido una pesadilla —confieso tras unos segundos en silencio.

Su voz grave vibra bajo mi sien.

—¿De qué iba?

—Da igual.

Me frota la espalda y dice en voz baja:

—Sabes que yo nunca te mentiría, ¿verdad?

Cierro los ojos con fuerza y aprieto la cara contra su cuello. No sé dónde encajar todo lo que siento, pero voy a tener que averiguarlo. Porque, en cuanto su suave luz ilumine todos mis rincones oscuros, no creo que me quede lugar alguno donde esconder mis excusas y estos deslumbrantes y apremiantes sentimientos.

13

Sin Alec, la habitación del hotel me parece enorme y extrañamente silenciosa. La luz del día entra a raudales, pintando una franja dorada en la mitad inferior de la cama. Estiro las piernas y muevo los pies, de forma que los dedos queden dentro de la cálida franja.

Las ventanas son de tan buena calidad que bloquean todo el ruido de la calle. Las sábanas que tengo debajo todavía huelen al jabón de Alec de la ducha de anoche. Ruedo sobre su almohada, poniéndomela encima y formando una cámara de aislamiento de Alec.

He intentado leer un rato; he intentado escribir. Pero estoy inquieta, ansiosa. ¿Por qué no hice que se abalanzara sobre mí anoche? ¿Por qué decidimos dormir? Con toda la información nueva que me está mandando Ian, necesito empezar a trabajar en un nuevo artículo, buscar una mejor ocupación. Estar en esta suite todo el día, sin Alec, va a hacer que me entren picores y me carcoma la impaciencia.

Me paso la mano por el estómago, deseando que fuera la suya.

El Bat-teléfono vibra sobre el colchón, a mi lado.

El corazón me da un salto contra las costillas. Me llevo el teléfono a la oreja y contesto.

—¿No se suponía que hoy ibas a terminar tarde?

—¡Ajá! ¿Qué haces? Tienes voz de sueño.

—Me acabas de pillar relajándome en esta cama enorme.

Se ríe y luego gruñe.

—Lo siento —murmuro—. Soy una idiota.

—¿Por qué narices dices que lo sientes?

—Porque tú estás de acá para allá por todo Los Ángeles y yo estoy aquí tumbada, descansando en tu habitación del hotel en pleno día. —Si mal no recuerdo, Alec se ha tenido que levantar a las tres de la mañana para una entrevista vía satélite con *Good Morning America,* luego ha ido hasta Burbank para grabar un programa de James Corden y después ha tenido una sesión de fotos con todo el elenco para *Vanity Fair* antes de la cena de gala que se celebrará esta noche.

—También es tu habitación —dice—, y si pudiera, también me tumbaría en la cama sin dudarlo.

—Exacto. —Me río—. Por eso lo siento.

—Vamos. Con todo el trabajo que has tenido estas últimas semanas, seguro que estás agotada.

Me estiro y mis extremidades tiemblan con euforia.

—Tienes razón.

Alec se queda callado al otro lado. *Te echo de menos,* pienso.

—¿Cómo te está yendo hoy? —pregunta—. Siento no haber podido llamarte hasta ahora.

Me tumbo de costado y miro el amplio ventanal. Como cabía esperar, todos estos sentimientos intensos son mucho más manejables a la luz del día. Me avergonzaría de mi crisis de anoche, pero puede que ese sea el superpoder de Alec: conseguir que no te sientas mal por mostrar tus emociones.

—Bien. —Me coloco la almohada debajo de la cabeza—. Me alegro de que hayas llamado. Te estaba echando de menos.

—¿Sí?

—Ojalá no nos hubiéramos limitado a dormir anoche. Tengo la sensación de que hemos perdido una oportunidad.

Vuelve a quedarse callado.

—Estás en la cama pensando en mí —dice, medio preguntando, medio asimilándolo.

Le ha cambiado la voz, ahora es más grave, más baja. Mi cuerpo se despierta de inmediato.

—Sí. ¿Dónde estás?

—De camino a un coche —dice—. Hemos terminado en un sitio y ahora vamos para otro. —Hace una pausa y pregunta con tono travieso—: ¿Llevas algo puesto?

Miro la tela de felpa enroscada alrededor de la cintura.

—He terminado de trabajar y me he dado una ducha, con la idea de tumbarme un rato en la cama y descansar diez minutos —le digo—. Así que estoy con una toalla.

—¿Sin nada debajo?

Deslizo la mano por mi estómago. Una tensa anticipación se acumula bajo mi palma.

—Sin nada.

Oigo su suave gemido por encima de sus pasos y del motor encendido de un coche.

—¿Estás solo? —pregunto.

—Por ahora, sí. Estoy saliendo de la parte trasera de un edificio para encontrarme con el conductor.

—¡Ah! —Me muerdo el labio inferior, imaginando sus largas y decididas zancadas mientras avanza por un callejón, hasta un vehículo privado. Recuerdo lo que se ha puesto esta mañana: unos pantalones negros y una sencilla camisa blanca. Medio dormida, le he visto mirarse en el espejo, con las manos en los bolsillos y fuera de ellos.

—Cuando estás sola... —comienza, interrumpiendo mis pensamientos— y excitada, ¿en qué piensas?

Sonrío de oreja a oreja, mientras me arden las mejillas.

—¿En serio?

—En serio.

Cierro los ojos y pienso.

—Hace mucho tiempo que no hago esto.

—Entonces piensa en mí —me indica en voz baja—. Háblame de la vez que más te ha gustado.

—Imposible elegir.

—No lo pienses. Escoge una sin más.

Una imagen de su boca acude a mi mente.

—La primera habitación en el hotel de Los Ángeles.

—¿Por qué esa? —Le oigo reír, como si ya supiera cuál es la respuesta.

Bajo la mano por mi pecho. En ese momento, todavía seguía un poco enfadada con él, acalorada y borde. Recuerdo cómo me besó el pecho hinchado, la forma en que gimió. El placentero y húmedo círculo que trazó con su lengua sobre mi pezón, y después, el abrasador calor de sus labios recorriendo mi cuerpo.

—Me diste placer con la boca.

Oigo la voz de un hombre saludándolo y una puerta de un automóvil cerrándose.

—Ya estoy en el coche —me informa en voz baja y con tono formal—. A partir de ahora, vas a tener que contarme todo lo que está pasando.

Todavía tengo la mano en el pecho.

—Yo... —Abro los ojos y parpadeo, mirando al techo—. ¿Quieres que me provoque un orgasmo mientras tú solo escuchas?

—Sí.

El calor me inunda las mejillas.

—No suelo hablar mucho cuando me corro.

—No te puedes ni imaginar lo emocionado que estoy con esta colaboración. De verdad —dice con tono divertido.

—¡Mierda! —Me río—. ¿Lo estás diciendo en serio?

—Muy en serio.

Trago saliva con fuerza.

—Me da un poco de vergüenza.

—No pasa nada —me tranquiliza—. Tómate el tiempo que necesites.

¿De verdad voy a hacerlo? Cierro los ojos y dejo que la serenidad de su voz me transporte a un lugar en el que pueda empezar a fingir que mi mano es la suya y que no está metido en un coche en algún lugar de la ciudad, escuchando cada uno de los sonidos que hago.

—¿Recuerdas cómo me senté en tu regazo ese día? —pregunto.

—Sí.

—Te obligué a quedarte quieto para poder besarte la cara. —Suelta un murmullo de asentimiento—. Creo que quería convencerme de que eras real.

—¿Sí?

—Sí. Y tú me dejaste hacerlo. Pero me metiste las manos por debajo de la camiseta.

—Me acuerdo —dice al cabo de unos segundos.

—Me encanta la manera en que tus grandes manos me sujetan.

—¿A qué parte te refieres en concreto?

—A mis pechos.

—Correcto. —Está hablando con una voz tan comedida y profesional que, por alguna razón, me excita todavía más.

—Te pusiste encima de mí —digo, toqueteándome el pezón—. Te encanta mi pecho.

—Eso es verdad.

—¿Por qué?

Le oigo aclararse la garganta. *Te pillé.*

Pero al final responde:

—Tiene las proporciones ideales.

Me río.

—Eso ha sonado muy porno. Seguro que has logrado captar la atención del chófer y ahora te está escuchando atentamente.

—Lo dudo. —Alec se ríe por lo bajo—. Continúa.

—¿Te gusta el sabor de mi piel?

No parece perder el control de la voz.

—Mucho.

Bajo la mano.

—¡Cómo me gustaría que estuvieras aquí, besándome!

—¿Puedo preguntarte en qué escena del guion estás?

—Tu boca me está besando el estómago.

—Bien. Continúa.

Desciendo todavía más y jadeo un poco.

—Estoy mojada.

Alec no puede reprimir un leve gemido.

—No he hecho esto desde... —Tomo aire, imaginándome que él también lo está sintiendo—. Desde antes de Londres. Desde antes de ti.

—Muy bien.

—Me imagino qué es lo que sientes cuando me tocas aquí.

Se queda callado al otro lado del teléfono.

—Lo suave que es.

—Mucho.

—Si me tocas aquí, ¿quieres penetrarme enseguida?

—Sí —dice con un tono de voz agudo. Después, repite con más calma—: Sí.

Arqueo el cuello y me acaricio.

—Me gusta mucho.

—Puedes explicarte, ¿por favor?

—Me estoy imaginando que me besas aquí. —Me vibra la piel—. Igual que hiciste, empezaste solo con un beso, pero luego me lamiste.

—Me parece un progreso adecuado.

Me encanta el grave murmullo de su voz.

—Fuiste tan dulce... —continúo—. Pero cuando me metiste los dedos....

Está callado, pero casi puedo oír cómo se está esforzando por escuchar cada palabra.

—Tú me... —el placer aumenta— me follaste.

—Georgia —me advierte con una reprimenda aguda, entrecortada, pero solo consigue que vuelva a gemir.

—Tan duro... —susurro—. No te contuviste.

—Lo sé.

—¡Oh, Dios! Te gustó, ¿verdad? ¿Cuántos dedos?

—Dímelo tú —me insta.

—Tres. —Hago círculos con los dedos, la tensión se acumula en mi columna vertebral—. No podía abrir más las piernas.

—Lo sé.

—¿Estás excitado?

—Sin ninguna duda. —Oigo una puerta de coche cerrándose de golpe y sus breves y entrecortadas respiraciones mientras camina—. Usa la otra mano para tocarte los pechos —consigue decir en voz muy baja.

Le obedezco, pongo los ojos en blanco y se me escapa otro jadeo.

—Estoy a punto de correrme.

—No, todavía no. —Ya no está en la calle, debe de estar andando por el interior de un edificio. Le oigo murmurar un «gracias» a alguien.

—Me siento tan bien... —susurro.

—Continúa.

—Pero no tan bien como tú.

Se ríe.

—Me alegra oírte decir eso.

En este momento, lo único que soy capaz de hacer es concentrarme en esto. Inhalo, exhalo, me imagino su cabeza entre mis piernas, su sedoso pelo oscuro deslizándose entre mis dedos.

—Quiero agarrarte del pelo.

—Estoy de acuerdo con esas condiciones.

—Quiero moverme contra ti. Follar tu boca.

Se ríe de nuevo, sin aliento.

—Ojalá pudieras.

—Estoy tan cerca...

Oigo un pitido, y luego:

—Aún no, Gigi.

Entonces me doy cuenta de que el pitido ha sonado dos veces.

Me percato de lo que está sucediendo justo cuando la puerta se cierra. Un segundo después, Alec aparece en el dormitorio, desabrochándose los botones de la camisa, y me encuentra en la cama, con las piernas dobladas y abiertas.

Haciendo exactamente lo que le estaba describiendo.

—Joder... —Se quita la camisa, se acerca a mí y me besa, gimiendo. Luego se aparta y se queda mirando nuestros cuerpos, estirando el brazo para que no retire la mano—. Déjame ver cómo lo haces.

Mira cómo me toco, intentando desabrocharse los pantalones. El cinturón cae, golpeándome en el muslo, mientras lucha por bajarse la cremallera, antes de liberarse. Con la mano libre, atraigo su cabeza hacia la mía. Quiero sentir su lengua en mi boca, sus gemidos vibrando en mi garganta. El movimiento acerca nuestros cuerpos y su puño choca con mi mano mientras se masturba más rápido...

Entonces se aparta para besar mi cuerpo, con frenesí, me aparta la mano y me obliga a agarrarlo del pelo. Antes de que me dé tiempo a pronunciar su nombre, tengo su boca sobre mi vagina, abierta y voraz, volviéndome loca. Cuando alzo las caderas hacia él, suelta un gemido desesperado y alentador. Durante unos segundos perfectos, cumplo mi fantasía, follándome esa boca dulce y carnosa. Sentir sus succiones y ver su cara entre mis piernas, hace que arquee la espalda y que me entregue al orgasmo, retorciéndome de tal modo que Alec tiene que poner una mano en mis caderas para mantenerme pegada a la cama.

Cuando termino, dejo caer las piernas hacia un lado, agotada, y él apoya la frente sobre mi cadera mientras sube la mano libre por mi costado, hasta llegar a mi pecho. Solo transcurren un par de segundos de vértigo antes de que me dé cuenta de lo que está haciendo. Me apoyo en un codo para ver cómo mueve la mano, cada vez más rápido. Hundo los dedos en su pelo, mientras detiene el puño y se corre con un silencioso gemido.

Tardamos unos instantes en recuperar el aliento.

—Quería hacerlo —logro decir al cabo de un instante, imaginándome que sabe a lo que me refiero.

—Lo sé. —Su cabello se desliza entre mis dedos como la seda. Gira la cara y me da un beso en el muslo antes de alcanzar la camisa que se cayó al suelo, limpiándonos con ella—. No tengo mucho tiempo y sabía que, si te dejaba, iba a querer que durara más.

Me ayuda a ponerme de pie, se quita la ropa de una patada y se agacha para quitarse los calcetines. Después me lleva al baño y abre la ducha.

—Dúchate conmigo.

El agua está templada; perfecta para mi piel caliente. Cuando alza la barbilla y deja que el chorro le empape el pelo, hago un mohín.

—Me habría gustado que fueras a lo que tienes esta noche con el pelo revuelto.

Se ríe, me agarra la mano y vierte champú en ella, antes de llevársela a la coronilla.

—Habría olido a sexo.

—¿Y? —Le lavo el pelo mientras él me enjabona el cuerpo con gel.

—Y se supone que he venido aquí para comer algo rápido y cambiarme, antes de reunirme con Yael a las seis.

Pues es verdad eso de que no tiene mucho tiempo.

—¿Crees que no sabe a qué has venido de verdad? —Al ver que se queda callado, me percato de mi error—. Yael no sabe que estoy aquí, ¿verdad?

—Estoy convencido de que tiene sus sospechas. Pero entre nosotros hay una regla: no preguntes si no quieres saber la respuesta.

—Mmm. —Vuelvo a meter su cabeza en el agua, enjuagándole el champú. Después, busco el suavizante—. Eso me recuerda algo.

Parece que está concentrado en limpiarme los pechos a conciencia. Sus pulgares no dejan de dar vueltas y vueltas sobre ellos.

Me apoyo en él y le susurro:

—Lo estás haciendo muy bien, pero me he duchado hace una hora.

Al verse pillado *in fraganti,* se aparta con una risa y se echa hacia atrás para volver a enjuagarse el pelo.

—¿Qué ibas a decir? ¿A qué te recuerda?

—¿Sabe Sunny que yo soy la persona a la que le estás contando lo que sucedió?

—Sí. —Me da la vuelta para que el agua aclare la espuma que tengo sobre la piel—. Le conté que me encontré contigo y que estabas trabajando en esta historia. Y aunque no se lo hubiera dicho, Yael lo habría hecho.

—Cierto. —Me muerdo el labio—. ¿Y qué dijo Sunny?

—A ver, no le hablé de todo lo que pasó entre nosotros porque...

—Porque habría sido una conversación bastante incómoda.

—Exacto. —Empieza a enjabonarse el cuerpo a toda prisa. Yo le ayudo, aunque fundamentalmente me dedico a pasar las manos por sus musculosos hombros—. Pero dijo que le parecía raro y genial.

—¿Raro y genial?

—Sí, esas fueron sus palabras —explica, riendo—. Me ha dicho que te dijera «hola» de su parte. Quería que la pusiera al día sobre tu vida. Le comenté que podía llamarte ella misma y preguntar.

—Me gusta ese plan.

Contemplo cómo se frota a toda prisa con las manos enjabonadas el pecho, los abdominales, el pene, las piernas y los hombros. Cuando me ha lavado, lo ha hecho despacio, casi con reverencia. Me pilla observándolo.

—Me estás mirando como si fueras a comerme.

Asiento muy seria.

—Me siento obligada a devolverte el favor.

Se ríe y se acerca a mí para cerrar el agua. El vapor nos envuelve y el agua cae en diminutas gotas por sus pestañas, como si fueran cristales. Alec se humedece los labios.

—Te prometo que puedes comerme más tarde. —Me besa acaloradamente, y cuando gime en voz baja, una espiral de deseo empieza a consumirme. Pero entonces se aparta de mí y se mira el reloj (que espero sea resistente al agua)—. ¡Mierda! Tengo cuarenta y cinco minutos para ponerme el esmoquin y llegar a Santa Mónica.

Me siento con la piernas cruzadas en la cama y le miro mientras se prepara. Saca una bolsa para trajes del armario, la coloca sobre una silla y abre la cremallera.

—¡Qué emoción! —canturreo.

Se inclina y tira del traje.

—¿Por qué?

—Voy a verte en esmoquin.

Me mira con un brillo de diversión en los ojos.

—¿Y eso es emocionante?

—No te hagas el tonto conmigo. Vas a parecer el pastelito más sexi del mundo.

Alec se ríe.

—Solo he traído uno, así que será mejor que Elodie no me tire el vino encima. —Se pone los pantalones y luego la camisa—. Empezó como una broma —dice, a medida que se abrocha los botones de la camisa—, pero ya me ha tirado la bebida encima en tres ocasiones.

—¿A ver si lo que está intentando es que te quites la ropa?

—Es bastante patosa.

Me río y arranco un hilo suelto del edredón.

—¡Qué mona!

—No te molesta esto, ¿verdad? —Se gira para mirarme.

Lo miro con los ojos abiertos como platos.

—¿El qué?

—Lo de Elodie —aclara—. Y nuestro...

—¿Vuestra dinámica de coquetear en público? —Supongo que se refiere a eso. Asiente con la cabeza y vuelve a prestar atención a los botones—. No. A ver, sé que forma parte de la promoción. Además, si sintieras algo por Elodie, supongo que sería ella la que ahora estaría en esta habitación, y no yo.

Esboza una amplia sonrisa.

—Tienes toda la razón.

—No obstante, sea quien sea la persona con la que termines —comento, observando cómo se mete la camisa con cuidado—, va a tener que tomarse este tipo de cosas con mucha calma.

Asiente con un murmullo mientras busca sus gemelos en la mesita de noche.

—¿Necesitas ayuda? —pregunto. Me siento desnuda y un poco perezosa viéndolo arreglarse para una noche de charla incesante después de un largo día de trabajo.

Gruñe un «no», pero luego alza la barbilla y señala un lazo de pajarita colgado en la percha.

—Aunque soy incapaz de hacer eso.

—¿Un nudo?

Alec responde a mi sarcasmo con una divertida mirada.

—Un nudo de pajarita.

Salgo de la cama, agarro la camisa de vestir que hay tirada sobre una silla, me la pongo y me la abotono sin orden.

—Deja que haga algo útil.

Cuando levanto la vista, Alec me está mirando fijamente.

—¿Estás intentando que me cueste todavía más irme?

Tengo un obvio «sí» en la punta de la lengua, pero en realidad no sé a lo que se refiere.

—¿Qué?

—¿Te pones mi ropa cuando tengo que marcharme?

¡Ah! Incluso Alec, con sus encantadoras actitudes masculinas, es predecible.

—¿Te resultaría más fácil si estuviera desnuda?

Vuelve a sonreír.

—No.

—De acuerdo, entonces. —Abro YouTube en el móvil y escribo «cómo hacer el nudo de una pajarita» en la barra de búsqueda.

—¿Qué haces?

—Intentar atarte eso. —Alzo la barbilla hacia su cuello—. Estoy buscando cómo hacerlo en YouTube.

—Ya le diré a Yael que me lo haga ella.

—Pero entonces me estarás privando de la oportunidad de contemplar tu garganta durante unos minutos. —Aunque no le miro a la cara, sé que está sonriendo. Le coloco el lazo en el cuello, miro hacia el lugar donde he dejado el teléfono sobre la cama y sigo con cuidado los pasos.

No me sale muy bien a la primera. Vuelvo a intentarlo.

Alec me pone las manos en la cintura y me sube la camisa por encima de las caderas hasta encontrarse con mi piel desnuda.

—Ojalá pudiera llevarte conmigo.

Miro mis manos con el ceño fruncido, pensando que esto me resultaría mucho más fácil si tuviera cuatro en vez de dos.

—Me encanta que pienses eso, pero te prometo que no me importa perdérmelo.

—Ya lo sé. —Alec permanece pacientemente delante de mí, oliendo a jabón y a pasta de dientes, y emanando calor como si fuera el sol—. ¿Qué vas a hacer esta noche?

—Estaba pensando en hacer el vago, pero mis padres han vuelto esta mañana de su viaje. Lo más seguro es que me pase a verlos un rato.

Veo que se queda quieto. Tengo la sensación de que me está mirando, así que alzo la vista.

—¿Qué?

—¿Tus padres están en Los Ángeles?

Me pongo de puntillas y le doy un beso en la barbilla.

—Alec, no tienes que conocer a mis padres.

No parece muy seguro de eso.

—¿No debería saludarlos? —Se agacha para agarrar su teléfono y lo enciende para mirar su agenda—. ¿Podríamos cenar con ellos o... mmm... comer el lunes?

Retrocedo un paso para inspeccionar mi obra, y también porque necesito un segundo para deshacerme del nudo de angustia que se ha instalado en mi garganta. Entonces decido distraerme del lío que siento en mi interior con el lío, mucho más sencillo, que tengo delante de mí. Seguro que Yael le desata la pajarita cuando la vea y le vuelve a hacer el nudo, pero no creo que pueda hacerlo mejor de lo que lo he hecho.

—En serio, no hace falta que lo hagas. —Le doy una palmadita en el pecho—. Les saludaré de tu parte.

Cuando se va, sé que ha interpretado algo más en mi respuesta: que no quiero que venga, que estoy escondiendo lo nuestro. Lo cierto es que mis padres son divertidísimos, cariñosos y acogedores, y Alec es encantador, adorable y gracioso; se quedarían prendados de él al instante. Pero me gustaría que, cuando regrese a Londres, al menos queden dos personas en Los Ángeles que no lloren su ausencia.

14

Con una agenda tan irregular y dispersa, pasamos los siguientes días a trompicones. El sábado, apenas veo a Alec; paso el día haciendo senderismo con Eden antes de quedar a cenar con mi madre en su restaurante etíope favorito. Por fin, puede desahogarse con alguien que entiende todas las formas en las que mi padre ha sido una tensa y sobreplanificada amenaza para su viaje. Las ganas que tiene de contármelo todo me permiten evitar por completo cualquier referencia a Alec. Estar con mi madre es como recargar mi batería; es la versión del yo adulto que espero llegar a ser algún día: responsable, cariñosa, pero no tanto como para no liarla parda si la situación lo requiere.

La dejo en casa, le doy un beso a mi padre y vuelvo al Waldorf, donde, al entrar, saludo a mi nueva encargada de habitaciones favorita, Julie. Ya en la *suite,* mucho después de la medianoche, siento el largo y cálido cuerpo de Alec metiéndose en la cama detrás de mí.

—Ya estoy aquí. —Se acerca a mí y desliza una mano fría debajo de mi camiseta. Intento que mi cerebro se espabile del sueño profundo. Todavía tiene la mano ligeramente húmeda por habérselas lavado y el aliento le huele a pasta de dientes—. ¿Estás despierta? —me pregunta sobre el hombro.

Murmuro un «no» somnoliento contra la almohada y me doy la vuelta en el calor de su pecho desnudo. Me besa el nacimiento del pelo, la frente, la boca. Hablamos en fragmentos entrecortados de cómo nos ha ido el día hasta que se queda dormido en medio de una frase. Luego vuelve a irse antes del amanecer.

El domingo me pongo al día con el trabajo y consigo compartir una hora que no me esperaba con Alec, cuando irrumpe en la habitación para cambiarse a toda prisa para una cena con algunas personas de la industria. Le sigo por la *suite* mientras se desnuda y tira la ropa por todas partes, mientras suelta una perorata, con un hilarante flujo de anécdotas, sobre un cameo que ha hecho en un vídeo musical que parece un ejemplo de manual de tonterías típicas de estrellas malcriadas de Hollywood.

No vuelvo a verlo hasta el lunes, cuando se despierta conmigo encaramada a él, con un cepillo de dientes clavado en la mejilla.

—¿Qué haces aquí? —le pregunto—. ¿No llegas tarde? ¿No te habías puesto una alarma?

Se frota la cara y entrecierra los ojos.

—Tengo todo el día libre hasta esta noche.

Se saca la almohada de debajo de la cabeza y me tapa la cara con ella para amortiguar mi grito de felicidad.

Sí, hacemos el amor, pero en vez de pasar el resto del día en la cama o haciéndolo en todas las superficies posibles de la *suite,* como habría imaginado, nos escapamos del hotel con gorras y gafas de sol para comprar dónuts y, a la vuelta, le da un impulso y se detiene en una tienda de juegos de la zona y compra una consola de Nintendo. Invitamos a Eden (que acepta) y a Yael (que se niega en redondo), y los tres pasamos buena parte del día en la *suite,* hablando de tonterías y jugando al *Mario Kart* con una bolsa de patatas fritas abierta en la mesa y botellas de cerveza esparcidas por todas partes. Hacia las cinco, Alec se mete borracho en la ducha y después me encuentra en la terraza, donde Eden y yo habíamos salido para cotillear y tomar el sol.

—Me marcho ya. —Se agacha para darme un beso en la frente.

—No te vayas. —Eden suelta un gemido en señal de protesta—. A Gigi se le dan fatal los videojuegos.

—Te aseguro que preferiría quedarme en la terraza —dice.

Cuando se endereza, entorno los ojos y me los tapo con una mano. Alec se coloca delante del sol, para hacerme sombra.

—¿Qué tienes esta noche?

—Cena con el reparto y el equipo local de Netflix. —A contraluz, parece una estatua de mármol que irradia rayos de sol.

—¿A qué hora vuelves?

No he pronunciado a propósito la palabra «casa», pero resuena entre los tres de todas formas.

—Tarde —responde—. No hace falta que me esperes despierta.

—Despiértame cuando llegues —le digo en voz baja.

Hace un gesto de asentimiento, me besa de nuevo, se despide de Eden y desaparece en el interior de la *suite*. Al cabo de unos segundos, oigo el pesado clic de la puerta.

Alzo la cara hacia el cielo y mantengo los ojos cerrados, pero en el silencio que sigue puedo sentir los ojos de mi amiga clavados en mí.

—Ha pasado una *semana* —me dice.

—Ya lo sé.

El «pero» oscila como un péndulo en el aire; por suerte, no continúa expresando en voz alta lo que piensa. Aunque ya conozco todas las variables.

Pero viéndoos juntos, parece que haya pasado más tiempo.

Pero se irá de todos modos el domingo que viene.

Pero esto no es más que una ilusión, Gigi. No te emociones.

Volvemos dentro, pedimos algo de comer al servicio de habitaciones y hablamos de los dulces y banales detalles de nuestras vidas que no tienen que ver con Alec. Cuando Eden se marcha, la habitación se sume en un extraño silencio.

Limpio los restos de nuestro atracón de juegos y comida basura. Me ducho, hago la cama y preparo una bolsa con nuestra ropa sucia para el servicio de lavandería. Compruebo el correo electrónico del trabajo; sin embargo, como Ian también se ha tomado el día libre, no tengo nada nuevo. No estoy cansada, pero no hay nada que me llame la atención en las redes sociales y tampoco me apetece ver nada en la televisión. No obstante, decido encenderla y, antes de darme cuenta, entro en Netflix y pongo el primer episodio de *The West Midlands*.

Cuando Alec entra en la *suite*, mucho después de la una de la madrugada, ya llevo vistos seis episodios y estoy muy metida en el primer romance del doctor Minjoon Song, uno que claramente no va a continuar, porque a esta mujer no la interpreta Elodie. Google me dice que este personaje (Eleanor DiMari) muere en un accidente de avión al final de la primera temporada; me quedo tan destrozada que maldigo mi incapacidad para vivir sin destriparme los finales.

—¿Se muere? —gimoteo.

Deja la chaqueta en el respaldo del sofá y apoya allí las manos, inclinándose para besarme la sien.

—¿Qué estás...? Sí.

Me encanta que haya vuelto en medio de una escena de besuqueos, en la que su coprotagonista (una mujer que, según me dijo Google, se llama Mariana Rebollini) está en toples.

—Esto sí que es rodaje estratégico —le digo—. ¿De verdad les ves las tetas cuando rodáis estas escenas?

—Llevan pegatinas —explica. Cuando miro hacia atrás, se señala el pecho y luego mira su reloj—. ¡Dios! ¿Qué haces levantada a estas horas?

—No podía dormir.

Se acerca al frigorífico de la pequeña zona de cocina y saca una botella de agua con gas.

—¡Vaya! Hoy nos hemos bebido un montón de cerveza. —Desenrosca el tapón y se sienta conmigo en el sofá—. No me extraña que esté para el arrastre.

—En una escala de uno a «No hablaremos nunca de esto fuera del plató» —señalo con la barbilla la televisión—, ¿cómo de incómodo resulta rodar una de estas escenas de sexo?

Alec desliza el brazo por detrás de mi cuello y me acerca la cabeza a su hombro.

—Depende. —Se lleva el agua a los labios y bebe un sorbo—. A veces son un tanto embarazosas si las ruedas con alguien nuevo o alguien que se siente muy incómodo...

—¿Y tú te has sentido incómodo alguna vez?

—La verdad es que no. Al menos no por fuera, creo. Si se trata de una doble de cuerpo y justo la conoces ese día, entonces puede que sí. Pero las escenas de sexo suelen ser muy mecánicas. Hay poca gente en el plató y existe el acuerdo tácito de que todos los allí presentes somos profesionales y que es algo que forma parte de nuestro trabajo. En realidad, este tipo de escenas están tan cuidadosamente orquestadas que son de lo menos románticas para los actores. —Apoya la cabeza en la mía—. Siempre me sorprende lo sensuales que se ven después del montaje.

—Pero esta —señalo la pantalla—, ¿estuvo bien o fue horrible?

—Esa estuvo bien. —Da otro sorbo—. Me dio pena cuando eliminaron a ese personaje de la serie. Mariana era muy divertida.

—Lo dices como si otras no lo fueran tanto. —Me lanza una mirada irónica. Yo le doy un beso en la mejilla—. ¿Acaso Elodie le ha vuelto a tirar encima la bebida a mi hombre esta noche?

Se vuelve y me mira con los ojos desencajados y sorprendidos. *Mi hombre.*

Debería intentar retractarme, o al menos suavizarlo para restarle importancia, pero ya es tarde; además, ahora mismo me siento con chispa. Alec deja la botella en el suelo, me echa hacia atrás para que me tumbe en el sofá y acomoda sus caderas entre mis piernas.

—No, no lo hizo —dice en un murmullo, apoyando su boca en la mía.

—Bien —le digo contra los labios.

—Ahora estoy demasiado cansado para hablar de esto... —Pronuncia cada palabra mientras me besa la mandíbula, el cuello, el hueco de la garganta—. Pero mañana, el miércoles, o cuando tengamos tiempo... deberíamos hablar de lo que vamos a hacer.

—¿Hacer?

—Después del domingo.

Después del domingo.

Las tres palabras caen sobre nosotros como una losa de mármol.

—Te refieres —comento, mientras me lame la mandíbula—, ¿a ti y a mí?

—Sí, a nosotros. —Sube hasta mi cara, me mira fijamente y asiente—. ¿De acuerdo?

Yo también asiento con la cabeza y lo beso.

—De acuerdo.

Pero el martes no tenemos tiempo para hablar; Ian me llama temprano y Alec tiene que marcharse antes de que cuelgue. El miércoles se levanta antes del amanecer para una transmisión en directo con Corea que hace desde el salón de la *suite* (quedamos en que ni siquiera me daría la vuelta en la cama para no hacer ruido), y Yael lo recoge apenas cinco minutos después de que termine, así que lo único que obtengo es un rápido beso de despedida.

Aun así, me recuerdo que esto es más de lo que tendría si me hubiera quedado en casa. Al menos aquí puedo verlo. Cada vez que me imagino pasando toda esta semana sin Alec, es como si una parte importante de mí se desecara. De modo que hago todo lo posible para no pensar en cómo será la vida después del domingo.

Aunque paso mucho tiempo a solas en la *suite,* ya me he acostumbrado. Además, me permite trabajar con Ian en la historia que estamos siguiendo. Y por fin, el miércoles, nos toca el premio gordo del periodismo de investigación. Después de que Alec se marche con Yael, me entero de que Ian ha conseguido una transcripción completa del chat que abarca los dos meses en los que se compartieron los vídeos explícitos, lo que nos proporciona los nombres de usuario de todos los que han compartido y participado en los vídeos. Estos cerdos se refieren a las mujeres de los vídeos como «bambis», ¡por el amor de Dios! Jamás en la vida he tenido tantas ganas de acabar con alguien como con esta escoria, ni siquiera con Spencer.

Como era de esperar, nuestro primer artículo logró que se abriera una investigación sobre los sobornos a la policía, y la Policía Metropolitana de Londres, también conocida como MET, está en ello. Al cotejar las imágenes del aparcamiento con las del Hotel Maxson, hemos podido confirmar que, al menos, tres de los propietarios (Gabriel McMaster, David Suno y Charles Woo) estaban presentes en el club en las fechas en que se grabaron cada uno de los vídeos. Por desgracia, todavía no tenemos pruebas fehacientes que involucren a Josef Anders. Ese hombre se mueve como un fantasma.

Pero el jueves por la mañana, nos llega el bombazo absoluto.

Alec me llama cuando estoy sentada en la cama, mirando fijamente la pantalla del ordenador. Me tiemblan las manos; en realidad me están temblando desde hace casi una hora.

—Hola.

—Hola, te... —Alec hace una pausa; supongo que por la tensión que subyace en esa única palabra—. ¿Estás bien?

—Depende de que lo que uno entienda por «bien». —Me pongo de pie y camino por la *suite,* sintiendo la adrenalina correr por mi flujo sanguíneo. Joder, lo hemos conseguido.

—Cuéntamelo.

—¿Seguro que tienes tiempo?

—Sí. Tengo como unos quince minutos. Te he llamado para ver cómo te iba.

—De acuerdo, allá va. —Tomo una profunda bocanada de aire para tranquilizarme—. Hace menos de una hora, al *Times* ha llegado un correo electrónico de una fuente anónima. No ponía nada, solo venía un archivo adjunto: un vídeo grabado con un iPhone de cuatro segundos, pero de buena calidad, de una pareja que está manteniendo relaciones sexuales en un banco.

—Vale —dice despacio, interesado, pero cauto.

Le cuento que da la sensación de que el vídeo ha sido grabado en secreto por alguien que estaba en la misma habitación. La mujer no reacciona en absoluto en esos breves segundos; tiene la cabeza torcida en un ángulo incómodo y los brazos doblados inertes cerca de la cabeza. Se oye una música de fondo, pero la limpieza de audio indica que nadie habla en la habitación durante lo que dura la grabación. En el minuto 0:02:53, en el extremo derecho del encuadre, aparece alguien con unos zapatos inmaculados, y en el minuto 0:03:12 se ve un vaso con líquido transparente en la esquina inferior izquierda; un vaso que parece que está en la mano libre de la persona que graba la escena. Al fondo, se distinguen detalles que se corresponden con el interior del Júpiter.

—Pero, Alec..., ¿estás preparado para lo que viene?

—¿Voy a tener que sentarme?

—No se trata de Sunny —le tranquilizo a toda prisa. Cierro los ojos, oyendo mi propio pulso—. Pero tenemos una cara.

—¿Qué? ¿De quién?

—De Josef Anders. Se ve sin ningún género de dudas que él es el hombre que está llevando a cabo el acto sexual.

—¡Oh, Dios mío!

—Y también se puede ver un tatuaje de su cadera en varias capturas de pantalla de vídeos en el chat. Es la primera vez que se puede relacionar de forma concluyente con un rostro. —Hago una pausa—. ¿Entiendes lo que te estoy diciendo? Lo tenemos. No sabemos quién es la mujer, y no tenemos evidencias de que haya sido drogada, o de si esto es consentido, pero ahora tenemos pruebas de que Josef es el que aparece en todos estos vídeos. —Aparto el teléfono para asegurarme de que no se ha colgado la llamada—. ¿Alec?

—Ponlo en el artículo.

—¡Oh! Claro que lo pondremos, en cuanto tengamos...

—Me refiero a la historia de Sunny —me interrumpe—. Inclúyela.

Me quedo inmóvil.

—¿Qué? Por lo que me comentaste la otra vez, entendí que Sunny quería que fuera extraoficial.

—El otro día dijo que le parecía bien que se publicara, siempre que permaneciéramos en el anonimato. No sabía si eso serviría de algo o no, pero esto... No hagas mención a cualquier detalle que pueda identificarnos. Nada de nombres. Nada sobre mi amistad con Josef. Nada sobre él y Sunny. Nada sobre Lukas. Solo di que a un hombre lo avisó un amigo para que fuera a recoger a una amiga común. Que la drogaron y la agredieron. Escribe lo que vi. ¿Puedes hacerlo?

—No sé si me siento cómoda incluyendo información que he obtenido de una fuente con la que me estoy acostando.

—Pero eso no es ilegal, ¿verdad?

No lo es, tiene razón. Pero es desalentador, sobre todo para un asunto tan importante.

Aunque tal vez este sea el quid de la cuestión: esto es algo importante. Y con la nueva prueba de que es Anders, la historia de Sunny (aunque no aparezca su nombre), evidencia que es posible que, en cada vídeo, haya detrás una agresión.

Colgamos. El corazón se me sube a la tráquea por la magnitud de lo que nos traemos entre manos. Ian y yo mandamos una copia del vídeo a la Policía Metropolitana de Londres y añado los detalles anónimos de Alec al artículo. Son solo unas cien palabras más, pero es verdad: lo evidencia.

Es un gran escándalo; además, centrado en una crueldad espantosa. A pesar de que me siento orgullosa de ser quien lo ha sacado a la luz, no es nada agradable pasar tanto tiempo pensando en todo lo que han tenido que sufrir esas mujeres. Así que no es de extrañar que al final, cuando los ojos de Ian se encuentran con los míos y ambos asentimos brevemente, encuentre un pequeño momento de alivio por lo que hemos conseguido.

Por cortesía profesional, enviamos el artículo a Alec. No es lo habitual, pero en este caso, creo que deberíamos permitirle dar el visto bueno a la redacción antes de que se publique. No obstante, aunque todavía tiene que pasar por la fase de producción, el artículo está escrito, y es bueno.

Me tumbo en la cama, dejo que el portátil se deslice a un lado y miro al techo. Por primera vez, me siento como toda una profesional en mi trabajo; siento que, por fin, mi vida se mueve en la dirección correcta; y a pesar de la ansiedad que me genera una posible relación a distancia, tengo la esperanza de que Alec y yo podemos lograrlo.

Entonces suena mi teléfono normal, le doy a descolgar y veo la cara de Billy en la pantalla.

—¿Me llamas para decirme que soy increíble?

—No, te llamo para preguntarte qué vas a hacer esta noche.

Frunzo el ceño, pensativa. No recuerdo que Alec me haya mencionado nada sobre lo que va a hacer después, aunque supongo que tendrá algo programado porque no me ha dicho que me quede aquí.

—Lo más probable es que salga con mis padres o me vaya un rato a correr. Puede que ambas cosas.

—Meredith no se encuentra bien, e iba a ser mi acompañante a la gala de la AP. ¿Quieres venir conmigo?

¿Una gala de la Asociación de Prensa? ¿Con mi jefe? Sería la caña. Por supuesto que quiero. Me levanto a la velocidad del rayo.

—¿Qué? ¿En serio?

—¿Tienes algún vestido elegante?

Miro fijamente a la pared. Lo más bonito que tengo es el vestido de punto rojo que Alec y yo hemos bautizado como el «vestido sin nada debajo».

—¿A qué hora es la gala?

—Me pasaría por tu casa a recogerte sobre las seis.

Aparto el teléfono para mirar la hora. Son casi las dos.

—Pues a las seis en punto me verás con un vestido de lo más elegante.

—Vaya día que estás teniendo, muchacha. —Se ríe—. Puede que algún día consigas algo increíble. Te veo esta noche.

Me tiro sobre la almohada y grito.

Alec vuelve a la *suite* justo cuando estoy agarrando el bolso para irme.

—He visto tu correo electrónico con el artículo. Lo leeré esta tarde de camino... —Deja la cartera y la llave de la habitación en una fuente que hay junto a la puerta y se detiene en seco cuando ve que estoy a punto de salir—. ¿A dónde vas?

—Billy me ha invitado a acompañarle a un evento —le informo, todavía sin aliento y eufórica—, y me va a recoger en mi casa. Pero antes tengo que conseguir un vestido elegante.

Alec me mira con expresión desolada.

—Tengo unas horas libres antes de ir a la gala de la AP. Esperaba que...

Me pongo a reír.

—No me digas.

Alec frunce el ceño.

—Sí... ¿por qué?

—Porque ese es el evento al que voy a ir con Billy.

—¿Vamos a estar en la misma gala? —Al ver cómo sus hombros se desploman, lo entiendo.

—Sin poder hablar entre nosotros, sí —comento, asintiendo—. O besarnos en cualquier rincón.

—Cómprate algún vestido espantoso —me pide.

—De ninguna manera. Voy a comprarme algo atrevido.

—Uno de lana de cuello vuelto.

—Uno lo bastante corto como para encontrar la fe. —Le sonrío de oreja a oreja—. Imagínate el polvo que podemos echar después de pasarnos toda la noche ignorándonos a propósito.

Se acerca a mí y me atrae hacia él para darme un abrazo.

—Eres una provocadora nata.

—Por eso te gusto. —Alzo la cara para que me bese y él me recompensa con un sonoro beso.

—Por eso, entre otras muchas razones. —Me da otro beso antes de decirme—: Anda, vete. Aprovecharé estas horas para leer tu artículo.

15

Al final, termina ganando la opción golfa-modesta. Eden y yo encontramos un vestido en Neiman Marcus de gasa negra hasta el suelo, pero con un profundo escote en V que termina en mi plexo solar. De hecho, el vestido es tan revelador, que agradezco que el forro se adhiera tanto a la piel. Sin duda, el motivo por el que he elegido este vestido ha sido por lo mucho que a Alec Kim le gusta todo lo relacionado con mi escote. Eden y yo nos decidimos por unos pendientes largos, el pelo suelto y sin ningún collar. También me dedico a caminar un buen rato con los tacones de ocho centímetros de Eden, para acostumbrarme. No lo hago muy mal, aunque tampoco voy a ir a una pasarela.

—¿Entonces así es como se siente una cuando mide más de metro setenta? —le pregunto a mi amiga—. Estoy ebria de poder. El aire está menos cargado aquí arriba.

Eden se ríe.

—Deja que te escoja un bolso. No puedes ir con tu enorme hobo.

—¡Perdona! —le grito mientras se marcha—. Pero ese hobo es una imitación bastante buena de un Burberry.

Eden regresa poco tiempo después con un elegante bolso de mano de YSL (también una imitación convincente), y lo abre para que meta dentro mis dos teléfonos, las llaves, la llave del hotel y una barra de labios.

—No te olvides de las reglas —me recuerda.

Asiento diligente.

—Buscar una buena iluminación. No beber en exceso. Y, si veo a Chris Evans, le pasaré tu número.

—Intenta no quedarte mirando a Alec toda la noche.

—No prometo nada.

Me da un beso en la mejilla y me empuja hacia la puerta. En ese momento suena un claxon en la calle.

Cuando subo al asiento del copiloto, Billy hace un esfuerzo enorme por no fijarse en mi pecho.

—Bien. —Es lo único que dice (supongo que es su forma de hacerme saber que el vestido es lo bastante elegante) y se aleja de la acera.

Durante el trayecto, le pongo al tanto de los aspectos fundamentales del artículo. Noto su emoción por la forma en que los nudillos se le ponen blancos al agarrar el volante cada vez con más fuerza.

—¿Cuándo podemos publicarla?

—Antes me gustaría obtener el visto bueno del señor Kim en lo que respecta a la parte que nos contó.

Asiente con la cabeza.

—Me parece bien.

El estómago me carcome por dentro. Lo que pasa entre Alec y yo... conforme van transcurriendo los días se parece menos a una simple aventura. Una cosa es explicar un conflicto de intereses temporal, que podía justificar fácilmente, alegando que Alec se ofreció a ser mi fuente justo después de que nos acostáramos, y otra cosa es esto. A estas alturas, debería contárselo a Billy.

Mi jefe me mira, y en cuanto clava sus ojos en mí, el coche parece reducirse al tamaño de un dedal. Su mirada es aguda, intimidante. La duda invade mi sangre como el agua helada y mis ganas de confesar mueren en mi garganta.

—De hecho, va a estar allí esta noche —continúa, mirando al frente, sin saber lo que está pasando por mi cabeza—. Si da el visto bueno, podemos sacarlo mañana. Envíamelo.

Tardo unos segundos en encontrar el valor suficiente para discutir con él el asunto. El agujero que siento en el estómago es mi instinto; un instinto que necesito seguir. Y es que no se trata solo de que Alec sea mi amante en secreto. Se trata de un asunto de cortesía social.

—No creo que sea conveniente abordar al señor Kim de ese modo en una gala. Y menos cuando estamos hablando de una agresión en la que está involucrada su hermana.

Billy me mira sorprendido antes de volver a prestar atención a la carretera.

—¡Vaya! No eres de las que va a degüello. —Por su tono, no consigo dilucidar si es una simple observación o una crítica—. Envíamelo tal cual, George.

Me doy cuenta de que no me lo va a volver a pedir de una forma tan amable, así que abro mi correo electrónico y se lo reenvío.

—No lo envíes a imprenta hasta que te lo diga. —Las palabras salen de mi boca antes de que las piense siquiera.

Billy deja reposar mi petición durante unos segundos, y luego me mira muy despacio, como si fuera realmente tonta. Podría echarme la bronca por ser una imbécil insubordinada, pero por suerte para mí, no lo hace. Se limita a soltar un seco y divertido:

—No lo haré.

—Lo siento —murmuro.

No me cabe la menor duda de que Billy se va a pasar casi toda la noche leyendo y analizando el artículo, y yo estaré a su lado, intentando beberme una copa de vino lo más despacio posible mientras encuentro el mejor momento para mencionarle de forma casual que me he acostado con mi fuente. Al menos, también tendré la oportunidad de observar a la gente y espiar a Alec desenvolviéndose en su mundo en todo su esplendor.

En cuanto Billy aparca, pasamos de largo el *photocall* de la alfombra roja y presentamos nuestras credenciales. El evento es tan deslumbrante y elegante como cabría esperar de una gala celebrada en el Beverly Hilton. La música es animada, pero no enmudece las conversaciones. Hay una barra en la que cada uno puede comprarse la bebida que quiera, cuya recaudación va para el Observatorio de Derechos Humanos y el perímetro de la sala está salpicado de asientos. Después de pedirnos algo en la barra, Billy se va hacia un lateral de la estancia; un lugar que nos ofrece una buena vista de la entrada al evento y del bar, donde al principio se congregará la mayoría de los asistentes. Me gusta su elección; la iluminación es estupenda (choco los cinco con una imaginaria Eden).

Tal y como esperaba, Billy da un sorbo a su bebida y saca el teléfono.

—Lo sabía.

—¿El qué? —pregunta mi jefe, sin apartar la vista del teléfono.

—Que en cuanto estuviéramos dentro no ibas a poder resistirte a leerlo.

—A ti te habría pasado lo mismo. —Se pone a leerlo y deja escapar un silbido bajo—. Increíble. Es increíble. —Hace una pausa y da otro sorbo a su cerveza—. ¿Quién ha escrito la parte del tipo de la tecnología... Suno?

—Yo.

Hace un gesto de asentimiento con la cabeza y me señala con el botellín.

—Es genial. Has hecho un desglose incisivo de la cronología. Estos tipos lo tienen jodido.

Abro la boca para responder, para agradecerle este inusual elogio, pero Alec aparece en mi campo de visión, con Yael a su lado. Durante el tiempo que tardo en echarle un vistazo de la cabeza a los pies, dejo de respirar. Se ha debido de comprar un esmoquin nuevo hoy mismo. Es de corte más moderno, de líneas estilizadas y de color negro azabache. La camisa es del mismo color y está abierta justo en el cuello, dejando al descubierto la suave piel de su garganta. Va sin corbata. Piernas largas y delgadas. Lleva el pelo retirado de la frente. Parece haber sido diseñado por un grupo de científicos para hacer que las mujeres ovulen de manera espontánea.

—¿Qué estás...? —Billy se detiene y sigue la dirección de mi vista. Alec se adentra en la sala y las cabezas se giran a su paso—. ¡Ah!

Siento que mi jefe me mira, me doy cuenta de que estoy demasiado callada y me esfuerzo por recuperar el control mientras señalo lo obvio:

—El señor Kim está aquí.

Billy emite un suave «¡Ajá!» y añade:

—Ya veo.

¿Por qué no se lo he dicho en el coche? Ahora ya es una omisión flagrante e intencionada.

Veo a un miembro de la junta directiva de la AP acercarse a Alec y cómo este esboza una sonrisa deslumbrante, aunque también me percato de que está siendo demasiado formal y de que mantiene las distancias; estrecha la mano, no da ningún abrazo. Mi cerebro trae una imagen a mi memoria, regodeándose: Alec atrayéndome a sus brazos en nuestra *suite*, diciéndome que soy una provocadora, dándome un sonoro y travieso beso.

Dejo de mirarlo.

—¿Qué pasa? ¿Dentro de esa cabeza tuya hay un conflicto de intereses? —pregunta Billy.

Sus palabras inyectan una dosis de adrenalina en mi torrente sanguíneo, enfriando al instante mi lujuria.

Siento el ardor de la ansiedad recorriéndome los brazos. No es la primera vez que pienso en esa cuestión cada vez que entre Billy y yo surge el tema de Alexander Kim, pero hasta hoy no habíamos echado mano de la información que nos había proporcionado Alec.

Y si Alec y yo seguimos con lo nuestro, Billy terminará enterándose. No me despedirá por ello, pero acostarse con una fuente en una historia de tanta trascendencia como esta podría cambiar la dinámica entre nosotros (sobre todo porque se la estoy ocultando), y podría afectar a las historias que esté dispuesto a encargarme de ahora en adelante.

Trago saliva con fuerza. Es ahora o nunca.

—Billy... —empiezo, pero él me da un ligero golpe en el brazo y se ríe.

—Vamos, George. Te estoy tomando el pelo.

—Vale, pero en realidad...

—No eres la única de los presentes que está loca por él. —Pone los ojos en blanco y me recuerda que nosotros no cubrimos historias personales—. Relájate, muchacha.

La oportunidad de confesarle lo nuestro se esfuma al instante. Vuelvo a mirar a Alec con el corazón latiendo a trompicones y me doy cuenta de que Billy no anda mal encaminado: hay al menos cinco personas diferentes de pie cerca de Alec, esperando a que se les presente la ocasión de acercarse, fingiendo estar absortos en otros asuntos, aunque en realidad estén vigilándolo como un halcón. Vuelvo a sentir una oleada de adrenalina, pero esta vez de otro tipo: celos. Me muero de ganas de abrirme paso entre la multitud y hacer que me rodee los hombros con su brazo, para poder poner cara de «¿A que es magnífico? Pues le gusto. Nos estamos acostando».

De pronto, como si de algún modo sintiera que lo estoy mirando, Alec levanta la vista y clava sus ojos en mí. No puedo evitar esbozar una amplia sonrisa; a él se le nota que le está costando mucho no hacer lo mismo. Veo cómo se fija en mi vestido, cómo recorre todo mi cuerpo con la mirada antes de centrar su atención a mi derecha, donde tengo a Billy demasiado cerca. En realidad, está cerca para que pueda oírle por encima del bullicio de la sala, pero sigue siendo demasiado cerca.

Y este es el momento que mi jefe elige para agarrarme del hombro y darme la vuelta a modo de broma, sugiriendo que deje de estar pendiente de la estrella que me tiene obnubilada y centre mi atención en otra cosa. Lo que implica que nunca sabré si es verdad esa llamarada de calor que ha cruzado el rostro de Alec, o si solo ha sido producto de mi imaginación.

Billy se pone a contar historias de inmediato, y cuando algunos de nuestros colegas se unen a nosotros, antes de darme cuenta me estoy riendo tanto que me permito el lujo de olvidarme de que Alec está al otro lado de la sala, con gente invitándole a copas e intentando flirtear descaradamente con él.

Pero entonces una mano fría me rodea el brazo y me gira con suavidad.

Se trata de Yael. Ahora que la tengo tan cerca veo lo asombrosa que está esta noche. Está escultural y se ha deshecho del tirante moño y optado por llevar el pelo suelto y los labios de un tono carmesí.

—Alexander Kim quiere hablar contigo un momento.

El corazón se me sube a la garganta.

—Mmm. Sí, claro.

Billy prácticamente me da un empujón al tiempo que me murmura:

—Consigue que te dé el visto bueno.

Sigo a Yael, que me conduce a través de la sala, por el vestíbulo y por un pasillo mientras yo me pregunto si lo único que voy a conseguir es su visto bueno o algo más.

Caminamos en silencio, alejándonos del murmullo de la gente, hasta que doblamos en una esquina.

—¿Va todo bien? —pregunto.

—Supongo que sí.

Tengo que reconocerle el mérito a Yael. Es muy probable que, al acabar este viaje, gane el premio al «Me importa una mierda todo», y cuesta mucho no respetar a una mujer que no se deja la vida por hacer amigos en Los Ángeles. Me lleva a una especie de camerino que tiene toda la pinta de usarse en celebraciones nupciales, pero que ahora está vacío. Hay dos paredes llenas de espejos y tocadores, y al fondo, de pie, mirando hacia la puerta, está Alec.

Yael me hace un gesto con el brazo para que entre y, cuando lo hago, cierra la puerta.

Avanzo despacio, disfrutando de la vista. Como siga tan cerca de él, y con ese traje, es posible que termine necesitando sales aromáticas.

—¿Me vas a pedir una entrevista oficial para el *LA Times*?

—He leído el artículo.

Siento los latidos de mi corazón como si tuviera un tambor en el pecho.

—¿Y?

—Es brutal. —Me mira con un brillo de orgullo en sus ojos oscuros—. Se lo he enviado a Sunny, debería poder darte una respuesta mañana, a primera hora.

Sé que esta no es la noticia que quiere oír Billy, pero ningún otro medio tiene la parte de Alec, y dado que ha sido hoy cuando ha decidido que incluya lo que sabe en el artículo, no puedo meterle prisa. Solo me queda esperar que Billy dé a los Kim la cortesía de otras doce horas más.

—De acuerdo.

Alec estira un brazo y me acerca a él, apoyando la mano en mi espalda desnuda. Un gesto que hace que todas mis emociones salten como el corcho de una botella. Hasta que no me ha tocado, no me he dado cuenta de lo mucho que me he estado conteniendo esta noche.

—Estás increíble.

—Tú también.

Me acaricia el cuello con la nariz.

—Este vestido es...

—¿Te gusta?

—¡Ajá! —Me besa la mandíbula—. Creo que voy a pasar por alto el que no hayas venido con un cuello vuelto.

Noto algo diferente en su tono de voz. Es más reservado, más tenso.

—¿Va todo bien?

Alec se aleja y se coloca el cuello de la camisa.

—¿Quién era ese hombre con el que estabas?

¡Ajá!

—¿Ahí fuera? —Engancho un pulgar sobre mi hombro—. Billy. ¿Crees que debería presentártelo?

—Claro. —Arrastra las yemas de los dedos de forma posesiva a lo largo de mi clavícula. Por encima de mi hombro. Juguetea con mi escote—. ¿Es tu jefe?

—Sí. —Me pongo de puntillas y le doy un beso en la barbilla—. Es un cascarrabias, un perfeccionista y no necesita dormir, pero es un gran tipo. —Siento las palabras que no está diciendo como un cinturón que se aprieta cada vez más—. ¿Alec?

—¿Mmm?

—¿Me has traído aquí porque estás celoso?

Me mira directamente a los ojos.

—Creo que sí, un poco.

Me río; no puedo evitarlo.

—¿En serio? Me sorprende que te hayas dado cuenta siquiera de que estaba en la sala.

—Me fijé en ti a los treinta segundos de entrar, pero has tardado en mirarme.

—Eso no es verdad —señalo—. Te vi en el mismo instante en que apareciste con Yael.

Me frota el labio inferior con un dedo.

—Me he dado cuenta de que este artículo va a llamar mucho la atención sobre ti, y hay toda una sala llena de hombres con los que podrías salir cuando me vaya.

Alzo la mano y le acaricio la cara. ¿Lo dice en serio? Soy incapaz de imaginarme a otro hombre que pueda estar a la altura de Alec. Antes de él, este tipo de conexión me parecía un invento, una ficción absurda. Ahora me despierto todas las mañanas preocupada por que esta sea la gran historia de amor de mi vida, y por lo desolada que me voy a quedar si llega a su fin en unos días. Intento plasmar estos pensamientos en palabras, pero no puedo. Soy como un frágil recipiente de cristal, que lleva dentro demasiadas emociones volátiles.

Así que, en lugar de explicárselo, vuelvo a las bromas.

—¿Cómo te atreves a estar celoso? ¿Pero tú te has visto?

Sin embargo, Alec no se deja engañar.

—¿Te has visto tú? —Me agarra de los hombros y me da la vuelta para que me quede frente al espejo.

Y entonces, siento como si me succionaran todo el aire de los pulmones.

No es la primera vez que veo nuestro reflejo juntos. En el lavabo, cuando nos hemos cepillado los dientes. Cuando hemos pasado a la vez por delante del espejo al salir de la habitación del hotel. En la terraza, rodeados de ventanas. Está claro que sé cómo nos vemos. Pero aquí, con ambos vestidos de negro y con espejos delante y detrás de nosotros, reflejando mil versiones de la pareja con trajes de gala, en rectángulos cada vez más pequeños, me doy cuenta de la *buena* pareja que formamos. Me apoyo en su hombro y él curva su gran mano de forma posesiva alrededor de mi cintura. Alec tiene la piel dorada; yo, aceitunada. Lleva el pelo pulcramente peinado, retirado de la frente; el mío va suelto, cayéndome liso y brillante por la espalda. Sus ojos son oscuros y conmovedores; los míos, de color avellana y brillantes. Juntos somos perfectos. Y durante un instante, quizá unos pocos segundos, sé que estamos sintiendo lo mismo, que podemos vernos el uno al lado del otro en una serie de momentos futuros: recibiendo a los amigos en la puerta de casa, caminando por Los Ángeles de la mano, de pie junto a la cama, de pie junto al altar.

Parpadeo y esos momentos se han desvanecido. Solo estamos nosotros dos, frente a miles de nuestros reflejos, frente a un espejo rodeado de luces doradas, pero por la cara que tiene, sé que también lo ha visto.

Me aparta el pelo y agacha la cabeza para lamerme el cuello. Soy incapaz de apartar la mirada del espejo. Veo cómo desliza la mano por mi costado, subiendo por mi pecho, extendiéndose por la pronunciada «V» del escote y acunándome un seno.

—Te juro que no soy una persona posesiva —dice en voz baja—. O no suelo serlo. —Los dos nos quedamos mirando el reflejo de las yemas de sus dedos trazando lentos círculos sobre mi pezón, por encima del vestido—. Entonces, ¿por qué me siento así?

—No lo sé. ¿Por qué?

—¿No te parece una locura? ¿Sentir esto cuando solo han pasado once días?

—Te lo he preguntado en serio —le digo—. ¿Por qué te sientes así?

Me mira a los ojos.

—¿Acaso no estás mirando?

—Por favor. —Sigue con los dedos sobre mi pecho—. Estoy contenta con mi aspecto, pero hay mujeres guapas en todas partes. No sientes eso por mí por esa razón. —Resulta extraño cómo la pregunta se infla en mi mente, como si se tratara de un globo de aire caliente que arrastra cualquier otro pensamiento—. ¿Por qué yo? ¿Por qué ahora? Y, por Dios, ¿por qué *así*?

Cierra los ojos y me da un beso en el hombro.

—Está bien. —Asiente con la cabeza, como si estuviera pensando—. ¿Además de por la química que hay entre nosotros? Porque eres asombrosa. Te fuiste a Londres a investigar una historia que viste en Twitter y has ido a por todas, sin miedo, con independencia de lo siniestra que se haya vuelto. —Levanta la vista y me mira a los ojos—. Tu novio desde hacía mucho tiempo se pasó todo un año mintiéndote sobre un asunto trascendental y tuviste el valor de romper con él, y no solo no le has dirigido la palabra desde ese día, sino que has dejado de ver a los amigos comunes que te animaron a perdonarlo. Te cabreaste conmigo y me dejaste hecho polvo por no decirte quién era y no has permitido que Yael te intimidara para hacer lo que ella quería. Eres divertida, vulnerable y honesta. No te miras en el espejo a menos que yo te lo indique. Eres sensata y segura de ti misma. Sabes de dónde vengo y quién era antes de convertirme en Alexander Kim. Eres apasionada en la cama hasta límites que jamás había experimentado, y cada vez que descubro algo nuevo sobre ti, lo que... —se detiene, buscando la palabra— lo que siento por ti parece hacerse más fuerte.

Me muerdo el labio, intentando contener una sonrisa.

Me mira con un brillo de entusiasmo en los ojos.

—¿Puedo tomarme eso como que te ha parecido una respuesta aceptable?

Me río y me vuelvo hacia él, para abrazarle.

—Sí, es una respuesta aceptable.

—Podrías venir a Londres, al menos, una vez al mes —dice, sin dejar de mirarme a los ojos—. Quiero estar contigo.

—Yo también quiero estar contigo.

Y así, de esa forma tan sencilla, resolvemos nuestra principal preocupación.

16

Varias horas y un número respetable de copas después, dejo a Billy dentro, charlando con algunos colegas y me dirijo hacia la salida. Fuera, hay una fila de coches esperando, que ocupa una manzana. Mi objetivo es la cadena de Uber que aguardan al otro lado de la calle, pero una figura alta con un traje negro me llama la atención. Lleva un mechón de pelo rojo que le cae por los hombros. Esta versión sorprendente de Yael está apoyada en la puerta del pasajero delantero, leyendo algo en su móvil. Y justo en ese momento, como si hubiera percibido mi presencia entre la multitud, alza la vista y mueve la mano con elegancia para que me acerque a ella.

Cuando llego, me pongo frente a ella y sonrío.

—No te lo he dicho antes, pero tienes un pelo impresionante.

Asiente con la cabeza, pero como es costumbre en ella, no dice nada. Espero un sermón, que me comunique algo, tal vez alguna instrucción sobre cómo volver a la habitación sin encontrarme con Alec por el camino, o incluso que es mejor que me vaya a casa esta noche. Para mi sorpresa, estira el brazo, abre la puerta trasera y me hace un gesto para que suba.

—Ha insistido.

Alec está en los asientos de atrás, con la cara parcialmente oculta entre las sombras. Me gustaría preguntarle en qué narices está pensando, invitándome a su coche justo delante de un evento de la Asociación de Prensa. No es que yo sea alguien importante, pero estamos en un lugar donde la gente que quiera saber quién soy, puede hacerlo sin ningún problema y atar los cabos con el artículo del *LA Times*. Incluso aunque su parte no se haya publicado todavía, la privacidad de Alec es crucial y aquí todavía hay, por lo menos, cuarenta personas que reconocerían a Yael.

Yael se sube al asiento del copiloto y le dice al chófer que ya podemos irnos. El interior del coche se queda en silencio.

Alec acerca su mano a la mía, pero es el único contacto que nos atrevemos a tener. Por lo demás, nos mantenemos rectos, mirando al frente, sin hablar. Además, creo que, si volviera a mirarlo con ese esmoquin, me olvidaría de inmediato de la presencia de Yael, que desaprueba por completo lo nuestro, y de que el pobre chófer no tiene ninguna gana de verme subida a horcajadas sobre Alec en el asiento trasero. Veo cómo agacha la cabeza, mira su teléfono y teclea algo con una mano. Un instante después, me vibra el Bat-teléfono y lo saco del bolso.

> No quería dormir sin ti.

Sonrío a la pantalla y respondo:

> Me habría sentido muy decepcionada quedándome sola, sabiendo que estás tan cerca.

> Nos quedan tres noches. No vamos a desperdiciar ninguna.

Le aprieto la mano a modo de respuesta e intento ignorar la oleada de tristeza que me embarga. Alec, despacio, lleva nuestras manos entrelazadas hasta su muslo.

—¿Te lo has pasado bien después de nuestro encuentro? —Me sorprende su voz, surgiendo del silencio.

Lo miro primero a él, y luego a Yael. Sin duda, es la profesora estricta, y yo la alumna revoltosa que incumple constantemente sus normas mientras su alumno estrella (mi compañero de aventuras) sale siempre indemne de todo.

—Pues, aunque te parezca increíble, lo cierto es que sí. Normalmente detesto este tipo de eventos.

La mayoría de las veces consiste en pasar el rato con otros periodistas, intercambiar historias y buscar información. Divertido y agotador. Lo de siempre, pero con ropa más elegante.

Lleva mi mano hacia arriba y la detiene en la parte superior de su muslo. Me lo tomo como una invitación en la oscuridad del interior del vehículo.

Lo miro. Sigue con la vista clavada al frente, aunque me ofrece un divertido movimiento de cejas. Doblo el dedo meñique y lo deslizo por el contorno de su pene, ya medio erecto debajo de la cremallera. Por el rabillo del ojo, veo cómo su pecho asciende, respirando con fuerza.

Todavía estoy afectada por haberlo visto rodeado de famosos y gente desconocida, todos ellos intentando obtener un ápice de su atención. Y también sigo excitada por los minutos que hemos pasado en el tocador.

—Yo también —consigue decir después de un buen rato—. Creo que porque sabía que estabas allí.

Lo miro con los ojos abiertos y ladeo la cabeza.

¿Qué haces, flirteando conmigo en voz alta, delante de Yael?

Esboza una sonrisa que se esfuma en cuanto vuelvo a subir la mano y le acaricio el miembro, con tres dedos esta vez. Está duro. Ahora es su turno de mirarme escandalizado. Aunque tampoco debería sorprenderse tanto. Al fin y al cabo, ha sido él quien me ha puesto la mano ahí. ¿Qué esperaba? ¿Que lo ignorara?

Y así, con mi mano acariciándolo de vez en cuando de refilón, mantenemos una conversación insípida mientras el chófer sigue el trayecto habitual de vuelta al hotel. Sin embargo, en lugar de detenerse en la puerta delantera, sigue conduciendo el elegante BMW negro por un estrecho callejón oscuro, salvo por el halo de luz con forma de cono que proyecta alguna que otra farola amarilla.

El chófer aparca delante de dos pesadas puertas de acero, sale del vehículo, abre la puerta trasera del lado de Alec, rodea el coche para hacer lo mismo conmigo y se dirige a la entrada de servicio, donde pasa una tarjeta y la abre.

Luego regresa al coche, pero Yael nos sigue, guiándonos al interior. Está claro que sabe por dónde vamos. La vista que el hotel nos ofrece desde esta perspectiva es la de un edificio de tipo industrial: paredes raspadas por los amplios carros y pintura abollada por los choques cotidianos con los equipos de limpieza. Yael nos lleva a un ascensor de servicio y pulsa el botón de la décima planta.

Alec me agarra la mano mientras entramos y Yael finge no darse cuenta. Como es lógico, estoy más encantada por la insistencia de él de demostrar que somos una pareja en privado, que intimidada por la desaprobación de su asistente, pero su censura me afecta. Subimos en medio de un silencio sepulcral hasta la planta y salimos con el mismo mutismo.

—Tened cuidado —dice Yael a modo de despedida antes de marcharse en dirección contraria a su habitación.

En circunstancias normales, haría alguna broma sobre lo mucho que parezco gustarle, o que ahora ya debe de tener claro que me estoy quedando con él en el hotel, o sobre lo mucho que se parece a una suegra hosca a la que tengo que ganarme, pero la tensión sexual entre nosotros ha ido creciendo tanto en el trayecto de vuelta al hotel, que en lo único que puedo pensar es en su dura erección contra mis dedos, en el tranquilo «Te veo luego» que me susurró en el tocador antes de regresar a la gala o en su intensa y voraz presencia.

Pasa la tarjeta por encima del lector, abre la puerta y la empuja. En cuanto nos quedamos solos, parecemos estar de acuerdo en que nuestra prioridad es quitarnos la ropa lo más rápido posible. Sin dejar de mirarlo a los ojos, me desabrocho el cierre del vestido sobre la nuca y dejo que la prenda caiga al suelo. Él se abre el primer botón de la camisa y luego se desabrocha el resto con una enorme destreza.

Camino hacia atrás, quitándome los tacones de Eden, sacándome la ropa interior por las caderas y tirándola en algún lugar del pasillo. Alec suelta un gruñido travieso y, después de quitarse los calzoncillos, me agarra de la cintura y se ríe, murmurando un «Ven aquí» sobre mi boca y alzándome en brazos. La fricción que me produce su duro pecho al rozar contra las suaves curvas del mío hace que se detenga, gire conmigo en brazos, me empuje contra la pared y me coloque las piernas alrededor de su cintura. Luego, con un jadeo, se desliza en mi interior con un único y prolongado empujón.

Exhala un suave gemido de alivio y susurra:

—Joder, me encanta sentirte así.

¿Cómo es posible que solo hayan pasado unas horas desde la última vez que lo sentí? Parece que fue hace una eternidad. Quiero tomar todos los sentimientos que me provoca (felicidad, seguridad, deseo...) y plasmarlos en el tacto. Verterlos en su cuerpo.

Después de unos cuantos envites, me doy cuenta de que hay algo diferente, de que es tan bueno que siento una paradójica ola de desesperación y euforia. Atrapada entre su cuerpo y la pared, siento que mi mundo se expande y se contrae con cada respiración. Alec es como el terciopelo moviéndose dentro de mí. Y yo estoy enardecida; me aferro a su espalda, suplicando sin sentido porque se desliza con esa piel tan suave a través de un calor tan increíblemente sólido. Ya me lo está dando todo, pero soy codiciosa y quiero más. Estamos duros y suaves, rígidos y húmedos...

¡Dios, tan húmedos! Tan resbaladizo y apremiante...

Entonces Alec se queda quieto, con la respiración entrecortada y dice:

—Espera. ¡Mierda!

Y ahora es cuando entiendo lo que está pasando. Somos él y yo en toda nuestra gloria. Él penetrándome con su miembro desnudo. Sin preservativo. ¿Cómo hemos podido olvidarnos? ¿Y cómo puede un olvido tan tonto cambiar cada detalle de lo que siento al tener sexo con él?

—Espera —vuelve a decir, pero con un tono más suave esta vez. Ahora tiene un significado diferente. Esta espera no significa parar. Es una súplica para que le deje permanecer en mi interior un poco más. Porque él tampoco me ha sentido así nunca.

Se mantiene quieto, aunque se nota que se está conteniendo bajo una férrea disciplina. Le tiemblan los brazos. Cada vez que respira parece entrar y salir muy levemente. Con él dentro de mí, tan caliente y duro, siento cada pequeño detalle. Está ensartado completamente en mí, pulsando con firmeza sobre ese punto que me hace anhelarlo hasta el extremo del dolor. Sé que, si cierro los ojos, me concentro en la presión de su cuerpo, justo ahí, y contraigo mis paredes vaginales sobre su miembro, podría correrme.

Sé que es la locura la que ahora rige mis pensamientos, el delirio por la sensación de estar tan llena. Pero con él tan erecto en mi interior, con un miembro tan voraz que no deja ni un milímetro de mi interior vacío, soy incapaz de mostrar su disciplina. Clavo los dedos en su pelo y me mezo contra él. Apretando y aflojando lentamente. Paso la lengua por su nuez de Adán, saboreando el salobre y la dulzura de su piel. Me encanta su sabor; creo que, después de esa voz profunda y tranquila, lo que más voy a echar de menos es el calor de su piel sobre mis labios.

Alec gime al sentir el roce de mis dientes en su cuello. Yo estoy a punto de sufrir una explosión tan intensa que me alivia saber que me está sujetando entre sus brazos; de lo contrario, me fallarían las piernas.

Estoy tan cerca... Lo siento hincharse aún más, mientras me invade mi propio alivio, colmándome por completo.

—Gigi... —me advierte con voz ronca. La voz de un hombre que ya no puede aguantar más.

—Estoy tan cerca —le suplico con voz temblorosa—, tan cerca...

Vuelve a gemir. Presiona la frente contra mi cuello, deteniendo mis caderas.

—Como sigas así, vas a hacer que me corra dentro.

Vuelvo la cara, apoyando los labios en su sien. ¿Hago que paremos o le digo las palabras que me están abrasando la garganta?

Al final, ganan las palabras.

—Estoy tomando anticonceptivos. Lo sabes. —Ha visto las píldoras en la encimera, me ha visto tomándolas.

—Lo sé.

Aparta la cara y me mira durante un buen rato antes de llevarme al dormitorio. Luego me deja en el suelo, apartamos la colcha y nos tumbamos el uno al lado del otro sobre las sábanas frescas y limpias. Entonces lo atraigo hacia mí con manos ávidas y anhelantes. Su cuerpo es un contraste de calidez, dureza y suavidad.

Justo cuando lo abrazo y suelto un murmullo de felicidad y ansia contra su cuello, estira el brazo y enciende la lámpara. La luz tenue baña su piel, proyectando sombras en sus músculos que forman ángulos perfectos. El cuerpo de Alec Kim es la mejor obra de arte de Los Ángeles, o de cualquier otro lugar del mundo.

—Nunca he mantenido relaciones sexuales sin preservativo —confiesa, con los dedos curvados sobre mi pecho en una sensación que ya me resulta familiar. Luego se agacha y me los besa.

La lujuria abandona mi cerebro de inmediato.

—Si no te sientes cómodo, podemos usar uno. No debería haberte presionado...

—No. —Baja la palma por mi cintura, a lo largo de la curva de la cadera—. Solo estaba tratando de ir más despacio.

Cuando su mirada sigue el camino de sus manos, veo cómo cambia su expresión. Me agarra por la parte trasera de la rodilla y me sube la pierna sobre su cadera. Entreabre los labios y estira el brazo entre nuestros cuerpos, guiando su miembro a mi interior.

No puedo evitar cerrar los ojos. Cada vez que hacemos el amor pienso: *Esto es lo máximo que puedo sentir. Mi anhelo no puede alcanzar cotas más altas,* pero se me había olvidado cómo es el sexo sin preservativos. Hacía mucho tiempo que no lo hacía de esta manera. Las sensaciones son mucho más intensas.

Me penetra todo lo que puede y se detiene con la mano extendida en la zona baja de mi espalda, en un abrazo posesivo.

—Haz lo mismo de antes.

Con su boca sobre la mía, abstraída, abierta, húmeda y hambrienta, me mezo contra él, apretando con un ritmo que empieza de modo juguetón pero que enseguida se vuelve febril. Jadeo su nombre, implorando su ayuda, preparándome para un orgasmo tan intenso que me atrapa en un grito silencioso. Alec observa cómo el rubor asciende por mi pecho, por mi cuello, inundando mis mejillas, y empieza a moverse en largos envites, extrayendo el placer y prolongándolo hasta que el grito termina por estallar en mi garganta, ronco y desesperado.

Lo amortigua con su boca, tragándoselo por completo hasta que me detengo jadeante y sin aliento a su lado. Sale de mi interior, me aparta el pelo de la frente sudorosa y me besa. Me mira con esos ojos oscuros, brillantes y salvajes por el deseo, me agarra con sus grandes manos por las caderas y me arrastra con él mientras se pone de rodillas, se apoya sobre los talones, y coloca mis piernas sobre sus muslos. Después, estira los brazos sobre mi cabeza y toma una almohada para ponérmela debajo de la parte baja de la espalda.

—¿Te parece bien?

Hago un gesto de asentimiento, todavía aturdida. Siento un hormigueo en los labios y los dedos de los pies. Cuando se lleva la mano al pene y se lo agarra, le rodeo con la palma el antebrazo, pues quiero sentir la fascinante y tensa acumulación de músculos de esa zona.

Entonces me mira extasiado, me acaricia con su duro glande y se desliza hacia dentro y luego hacia fuera.

—Estás empapada. —Se muerde el labio. Sus fosas nasales se hinchan por el deseo—. Tienes mojados hasta los muslos. —Mira al techo y ahoga una profunda exhalación antes de volver a bajar la vista, para contemplarse a sí mismo penetrándome y saliendo de nuevo de mi interior—. ¿Voy a tener que agacharme y limpiarte con mi lengua? —Me mira a la cara y esboza una sonrisa perversa—. Mira cómo me has humedecido el pene. Fíjate, Gigi.

Pero no puedo. Aprieto los ojos todavía cerrados. Mi pecho vuelve a tensarse por un deseo primitivo. ¿Cómo consigue este hombre reducirme a un ser tan primario y salvaje? Hay una bestia atrapada en mi corazón, aullando, lanzando golpes y gritando por sentir su erección. *Fóllame*, piensa mi bestia. *Con la lengua, el pene, la mano... Me da igual. Penétrame hasta el fondo*, ruega. *Con lo que sea.*

Sin embargo, Alec solo se desliza un poco en mi interior y vuelve a apartarse. Es como la primera noche que nos acostamos, pero esta vez dentro de mí solo está su piel, su increíble calor. Esta vez también hay emoción. Cruda y frágil, pero real.

Y esta vez sé que va a prolongarlo más. Que va a jugar hasta llevarme a la locura. Que se va a contener, acercándose poco a poco a su punto álgido.

Acabo de tener un orgasmo. Debería estar agotada, todavía abrumada por el alivio; en cambio vuelvo a sentirme vacía, hinchada y muerta de deseo. Trato de observar su cara, de concentrarme en el placer que le provoca su contención, pero estoy desesperada por que me embista hasta hacerme perder el aliento. Continúa jugando conmigo, metiendo solo el glande, sacándolo y exhalando un áspero gruñido. Cada vez que lo hace, solo me ofrece centímetros, pero yo pierdo el control a pasos agigantados.

Solo consigo pronunciar con voz muy débil:

—Me estás volviendo loca.

—Lo sé. —Desliza el pulgar sobre mi clítoris y luego hace lo mismo con el glande, moviéndolo en círculos.

—Eres como la seda mojada. Esto es lo único que puedo hacer para no follarte hasta la saciedad.

—*Por favor.*

—Enseguida —dice con voz áspera—, pero ahora mismo no puedo dejar de contemplar esto. —Traga saliva—. No hago nada más que pensar: una vez más. Solo una vez más y no podré soportarlo. Sin embargo, luego quiero volver a ver cómo te penetro despacio y...

Se interrumpe y baja la vista de nuevo. Su rostro me tiene cautivada. La cara que pone mientras lo hace una y otra vez (empujar unos centímetros y salirse, deslizando el glande hacia arriba, alrededor de mi clítoris y vuelta a empezar) es hipnótica. La curva suave y carnosa de su boca, su ceño de concentración. Es demasiado. Debería cerrar los ojos, mantenerme anclada a este momento, en esta cama, pero soy incapaz de apartar la mirada.

Sé por qué no puede dejar de hacer esto. Me he convertido en una experta en el Alec Kim amante. Le gusta alargarlo; sabe cómo hacer que su cuerpo espere antes de alcanzar el clímax. Pero mientras hace precisamente eso, avanzando centímetro a centímetro con cuidado, concentrado, me doy cuenta de que también hay otro motivo para esto; algo más tierno y sincero: es una primera vez. Sé que en cada ocasión que lo hagamos sin protección va a ser una experiencia estremecedora, pero después de esta noche, jamás volveremos a tener esta sensación de primera vez. La noche de Seattle tuvimos muchas primeras veces en cuestión de minutos. Y con este pensamiento, entro en el mismo círculo que él: solo una vez más, quiero volver a ver ese alivio primario que siente cuando embiste, la hermosa devastación cuando se retira y la tensa anticipación cuando empieza de nuevo.

—Estoy tan cerca... —susurra, hablando consigo mismo. Toma una profunda bocanada de aire con los dientes apretados, se acaricia la erección y cierra los ojos—. Gigi, estás tan mojada...

Esa grieta visible en su determinación me destroza por completo y la bestia codiciosa regresa, con más fuerza, con los puños golpeándome las costillas. Le digo una y otra vez que yo también estoy a punto de correrme, incluso se me escapa una súplica obscena y le ruego que me folle, pero él sigue jugando con nuestros cuerpos hasta que pierdo la cordura en silencio y una lágrima se desliza por mi sien hasta mi pelo.

Pero sé que, si se detiene, ahí es donde vendrá la auténtica locura.

Estoy tan cerca...

De pronto, le oigo soltar una sorprendida exhalación y vuelvo a mirarlo a la cara. Tiene la frente, el labio superior y el cuello perlados por el sudor.

—¡Oh, Dios! —exclama. La voz se le rompe en un jadeo—. No puedo...

Sigue dentro de mí solo unos centímetros. Pero yo necesito que me penetre por completo. Sin embargo, se aparta otra vez y cambia de ángulo para acariciarme de nuevo el clítoris. Entonces gruñe extasiado, con la mandíbula apretada y los ojos brillando.

—¡Oh, mierda! —Ahora tiene la voz más tensa. Embiste hacia abajo y hacia delante, respirando de forma entrecortada, follándome con pequeños movimientos oscilantes. Cierra los ojos y me penetra un poco más—. ¡Oh, Dios mío!

Por favor, ruego en silencio, *por favor, libérate.*

Pero también: *Por favor, no termines nunca.*

Suelta un gemido agudo y familiar que me dice que está a punto de correrse, pero se retira, jadeando.

—No.

Me acaricia entre las piernas, dándome golpecitos con el pene duro a más no poder. Yo estoy en la cúspide; siento el orgasmo ascendiendo inexorablemente, elevándome como la luna...

No puedo evitar el sollozo que sale de mi garganta, la marea de emoción que se derrama por todas partes. Estoy en un punto de no retorno: da igual que me penetre hasta el fondo o no; me voy a correr solo con sus caricias y la anticipación. Agradezco la tensión en mi cuerpo que antecede al orgasmo. La deseaba tanto... Alec empuja hacia delante, dándome lo justo para hacerme estallar. Cuando me observa alcanzar el clímax, pierde el control. Me la mete hasta el fondo, dejando escapar un agudo grito de rendición mientras yo caigo por un precipicio. Embiste con todas sus fuerzas. El placer me golpea como un tren, emborronando mi visión.

Me pierdo el momento en que se corre, pero oigo su placer en el fuerte jadeo que le sigue. Segundos después, se desploma hacia un lado, me atrae hacia su pecho y me besa las mejillas húmedas y el cuello.

—Gigi —se queda quieto. Me acaricia la mejilla—, ¿estás llorando?

—Estoy demasiado destrozada —logro decir—. No puedo hablar. —Cuando intento levantar los brazos para ponerlos alrededor de sus hombros, me pesan demasiado. Así que me rindo—. No puedo.

Se ríe sin aliento.

—Dame un segundo y nos llevo hasta la ducha.

—Trae aquí la ducha. —Mi voz suena como si estuviera metida debajo del agua—. ¿He dicho eso en alto?

Arrastra la mano por mi estómago y entre mis pechos.

Estoy sudando. ¿O es él? En realidad, somos ambos.

—Crees que no te gusta que jugueteen contigo en el sexo, pero cuando te hago esperar te corres como nunca.

—Eso ha sido un golpe bajo.

Vuelve a reírse y se frota la cara con la mano.

—Casi me desmayo.

—Yo creo que sí me he desmayado.

Me da un beso en la barbilla.

—Sí, yo también lo creo.

Se levanta de la cama y desaparece. Al cabo de un rato, oigo correr el agua de la bañera y el chapoteo de su mano en el agua. El vapor se cuela en el dormitorio. Luego vuelve, desliza con cuidado los brazos por debajo de mí y me levanta en volandas.

—Puedo andar yo sola —le digo sin mucha convicción. Vuelvo la cara hacia su cuello—. Vas a conseguir que me enamore de ti, ¿verdad?

No titubea, ni en el paso, ni en la respiración. Solo dice:

—Te aseguro que voy a intentarlo.

17

No sé si es un milagro o mi sexto sentido el que hace que abra los ojos justo después de las dos de la mañana. Sobre todo porque, después de lo que me hizo Alec, creía que estaría sin poder moverme al menos durante cuarenta y ocho horas. Pero aunque la habitación está completamente a oscuras, de pronto estoy muy despierta.

Alec está acurrucado a mi lado, con la mejilla apoyada en mi nuca. Siento su respiración profunda y constante sobre mi piel. Me gustaría poder capturar esta sensación en un medallón y llevarlo colgado al cuello para cuando se vaya. Pero este pensamiento no me pone triste. Confío en que vamos a tratar de que esto funcione. Hasta puede que lo consigamos.

Entonces me acuerdo de que es posible que hoy publiquemos el artículo y la adrenalina empieza a fluir por mis venas. Es evidente, pase lo que pase en mi vida, que investigar esta historia va a ser una de las grandes satisfacciones que me dará mi profesión. Sin embargo, cuanto más profundos son mis sentimientos por Alec, mayor es el conflicto interno que tengo ante la idea de seguir involucrada en ella; me entusiasma tanto pensar en sacarla a la luz, como pasar de todo el asunto y dejar que Ian y Billy se hagan cargo de ella a partir de ahora. El periodismo es un ámbito plagado por la creciente asunción de que ya no existe la moralidad. En la facultad, nos enseñan la enorme cantidad de cosas que los periodistas *no debemos* hacer, pero pocas veces nos dicen lo que no debemos hacer *bajo ningún concepto*. Siempre he tenido la sensación de que acostarse con Alec caía dentro de esa profunda área gris indefinida.

Ya está, pienso. *Hoy me voy a apartar de esta historia y le voy a contar a Billy lo mío con Alec. Por fin seré libre.* El conflicto de intereses cada vez me produce un mayor regusto amargo en la garganta.

Sé que no debería, pero no puedo evitarlo. Agarro el móvil del trabajo de la mesita de noche para echarle un vistazo. No me sorprende para nada ver que mi jefe me ha enviado un mensaje de texto justo después de la una y media.

¿Ha dado el visto bueno para que sigamos adelante?

En cuanto leo las palabras, siento como si una nueva sombra se cerniera sobre mí, desvaneciendo el resplandor de la emoción de ayer. Seguro que Alec ya tiene un mensaje de su representante, Melissa, con la respuesta. Podría despertarle y preguntárselo. De ese modo podríamos publicar el artículo a tiempo para que las redes sociales lo empiecen a compartir por la mañana.

Pero he trabajado mucho en esta historia y no quiero hacer nada que la ponga en peligro, y nuestra relación lo hace. Lo último que quiero (lo último que en realidad quiere cualquier periodista) es convertirse en otra historia que eclipse la historia real. Acabar con el Júpiter es demasiado importante.

Tenemos suficiente sin necesidad de incluir el relato anónimo de Alec y Sunny. Tenemos la entrevista con la mujer a la que le ofrecieron una compensación económica cuando ni siquiera se acordaba de que hubiera sido agredida, capturas de pantalla de numerosos vídeos del mismo hombre tatuado, las transcripciones de los chats que describen a estas mujeres como «bambis» (como inocentes, como meras presas), y también la cara y el tatuaje de Josef Anders en el último vídeo incriminatorio.

Sí, sin duda el relato de Sunny es la puntilla que demuestra que en estos vídeos se grabaron relaciones sexuales no consentidas, pero no lo necesitamos. No hace falta que los involucremos en la historia cuando podemos cargarnos a Anders solo con el material que tenemos. La historia tendrá un seguimiento posterior. Podemos dar a Alec y a Sunny un tiempo para que decidan qué es lo que quieren incluir cuando se calmen las aguas. Y Billy puede asignárselo a otro redactor.

De esta forma, los Kim estarán protegidos y yo mantendré mi integridad profesional.

Alzo la vista al techo e intento pensar en cómo me siento con la decisión que acabo de tomar, esperando que la confianza se enfríe y se convierta en ambivalencia. Pasan diez, veinte, treinta latidos y lo único que siento es alivio.

Respondo a Billy:

Publícalo, pero quita todos los detalles que nos ha dado la fuente anónima.

¿En serio? ¿Te ha dicho que no?

No ofrezco una respuesta directa a esta última pregunta.

Podemos publicarla sin lo otro.

Dejo el teléfono y vuelvo a acurrucarme entre los brazos de Alec, apretando la cara contra el contorno de su pecho.

He tomado la decisión correcta.

El alivio se apodera de mi cuerpo y vuelvo a dormirme con facilidad.

—No sé cómo explicarlo —digo a la mañana siguiente, tumbándome de nuevo en la cama—, pero siento que esto es real, Eden.

Oigo cómo Eden toma una profunda bocanada de aire al otro lado de la línea.

—¡Oh, cariño!

Alec se ha ido antes de que me despertara, pero me ha dejado una manzana, un poco de agua y una nota que decía:

Estoy emocionado por tu gran día. Melissa me ha dado el visto bueno. Mantenme informado. Lo de anoche fue increíble. Besos.

A.

El artículo se ha publicado hace una hora. Ha tenido una acogida magnífica, incluso sin la parte de Sunny. Hay miles de comentarios en las redes. #EscándaloJúpiter y #JosefAnders son tendencia internacional. Han cerrado el Júpiter mientras se lleva a cabo una investigación; las imágenes de la detención de Anders para ser interrogado han salido en casi todas las cadenas de televisión. Billy dice que en la redacción han estado recibiendo llamadas durante todo el día y que esperan que esta semana me llamen de todos los programas de actualidad matutinos para entrevistarme. Esa noche, quiero celebrar este éxito con Alec, llevarlo a cenar. Estaría bien que pudiéramos llamar juntos a Sunny y tener una conversación de reencuentro tranquila. Hasta podríamos planear el primer viaje que haga a Londres para visitar a Alec. Quizá hasta me dejen tomarme mis primeras vacaciones en años.

El futuro parece un camino deslumbrante que se extiende ante nosotros.

—Ni siquiera necesito terminar las frases con él —le digo a Eden—. Anoche, durante la gala, tuvimos una conversación importante y... —Me río—. Puede que solo seamos los mayores reyes del drama del mundo que han tenido la suerte de encontrarse. Apenas llevamos unos días juntos y estamos embobados el uno con el otro.

Eden suelta un pequeño grito de felicidad.

—Ni siquiera te he contado lo que pasó la primera noche que dormí aquí —continúo—. Vino a buscarme en plena madrugada porque creía que me había ido. Pero estaba en el baño, con un ataque de pánico.

—¿Por qué?

—Porque pusimos una película y nos quedamos dormidos. Y parecía que teníamos una relación de verdad.

Eden se ríe.

—He estado con vosotros. Y *sí*, tenéis una relación de verdad.

—Lo sé. Creo que lo decidimos anoche.

Se queda callada durante tanto tiempo que estoy a punto de preguntarle si sigue ahí. Pero entonces la oigo jadear y decir:

—No me jodas.

—¿Verdad? ¿Crees que somos unos idiotas por intentarlo? —Me llevo la mano a los ojos—. Solo nos quedan dos noches y...

—*George.*

Me incorporo al instante. Cuando rompí con Spencer, acaparé mucho la atención de Eden. Me prometí a mí misma que no volvería a hacerlo, pero mírame, hablando todo el rato de mí.

—¡Mierda! Lo siento. Me estoy comportando como una puta egocéntrica.

—Georgia, cállate —me ordena Eden con brusquedad.

Nunca usa mi nombre completo. En todos los años que llevamos siendo amigas, no recuerdo ni una sola vez en la que me haya llamado Georgia. Se me hace un nudo en el estómago.

—¿Qué pasa?

Le tiembla la voz, habla muy despacio.

—Mira Twitter.

El Bat-teléfono empieza a vibrar en la cama, a mi lado.

—Alec me está llamando.

La inquietud se apodera de mí. *Hoy tiene un día ajetreado, ¿por qué me está llamando?*

—Llámame en cuanto termines de hablar con él —me insta Eden.

Frunzo el ceño, confundida.

—¿Qué?

—Simplemente, hazlo. —Cuelga.

Agarro el otro teléfono.

—Hola, ¿qué hac...?

—Necesito que recojas todas tus cosas —me dice con voz firme, tensa, como si estuviera pronunciando las palabras entre respiraciones entrecortadas.

Me quedo absolutamente petrificada.

—¿Qué?

—No puedo hablar. —Suena como si estuviera andando—. Solo necesito que recojas tus cosas y te vayas a casa. Baja por el lado por el que entramos anoche. Por el ascensor de servicio, ¿de acuerdo?

Se me encogen los pulmones, constriñendo mis latidos. No entiendo qué es lo que está pasando. ¿Tiene algo que ver con el artículo? No ha salido nada de lo que Alec me contó. Su nombre no aparece por ningún lado, así que no puede ser por esto. Estoy... Estoy absolutamente confundida.

—¡Gigi!

—¿Qué? —repito en vano.

—¿Te has levantado? Dime que ya te has levantado y estás haciendo la maleta.

La cara me arde, se me ha cerrado la garganta. Entro a trompicones en el baño y meto todas mis cosas en el neceser. Anoche me lavó con una dulzura tremenda, ¿y ahora me está pidiendo sin ambages que me vaya a casa?

—No lo entiendo. ¿Va todo bien? —La única respuesta que obtengo es el sonido de sus pasos y el frenético murmullo de unas voces—. Alec, ¿qué sucede?

Habla con otra persona y oigo a Yael decir un «Quédate aquí».

Alec vuelve a prestarme atención.

—Yael se encontrará contigo en la salida trasera y te llevará a casa.

—Alec, ¿qué...?

—¿Por qué no incluiste la información que te di en el artículo?

Me congelo de la cabeza a los pies.

—¿Qué?

—La historia. No incluiste nada de lo que te conté.

—Porque no me hacía falta —le digo, sin aliento por este inexplicable ataque de pánico que estoy teniendo—. Quería protegerte. Protegernos. Ya hemos tenido suficientes...

—Da igual —dice—. No tenemos tiempo. ¿Estás recogiendo tus cosas?

Mi cabeza es un caos absoluto en el tranquilo baño vacío. Agarro el neceser y regreso al dormitorio, contemplando la imagen de su ropa y la mía, arrugadas juntas sobre el respaldo de una silla. Recojo la mía y la meto en la maleta.

—¿Estás...?

—Gigi —me interrumpe—, ¿estás recogiendo?

Clavo la vista en mi maleta abierta, en las cosas que he sacado. Aquí vivo en ropa interior, y salvo por sus camisetas, no me he puesto muchas prendas.

—Sí, pero sigo sin entender...

—¡Gigi! —me grita con una voz que no reconozco—. *Joder*. Por favor. Solo date prisa. Haz la maleta y sal de la habitación.

Solo date prisa. Haz la maleta y sal de la habitación.

Me tiembla tanto la mano que apenas puedo sujetar el teléfono. Jamás me habría imaginado cómo me iba a sentir al oírlo enfadado conmigo. Si me hubiera dado un fuerte empujón me habría dolido menos.

—De acuerdo —consigo decir, aunque la palabra termina fundiéndose en un confuso sollozo—. No sé lo que he hecho, pero lo siento mucho.

—¡Mierda! —Se le quiebra la voz—. No sé... —Se interrumpe y vuelve a responder a alguien al fondo antes de decirme—. Tengo que irme.

Oigo una puerta abriéndose con estruendo y una marabunta de voces a su alrededor.

En medio del tumulto, solo alcanzo a escuchar una voz con claridad antes de que cuelgue; la de una mujer que se eleva por encima del caos y le pregunta:

—¡Alexander! ¿Qué relación tiene con el escándalo del Júpiter?

18

Yael ya me está esperando cuando llego con la maleta a la zona de carga. Por una vez, ni siquiera intento ser amable. Lanzo la maleta sin cuidado a la parte de atrás, me subo al asiento del copiloto, me abrocho el cinturón de seguridad y miro en mi teléfono qué es lo que ha visto Eden en Twitter; qué puede hacer que Alec entre en pánico de ese modo.

Lo encuentro en Tendencias de inmediato y siento cómo la sangre abandona mi cara.

Uno de esos tabloides británicos basura ha subido siete fotos de Alec, sacando a una mujer por la puerta trasera de un club, y la publicación ya tiene miles de retuits. En cada foto, él va con el brazo alrededor de la mujer, pero se nota que ella apenas puede caminar. La perspectiva de las fotos hace que parezca que la está arrastrando, inconsciente, hasta un coche aparcado en el callejón trasero. A la mujer le han puesto un abrigo sobre la cabeza. Podría ser cualquiera.

La Fox, la CNN y la BBC ya están informando de las fotos filtradas de Alexander Kim sacando a una mujer inconsciente del Júpiter. Y como la ubicación es tan obvia (porque el nombre del club, JÚPITER, se ve perfectamente pintado en negro en la entrada de servicio que hay justo detrás de él, y también porque mi contundente artículo ha salido publicado hace apenas una hora) ha sido inevitable que los sabuesos de internet hayan descubierto enseguida la relación entre Alec y Josef. La conexión la ha hecho el usuario de Twitter @AlanJ140389, que recuperó y subió una imagen de un antiguo programa de graduación del King's College con una foto de Alec y Josef con los brazos enganchados alegremente alrededor del cuello del otro.

Sea quien sea la mujer con la cabeza cubierta, Twitter ha decidido que es una víctima. En concreto, la víctima *de* Alec.

@rosestachio Estoy destrozada. Me encantaba AK en *The West Midlands*, pero no volveré a ver la serie. Mirad esta foto y leed este artículo. Me estoy poniendo enferma. #AlexanderKim #JosefAnders #EscándaloJúpiter Enlace a: *LA Times*, Graban a los propietarios del Júpiter en un vídeo de contenido sexual en la zona VIP

@tacomyburrito Por eso no nos puede pasar nada bueno. Todos los hombres son unos depredadores, literalmente. Leed también la noticia del *LA Times*, es una locura. #AlexanderKim #EscándaloJúpiter

@4KJules2000 Estos hombres son ESCORIA. #AlexanderKim #JosefAnders #Fracasados #EscándaloJúpiter

Están usando mis palabras para echar tierra sobre Alec.

—Pero estaba ayudando a Sunny —espeto con los dientes apretados.

—Sí —se limita a decir Yael.

—No lo entiendo. ¿No puede dar la cara y decir que es verdad, que estuvo allí, pero que estaba ayudando a alguien a salir del club? —Voy leyendo los mensajes que contienen las etiquetas de #AlexanderKim y #EscándaloJúpiter.

—Ahora mismo, si no da un nombre, nadie lo va a creer. Al fin y al cabo, a cualquiera que lo pillaran allí diría que tenía una buena razón para estar en el club.

—Entonces puede decir que estaba ayudando a salir del club a su *hermana* la noche en que la drogaron. —Miro a Yael—. Tardaríamos solo dos segundos en arreglar esto. Lo tenemos todo escrito, solo habría que añadir los *nombres*. En diez minutos, podría contar lo que pasó, explicar por qué sale en las fotos. Alec es el héroe, no el villano.

Saco el Bat-teléfono y le mando un mensaje de texto.

Espero un instante, viendo cómo tarda en enviarse con tal concentración que hasta podría hacer un agujero en la pantalla. Le mando otro mensaje.

¡Deja que te ayude!

Ninguno de los mensajes se ha enviado. Se han quedado flotando en el vacío. Alec ha apagado el Gigi teléfono.

A pesar de eso, lo llamo, una vez, dos veces. Llamo a nuestra habitación del hotel (bueno, supongo que ahora solo la suya). Con los pulmones en carne viva cada vez que respiro, me pregunto si dormirá allí esta noche o si ya estará en un avión de camino a Londres.

Vuelvo a llamarle a su teléfono. De nuevo me salta el buzón de voz.

No me importa que Yael esté escuchando cada una de mis palabras. Estoy frenética, el pánico me está dejando sin oxígeno.

—Alec —digo con una última súplica a su buzón de voz—. Llámame. Deja que te ayude a salir de esto.

Cuelgo, dejo caer el teléfono sobre el asiento y echo la cabeza hacia atrás, exhalando un silencioso «¡Mierda!». Miro a Yael desesperada, dispuesta a arrastrarme si hace falta.

—¿Puedes llamarlo a su teléfono personal por mí?

Yael aparta de nuevo la atención de la carretera para mirarme. Tiene unos ojos preciosos, del mismo tono marrón rojizo que su pelo.

—Georgia, si hubieras incluido lo que te contó en tu artículo, todo habría sido más fácil. Podría haber dicho que él era la fuente anónima, que estaba ayudando a un buen amigo y que, por supuesto, si fuera uno de los hombres que había cometido las agresiones, no estaría cooperando con la investigación. Pero ahora vamos por detrás, *ahora* solo podemos controlar los daños.

Es la vez que más palabras seguidas le he escuchado decir, pero lo único que se me ocurre responderle es:

—Todavía podemos arreglarlo.

—Sí, pero quizá Alec no quiera dar el nombre de Sunny si teme que nadie le crea y al final esto mancha la reputación de ambos.

—¿Por qué no iban a creerlo?

—Puede que, para la prensa estadounidense, revelar que Sunny fue agredida no suponga nada del otro mundo, pero en el Reino Unido no será así. Y tampoco estoy segura de cómo tratarán la noticia los medios de otros países. La mayoría de las veces se culpa a la víctima. Teniendo en cuenta las circunstancias y lo que esto parece, no la obligará a tener que tomar esa decisión.

—Pero...

—No la obligará a tener que tomar esa decisión —repite, tajante.

—¿Y preferir quedar como un delincuente?

—En lo que respecta a Sunny, sí.

—¿Puedes dejarme en el *Times*? Necesito ir a la redacción.

Yael asiente y cambia de carril.

Siento como si dos manos me agarraran los órganos y me los retorcieran.

—¿Y ahora qué? —pregunto.

—¿Para ti? Espero que nadie te relacione con Alec.

Aprieto la mandíbula. Eso me ha cabreado y dolido.

—Me refería a Alec, pero vale.

Yael me mira. Noto que suaviza un poco su postura.

—Por si te sirve de algo, Alec también está intentando protegerte. Trabajas para el *Times*. Si alguien descubre que te has alojado en el hotel con él, no quedarás en buen lugar. Eres guapa y simpática. Una llama la atención, dos hacen que te recuerden. Espero, por el bien de todos, que nadie se acuerde de ti.

—No podemos usar lo que nos ha contado —le digo a Billy, nada más irrumpir en su despacho de la cuarta planta. Siento un centenar de pares de ojos pendientes de mí, así que cierro la puerta, aunque es de cristal y aquí no existe la privacidad. Suelto la maleta, que cae pesadamente en el suelo, pero hago caso omiso de ella—. No lo añadas.

Mi editor suelta un estruendoso «¡Joder!» que resuena en la estancia, se levanta y rodea la mesa para mirar la puerta durante unos instantes, en un silencio impotente.

—¿No puedes convencerle para que no lo haga? Esto limpiaría su nombre.

—Ya ni siquiera puedo localizarlo. —No me molesto en ocultar el sollozo. Se me doblan las rodillas de tal modo que me desplomo sobre el sofá que hay contra la pared. He empezado a perder la compostura en el instante en que he salido del coche y me he alejado de Yael—. No sé qué hacer. No puedo comunicarme con él.

Al otro lado de la habitación, Billy continúa en silencio el tiempo suficiente para que cuente hasta diez. Ahora sé que se ha fijado en mi maleta.

—¡Mierda, Georgia! ¿Los dos...?

—Intenté contártelo anoche, pero me eché para atrás. —Me tapo la cara. Estoy demasiado desolada para sentir vergüenza—. Lo conozco desde que tenía siete años, Billy. Coincidimos en Seattle, y no supe que estaba involucrado hasta después de...

—Mierda. ¡Mierda! —repite.

—Billy, fui yo quien decidió no incluir su parte en el artículo. Él no se enteró —confieso, manteniendo un tono de voz lo más tranquilo posible—. Intentaba protegerlo, y también porque no quería añadir la información que me había proporcionado alguien con quien me estaba acostando. Pero ahora que lo están destrozando en internet, a su gente le preocupa que, si da la cara, pero no da un nombre, parezca que solo está intentando salvar el culo. Y no quiere salir a decir que a Sunny la drogaron y abusaron de ella.

La furia de Billy emana ondas que se propagan a través de la distancia que nos separa.

—¿Me estás diciendo que tú sola decidiste no contar con esto? ¿Sin comentármelo y sin preguntar a tu fuente?

¡Dios! Esto es un desastre. Reprimo un sollozo porque lo que menos le interesa a Billy ahora es verme llorar.

—Sí.

—Esta historia es demasiado importante, y tú estás demasiado verde para tomar esa decisión. —La decepción con la que habla Billy me desgarra por dentro—. Tener una relación con una fuente de primer orden en una historia como esta es el tipo de cosas que tienes que contarme. Si me lo dices, puedo ayudarte; si no, es imposible.

—Lo sé. Lo siento.

Billy vuelve a rodear su mesa, se deja caer en la silla y se agarra la frente.

—No es ningún pervertido —digo. Se me revuelven las entrañas y me entran ganas de vomitar.

—Eso es algo que da igual, si solo lo sabemos tú y yo. Esto no pinta nada bien.

—Fue allí para sacar a su hermana. —La urgencia, el pánico, la angustia: todas esas emociones revolotean en mi pecho como abejas furiosas—. Lo sabes.

—¡Pero eso no importa si no podemos contarlo! —Billy da un golpe con la palma sobre la mesa—. Que tuviera relación con Anders es malo. *Todo* es malo, George. ¿De verdad está dispuesto a asumir el golpe?

Me miro las manos y asiento con la cabeza.

—Eso parece.

—Es una locura. Al final lo absolverán, pero ¿quién sabe cómo le afectará a su carrera hasta que llegue ese momento?

—Lo sé. Me siento impotente. —Más que impotente. Siento como si quisiera salir de mi propia piel. Quiero que vuelva a ser anoche y hablar de esto con Billy. Quiero que vuelva a ser por la mañana temprano, en el Waldorf Astoria y abrazar a Alec con fuerza. No puedo imaginar por lo que tiene que estar pasando ahora, y tampoco puedo estar con él para consolarlo. Ni siquiera puedo disculparme, porque no responde a mis llamadas.

Vas a conseguir que me enamore de ti, ¿verdad?

Te aseguro que voy a intentarlo.

¡Oh, Dios mío! Un sollozo me desgarra la garganta, aunque hago todo lo posible por contenerlo. Quiero comerme mi propio puño y aminorar este dolor.

—Tiene mala pinta —dice Billy de nuevo. Está empezando a verlo todo claro. Puedo ver ponerse en marcha los engranajes de su convicción—. Vas a tener que mantenerte alejada de él.

—Lo sé. —Me muerdo los labios hasta asegurarme de que puedo pronunciar las siguientes palabras sin llorar—. Aunque no creo que eso vaya a ser un problema.

La oficina es un caos. Todos quieren felicitarme. Nadie entiende la gravedad de lo que está sucediendo con Alec. Hasta donde saben (y también porque él no quiere dar la cara), Alec es otro ser humano despreciable que está empezando a pagar por sus pecados. Me cuesta horrores salir del despacho de Billy, atravesar ese mar de cubículos y volver a la calle para subirme a un Lyft. Casi todos los que se acercan a mí para decirme algo agradable, felicitarme y transmitirme sus elogios son, en algún modo, mis superiores. Me siguen considerando la chica nueva sin experiencia. Algunas de estas personas son periodistas a los que llevo años admirando. Solo espero que interpreten mis ojos llorosos y mi voz desanimada como el agotamiento abrumador que suele provocar trabajar en noticias como esta.

Cuando llego a casa, paso los primeros veinte minutos sin saber qué hacer. Me gustaría dormirme y evadirme de la realidad, pero no estoy cansada. Quiero devorar el dolor hueco que se ha instalado en mis entrañas, pero la idea de comer me provoca náuseas. Quiero distraerme con el trabajo, pero no tengo nada que escribir. Alec sigue sin leer mis mensajes. Las fotos han traspasado las redes sociales y están en todos los informativos, junto con mi titular.

Apenas me muevo. Miro fijamente al techo, al ventilador que gira y gira y gira, deseando únicamente la distancia del tiempo. Recuerdo tener esta misma sensación después de lo de Spencer: la impotencia y el miedo del tiempo que pasa después del desamor. Ese querer saltarse todo el dolor y la angustia. Y, por si fuera poco, ahora también tengo que lidiar con la culpa al saber que tomé una decisión por iniciativa propia que le ha complicado mucho las cosas a Alec. Le quité de las manos el poder dar una explicación fácil.

Y lo único que puedo hacer es aguantar el dolor, respirar a través de él. Recordar el sonido de su voz, el contacto de sus manos, el calor que irradiaba en el baño anoche y esos besos perezosos y húmedos. Solo puedo dejar que el dolor, la ira y la tristeza me atraviesen. Sé que no me he imaginado lo que ha pasado entre nosotros, y me preocupa que esto sea todo. Me preocupa él.

¿Lo echarán de la serie o recibirá el respaldo de la cadena? ¿Existe alguna otra forma de limpiar su nombre que no implique a Sunny? Me pregunto todas esas cosas por él en un arrebato, con la esperanza de que pueda llegar a buen puerto, aunque también sé que, si los medios de comunicación son crueles, internet está lleno de salvajes sanguinarios. Cada minuto que Alec pasa sin arreglar esto es un año menos de su carrera de actor.

Eden entra en mi habitación cuando estoy en medio de esta vorágine mental.

—Creía que estabas en el trabajo.

—Y lo estaba —dice—. Pero he vuelto a casa. —Las ojeras proyectan sombras bajo sus ojos; parece que está a punto de desmayarse. Tiene toda la pinta de estar pasándolo peor que yo—. ¿Has entrado a Twitter?

—Sí, he visto las fotos. No es lo que parece.

Hace un gesto de negación con la cabeza y me entrega su teléfono. Cuando miro la pantalla, ni siquiera me siento orgullosa de haber tenido razón cuando le dije que no íbamos a poder pasar desapercibidos en la playa. Que esa tontería de usar gorras y gafas de sol no ocultó nuestras identidades cuando fuimos a comprar dónuts. Y que, a pesar de todas las veces que Alec miró hacia atrás en el bar de Seattle, no se percató del móvil que nos estaba haciendo fotos.

19

Alec sentado al otro lado de la mesa baja del bar. Nos estamos dando la mano en el centro, mirándonos fijamente.

Alec inmovilizándome contra el acantilado de roca. Agarrándome de la cintura y besándome con dulzura.

Alec con gafas de sol y una gorra de béisbol, riéndose mientras le doy un trozo de dónut.

Yo intentando limpiarle una mancha de chocolate de la comisura de la boca.

TMZ, el sitio web estadounidense que se dedica a subir noticias sobre las celebridades, ha publicado todos estos recuerdos perfectos para que los vea el mundo entero. Su colección, cuidadosamente seleccionada, ha sido compartida en un solo tuit que, en apenas un par de horas, ya tiene casi cinco mil retuits y un número diez veces mayor de me gusta.

Había visto cómo la gente se lanzaba en masa al ciberacoso, pero nunca lo había experimentado tan de cerca. Ahora, en los mismos tuits que contienen acusaciones de violación apenas veladas contra Alec, me culpan de encubrir sus delitos, de utilizar mi posición en el *LA Times* para proteger a un criminal. Con las fotos de él saliendo del Júpiter, es un auténtico baño de sangre. Eden me ha tenido que borrar todas las aplicaciones de redes sociales del teléfono porque estaba empezando a hiperventilar.

Dos horas más tarde, todavía aturdida y conmocionada, cuando me dirijo a la cocina a por un vaso de agua, me suena el teléfono. Es Billy; una llamada que, aunque esperaba que me hiciera en algún momento, no evita la oleada de adrenalina que me invade y que me deja tan mareada que tengo que apoyarme con cuidado en el borde del sofá. No puedo decir con certeza si mi jefe ha tardado en llamarme más o menos tiempo de lo que preveía.

Se queda callado cinco segundos antes de decir un mero:

—Hola, George.

Tengo la voz ronca de gritar en mi habitación.

—Hola. —Cierro los ojos e intento tranquilizarme—. Sé por qué me llamas. Tenemos que elaborar un plan de respuesta.

Billy suelta una prolongada exhalación.

—En realidad, muchacha, tengo que pedirte que vengas a dejar tus credenciales.

Durante un instante, siento como si el mundo se parara. Se me acaba de caer el alma a los pies. ¿Me...? ¿Me está despidiendo? Acostarse con una fuente está mal visto, pero ya no suele ser motivo de despido.

—¿Qué?

—Será un despido rápido. Te prometo que no lo pasarás mal —dice con voz más débil.

Miro fijamente a la pared, sorprendida. ¿Que no lo voy a pasar mal? ¿Lo dice en serio? No creí que fuera posible, pero ya estoy pasándolo peor con esta conversación que con la última que tuvimos. Parece derrotado. He visto a mi jefe emocionado, furioso y alegre. Pero nunca lo había oído tan resignado. ¿Ni siquiera va a pelear por mí?

—Billy —digo con voz agitada por el calor del momento. Ya no estoy devastada, estoy transitando muy deprisa hacia el cabreo—, ¿me estás despidiendo por acostarme con Alec? ¿De verdad? Por eso mismo no incluí su historia en el artículo.

—Sabes que esto no es cosa mía —explica.

No sé qué responderle. Pues claro que es cosa suya. Billy lleva veinte años en el *Times,* tiene mucha influencia en el periódico. Los portavoces de Netflix y de la BBC ya han declarado de forma tajante que Alec no está implicado en absoluto con los presuntos delitos acaecidos en el Júpiter.

Billy y el *Times* podrían decir lo mismo; si quisieran, podrían mantenerme en el puesto.

—Es increíble —digo, paseándome de un lado a otro—. Sabes que he tratado de hacer lo correcto en este asunto.

—Odio que me digan lo que tengo hacer —comenta—, pero estoy de acuerdo en que la percepción que se está teniendo de este asunto no es nada buena.

Alzo una mano temblorosa y reprimo una carcajada escéptica. Hace apenas una hora, la misma Eden, en un breve momento de frivolidad causado por los nervios, me ha sugerido que debíamos revisar nuestro juego de beber con unas reglas bastante macabras:

- Bebe cada vez que leamos un nuevo y absurdo titular. Nuestro último favorito ha sido: «Le da de comer dónut, mientras echa a los lobos a otras mujeres».
- Bebe cada vez que las fanáticas de Alec creen un meme en el que critiquen mi cuerpo en las fotos de la playa.
- Bebe cada vez que un artículo de prensa diga «la percepción de este asunto no es buena».

Billy —le digo con toda la contención posible—, ¡los tuits que me acusan de ayudar a un delincuente no tienen ningún sentido! ¡Yo soy la que ha sacado a la luz las agresiones del Júpiter! ¡Despedirme es un auténtico disparate!

—Te entiendo, George.

—Lo digo en serio. Estaba investigando el asunto antes de toparme con Alec en Seattle.

—Lo sé.

—¡Y también sabes que Alec no es culpable de nada!

Billy suelta un suspiro.

—Lo sé.

Me recuerdo a mí misma que después tengo que añadir una nueva regla al juego cada vez que Billy me contesté con un resignado «Lo sé», pero no haga nada por defenderme.

—Siento que las cosas no hayan terminado mejor, George. No sé qué más decirte.

—Dejaré mis credenciales en el vestíbulo —le digo antes de colgar.

Eden entiende que es imposible que esta noche duerma en mi cama; no cuando aún no he lavado las sábanas desde que Alec durmió aquí, no con su bañador todavía colgado en la puerta de la ducha y su cepillo de dientes en la taza, junto al mío, y no cuando él sigue ignorando todas mis llamadas y mensajes. En cuanto llego a casa después de dejar mis credenciales y las llaves de la oficina del *LA Times,* me doy por vencida y renuncio a intentar localizarlo, lanzo el maldito Bat-teléfono sobre la cama y me centro en preparar una pequeña bolsa de viaje para el fin de semana. El plan que tengo es ir a casa de mis padres, meterme en mi antigua cama y dormir durante una semana.

Mi mejor amiga me mira en silencio. Nos hemos quedado sin palabras. Nuestro último intercambio fue un mero «Esto es una puta mierda», repetido varias veces con mayor énfasis hasta que nos hemos vuelto a quedar calladas. Pero mientras cierro la cremallera de mi bolsa, el Bat-teléfono empieza a vibrar en la cama y Eden se levanta deprisa, lo agarra y me lo lanza.

Dejo escapar un chillido y lo alcanzo con torpeza, como si se tratara de una patata caliente.

—¡Alec! —respondo a la llamada con un grito—. ¡Dios bendito! ¡Ha sido un día de locos! ¿Dónde estás...?

—Voy a volver —dice con calma. El viento provoca interferencias en la línea.

—¿A volver? —Me detengo a medio camino de la cama y el armario—. ¿Al hotel?

—A Londres.

Me siento aliviada y confortada por el simple hecho de oír su voz.

—Sí, claro. Tiene sentido. ¡Oh, Dios mío, qué alegría oír tu voz...!

—Solo quería que lo supieras —dice con calma.

Respondo despacio, confundida.

—Gracias. Sí. Yo... Alec, mira...

—Y también quiero dejar claro que revoco cualquier permiso que te haya dado para que publiques nada de lo que te he contado.

—¿Que revocas...? —me interrumpo, completamente consternada. Claro. Es imposible que sepa que me han despedido, pero no se lo voy a decir para no aumentar su confusión, sobre todo porque me está hablando como si fuera un puto robot—. Por supuesto. No publicaríamos nada sin tu permiso.

Se queda callado (muy callado). Miro a Eden a los ojos. Tiene la vista clavada en mí como si estuviera deseando hacerme un agujero en el cráneo y ver lo que está pasando ahí dentro.

—Mira —le digo con suavidad—, siento mucho haber cambiado el artículo, quitando tu parte. Espero que sepas que solo quería protegerte. A ti y a Sunny. A ti y a mí.

—Lo entendemos.

—¿Lo *entendéis*? —Busco en mi cabeza algo mejor que decir, otras palabras que lo saquen de este monótono control de daños silencioso y que le recuerden que estoy aquí, que soy suya, y que, aunque todo esto sea una auténtica mierda, podemos elaborar un plan juntos.

Pero Alec se me adelanta y habla primero.

—Por favor, Gigi, cuídate.

Ahora mismo me he quedado en blanco. Miro fijamente a la pared.

—Yo... Espera. ¿Alec? ¿Eso es todo?

Al otro lado de la línea no se oye absolutamente nada.

Me ha colgado. Joder.

Me aparto el teléfono de la oreja y clavo la vista en la pantalla de inicio. El fondo de pantalla es una foto de él que le hice mientras jugaba al *Mario Kart,* mordiéndose la lengua, con sus perfectos dientes. Siento tal rabia, que estoy ardiendo por dentro (de verdad, debo de tener las entrañas al rojo vivo).

—¿En serio? —digo encolerizada.

—¿Qué ha pasado?

Intento relajar la mandíbula para que me salgan más palabras que la re-tahíla de tacos que quiero soltar, pero no puedo. Vuelvo a sacudir la cabeza.

—Joder.

—Georgie, ¿qué ha pasado?

—Se vuelve a Londres —le explico.

—Vale. —Está tratando de evitar que se me funda un fusible—. Tiene sentido, ¿no? Lo más seguro es que se quiera reunir con su equipo y con su familia.

—Me ha dicho que revocaba su permiso para contar su parte y, esto te lo cito textualmente, «por favor, cuídate». Y luego me ha colgado.

—¿Que te ha colgado?

La miro y asiento.

—No, joder, no lo ha hecho —sisea Eden.

—Te aseguro que sí.

Se pone de pie.

—Vuelvo enseguida. Tengo que tirar todas mis camisetas de *The West Midlands* a la basura.

—No, no vamos a hacer eso —le digo, tratando de recuperar la compos-tura—. Lo vamos a tratar con más elegancia de la que se merece. —Pero entonces, vuelvo a mirar el Bat-teléfono, lo apago, entro en el baño y lo tiro a la basura.

Cuando llego a casa, mi madre está preocupada, pero le prometo que me tomaré una botella de vino entera y se lo contaré todo si me deja una hora para salir a correr.

Me pongo las zapatillas de deporte y salgo corriendo del porche con la música tronando en mis oídos. Eden me hizo una lista de reproducción titulada «Los hombres son escoria» y tengo que reconocer que es justo lo que necesito para canalizar la confusión y el dolor en algo cinético. No he hecho ningún estiramiento previo; sin duda terminaré arrepintiéndome, pero no tanto como para permitir que mi subconsciente me guíe durante cuatro kilómetros hasta la antigua casa de la familia Kim.

Han pintado la fachada de otro color. Ya no es una casa de color amarillo con una parcela de césped. Ahora es de un vivo tono crema con un ribete verde oliva, un xerojardín y dos Teslas aparcados en la parte delantera. Aunque por mucho que la casa parezca nueva, la forma de la ventana delantera es la misma, y puedo imaginarme sentada en el suave sofá de terciopelo que hay dentro, oyendo el eco del monopatín de Alec por la calle bañada por el sol.

Mi cerebro hace un pequeño viaje por el tiempo. Ayer mismo, en este preciso instante, me estaba preparando para la gala. Y hace menos de veinticuatro horas, Alec me lavaba el cuerpo con gel corporal y sus grandes manos, mientras me hablaba del lugar al que quería llevarme a cenar la primera noche que pasáramos juntos en Londres el mes que viene.

Todavía no he derramado ni una sola lágrima, pero antes de que pueda contenerme, rompo a llorar en medio de la línea amarilla discontinua que atraviesa la calle Pearl.

¿Qué narices ha pasado?

He intentado hacer lo correcto, proteger a todo el mundo, y he acabado perdiendo mi trabajo y a mi nuevo novio en una sola tarde.

Mi vida ha perdido todo el sentido tan de repente, que tengo la sensación de estar encerrándome en mí misma, derrumbándome hacia dentro. Me siento en la acera y miro fijamente una hilera de hormigas que rodean la punta de mi zapatilla. Poco a poco, mi visión se desenfoca hasta que las hormigas se convierten en una línea borrosa, que se mueve sobre el hormigón sin hacer nada más que avanzar paso a paso.

Vuelvo a la casa de mis padres unas dos horas después de lo que tenía pensado. Cuando llego, me encuentro a mi madre en el porche, con el teléfono en la mano y Eden a su lado. Se acercan a mí con los sermones preparados y las palabras atropellándose entre sí.

Las dejo que hablen. No me he llevado el teléfono. Me acaba de dejar mi novio y me habían despedido. No he sido consciente de todo el tiempo que me he pasado en la acera hasta que se puso el sol y me he dado cuenta de que la lista de reproducción había sonado en mi viejo iPod al menos tres veces.

Me llevan dentro y me sientan en el sofá. La comida se materializa de la nada. Eden se sienta a mi lado y mamá al otro. Odio este consuelo que me resulta tan familiar.

Pero, aunque hace solo seis meses hicimos exactamente lo mismo, esta vez me siento infinitamente peor.

20

El domingo por la mañana, paso cinco minutos en el coche aparcado en la acera frente a mi apartamento, simplemente para reunir la energía necesaria para subir las escaleras, entrar y hacer frente a un portátil y a un currículo que tengo que actualizar, a una maleta llena de cosas que tenía en el hotel y a una cama en la que, la última vez que dormí en ella, fue con Alec a mi lado. Parece que el optimismo y la euforia del viernes por la mañana sucedió hace una década. Mis padres querían que me quedara unos días más, pero si soy sincera, no me veía capaz de soportar el peso de su preocupación, junto con el del terror que siento sobre el futuro que me aguarda.

En circunstancias normales, habría reconocido inmediatamente la figura en mi puerta. Si mi cerebro no estuviera repleto de angustia y falta de sueño, habría reconocido esos hombros anchos, la estrecha cintura. La gorra de béisbol, la camiseta negra y los vaqueros del mismo color. Y sobre todo, habría visto la mano que baja con cuidado una bolsa de color azul marino sobre el felpudo de mi apartamento y habría recordado que, hace poco más de una semana, reclamé esa mano como mía.

Pero mi cerebro tarda un poco en activarse; lo suficiente como para decir por instinto:

—Mmm. ¿Hola?

Tan pronto como las palabras salen de mi boca, soy consciente de lo que está pasando y el corazón se me rompe en mil pedazos.

Si no se me hubieran quedado los pies pegados al suelo, habría regresado corriendo al coche. No esperaba volver a ver a Alec. Hace treinta y seis horas, me dijo que volaba de vuelta a casa, a Londres, y no me dio ningún indicio de que tuviera pensado hablar conmigo de nuevo. Me he pasado el fin de semana corriendo hasta que me han salido ampollas en los talones y oyendo las órdenes estrictas de mi madre de que sentara el trasero. Pero cada vez que lo hacía, quería levantarme de inmediato y conducir hasta el apartamento para recuperar el Bat-teléfono de la basura y ver si me había llamado, sabiendo que no lo había hecho.

Alec se detiene en seco de espaldas a mí y se gira despacio. Se lleva las manos a la cara para quitarse las gafas de sol. En el momento en el que le veo los ojos, siento como si me dieran un puñetazo en el plexo solar. Tiene un aspecto horrible. La piel pálida, una barba incipiente, los ojos rojos y vidriosos y los labios visiblemente agrietados.

Soy incapaz de describir lo que esta visión provoca en mi corazón. La única forma que encuentro de mitigar el instinto de acercarme a él y abrazarlo es dejar de mirarle el rostro.

Se nota que él tampoco esperaba verme.

—Gigi. —Sus ojos recorren mi cuerpo en un rápido vistazo. Seguro que tengo un aspecto muy parecido al que tenía en el vestíbulo de Seattle, pero esta vez quiero arrojarle la verdad a la cara. Llevo el pelo recogido en un moño desordenado y grasiento, los ojos inyectados en sangre e inexpresivos. Me tiemblan las extremidades por el exceso de deporte y el cansancio.

Le hago la pregunta mirando por encima de su hombro derecho.

—¿Qué haces aquí?

—Yo... —Señala la bolsa—. Te dejaste algunas cosas en el hotel.

Suelto una abrupta y aguda carcajada. Sí, me dejé mi confianza en los hombres. Las ganas de volver a enamorarme. Mi carrera. ¡Ah! Y puede que también algo de ropa.

—Me ordenaron que hiciera la maleta a toda prisa.

—Lo sé —se apresura a decir, pero luego tarda un poco más en pronunciar las siguientes palabras—: Detesto... Odio cómo sucedió todo. Fue un caos. Si pudiera retroceder en el tiempo, habría ido directamente contigo.

No digo nada. Tener que abandonar con tanta premura la *suite* no fue lo que de verdad me dolió. Quiero creer que me estaba protegiendo, aunque fuera desagradable y me dejara completamente confundida. Lo que me dolió fue cómo me colgó, que no respondiera a mis llamadas y el «Por favor, cuídate» que me dio como regalo de despedida de mierda.

Pero puede que lo que más duela ahora sea la sensación que tengo de que ha venido a la puerta de mi casa para dejar una bolsa con mucho sigilo y marcharse sin llamar. ¿Cómo me habría quedado si hubiera abierto la puerta y hubiera visto eso ahí, sabiendo que ha estado aquí y que se ha ido sin decir nada? Desde luego me habría sentado peor que el que se hubiera quedado con mis cosas.

Las lágrimas ardientes se agolpan en el fondo de mi garganta. Desde el viernes, he hecho un buen trabajo para recomponerme, pero necesito que Alec se vaya. Durante todo el fin de semana, he tratado de convencerme de que, si volvía a ver su cara, me afectaría de una manera distinta. De que asociaría su rostro con la traición por no dejar que me explicara, por no concederme el beneficio de la duda. Pero ahora que lo tengo tan cerca, no es así.

A pesar de estar furiosa con él, su presencia me llena por dentro. Me molesta saber que, si me abrazara, ambos nos sentiríamos bien. Alec es el único que puede llenar el hueco que tengo en el corazón. La línea de su cuello, la curva de su boca, el ángulo de su mandíbula..., todos ellos me producen un extraño consuelo. También esa suave y firme mirada que me sujetaba como un ancla, tanto si me estaba escuchando mientras le hablaba de trabajo como si me llevaba al filo del placer y la desesperación. Esos ojos oscuros y penetrantes me atravesaron desde el primer instante en que se encontraron con los míos en el aeropuerto. No hubo un solo segundo en el que Alec Kim no me mirara directamente el alma, conquistándome. Y continuó mirándome así, como si lo que veía allí le iluminara por dentro.

Así es como también me mira ahora. Es una locura pensar que todavía pueda tener esta presencia después de la forma en la que me apartó en cuanto tuvimos nuestra primera crisis. Siento tal dolor en el corazón que cierro la entrada a cualquier sentimiento de ternura.

—Me refiero a qué haces aquí, en Los Ángeles —le explico—. Me dijiste que te ibas el viernes.

—No pude. —Traga saliva con fuerza—. Tenía que... —Se frota la cara con frustración. Me mira con un leve brillo inquieto en los ojos—. ¿Has estado fuera toda la noche?

Me quedo estupefacta por que haya tenido el descaro de hacerme esa pregunta. Me dijo que hiciera las maletas y me fuera del hotel, me dejó por teléfono, se ha quedado en Los Ángeles después de decirme que se iba, ¿y ahora quiere saber si he dormido fuera de casa?

—Sí —respondo, desafiándole a que me pregunte dónde he estado.

Pero no lo hace. Gira la cara, con la mandíbula apretada y las fosas nasales hinchadas y me doy cuenta de que está haciendo todo lo posible por no llorar.

—De acuerdo —dice al cabo de un rato—. No es asunto mío.

¿Qué está pensando? ¿Que me está pillando en algún renuncio? Sabe que no. Me conoce. Si en este momento nuestras emociones no estuvieran en DEFCON-1, deduciría que he estado en casa de mis padres. Esto solo es producto de la locura de nuestras circunstancias, apoderándose de su adrenalina y descargándola como combustible en su torrente sanguíneo.

—No quería dormir en mi cama. —Es todo lo que estoy dispuesta a darle—. La última vez que estuve allí dormimos juntos.

Alec se pellizca el puente de la nariz y se limpia disimuladamente los ojos.

—Te entiendo. He cambiado de hotel por la misma razón.

No te vengas abajo, me digo al oír su confesión. Me imagino la locura que sería salir del Waldorf Astoria, y más registrarse en otro lugar. Lo seguirían a todas partes. ¿Por qué narices iba a merecer la pena?

Alec cambia de posición y se aclara la garganta. Dos veces. Bajo la vista al suelo, tratando de desentrañar todo lo que siento, separando la ira de la tristeza, del miedo, de la nostalgia..., aglutinándolos en diferentes compartimentos de mi cuerpo para tener espacio para respirar.

Cuando habla, lo hace con voz ronca.

—Nunca podré disculparme lo suficiente por la manera en que me comporté el viernes.

Es probable que tenga razón, y no hay nada que yo pueda decir. Quería hablar con él, ayudarlo a arreglar esto (arreglarlo entre los dos), pero me cerró la puerta. Y se me han agotado las palabras.

El silencio se cierne entre nosotros.

—Si te soy sincera, todo este asunto ha sido un error —digo con todo el cuidado que puedo—. Tu carrera está arruinada. Me han despedido. —Al ver que apenas reacciona, mi ira estalla—. Tendría que haberme dado la vuelta y haberme marchado en el mismo instante en que te vi en la habitación del hotel de Los Ángeles.

No me estoy fijando en su cara, así que no puedo decirlo con certeza, pero me imagino a Alec mirándome como si supiera que esa mañana me habría resultado más fácil desintegrar un átomo con el puño que alejarme de él.

Aunque habría dado igual; alguien nos hizo fotos en Seattle. Estuve jodida desde un primer momento.

—Sé que estás enfadada —me dice—, y lo entiendo. Lo entiendo perfectamente. Pero estaba en una situación difícil. Tenía que elaborar un plan con Sunny. No podía limitarme a... —Vacila—. No podía limitarme a contar su historia para salvar mi propio culo. No era tan sencillo.

Todavía estoy tan enfadada que ni siquiera estoy dispuesta a reconocer en voz alta que todo habría sido mucho más fácil si hubiera incluido su historia en el artículo. Porque, aunque he tenido un par de días para pensarlo (incluso todavía dolida y hecha polvo), no me arrepiento de haber seguido mi instinto de intentar proteger a las personas que quiero, ni de haber utilizado solo la información que obtuve de forma limpia.

—Entonces, ¿por qué te has quedado en Los Ángeles? —pregunto—. ¿Por qué no estás en Londres, trazando un plan con Sunny?

Me mira fijamente y luego parpadea, con la mandíbula apretada. Espero unos pocos segundos más a que me responda, pero enseguida me doy cuenta de que no lo va a hacer.

Lo que sea, pienso. *Di lo que tengas que decir. Termina.*

Trago saliva, espetando las siguientes palabras:

—La lealtad que sientes a las personas que forman parte de tu vida es una de las cosas que más me gustan de ti. —Vuelve a mirarme a la cara—.

Pero ¿y yo qué? —pregunto, y el dique se rompe—. Decidiste proteger a tu hermana, y lo entiendo, pero te deshiciste de mí enseguida. Cuando lo nuestro empezó, el asunto del Júpiter era lo más importante que me había pasado en la vida. Sin embargo, de pronto todo cambió, y lo más importante eras tú. Y ahora me he quedado sin ninguna de las dos cosas.

Alec toma una temblorosa bocanada de aire, con las fosas nasales dilatadas.

—Lo sé.

—Me dijiste que ibas a hacer todo lo posible para que me enamorara de ti. Y luego, doce horas después, me pides que haga la maleta, que me vaya del hotel y me dices que te marchas y «Por favor, cuídate». Soy consciente de que apenas llevamos juntos catorce días y que Sunny es tu familia, pero me destrozó por completo que te deshicieras de mí de esa forma. Al menos podrías haber *hablado* conmigo.

Abre la boca, aunque la vuelve a cerrar de inmediato. Espero que se ponga a discutir conmigo, pero solo dice:

—Tienes razón. Podría haberlo hecho.

—No sabes cómo me alegro de haber dejado aquí el Bat-teléfono —le suelto. Alec se lo toma como si le hubiera dado un empujón en el pecho—. De lo contrario, me habría pasado mirándolo a todas horas. Y esta mañana, no habría podido soportar saber que has estado aquí todo el tiempo.

—Gigi...

Lo interrumpo, señalando la bolsa con el dedo.

—Pensabas que estaba dentro, ¿verdad? Ni siquiera ibas a hablar conmigo. ¿Te has pasado por aquí de camino al aeropuerto para dejar mis pertenencias en mi puerta?

Alec parpadea y mira al suelo.

—Creo que ahora mismo estás suponiendo demasiadas cosas.

—¿Sabes qué? Ya me da igual lo que pienses.

Alec se muerde el labio y asiente como si hubiera dado en el blanco. Un claxon suena en la acera, lo que atrae su atención y mira en dirección a la escalera.

—Ojalá pudiéramos retroceder en el tiempo hasta Seattle —dice— y decidir quedarnos allí dos semanas y mandar a la mierda todo lo demás. Han sido las dos mejores semanas de mi vida... y también los tres peores días.

Sus palabras, cargadas de verdad, dan en el clavo con una precisión sorprendente. Odio cómo las circunstancias han destrozado la relación más fácil y apasionada que he tenido en toda mi existencia. Odio la forma en que Alec se está tomando esto. Y odio que lo que más admiro de él (su sentido del deber hacia su familia, hacia la opinión pública) implique que esté haciendo exactamente lo que todos los que lo conocen saben que haría. Alec nunca podrá ser él mismo. Excepto conmigo, me doy cuenta. Y esto que me dolió tanto después de nuestra primera noche, es ahora la verdad más absoluta que hay entre nosotros: fue él mismo desde ese primer instante en Seattle. Sabe que puedo arreglármelas por mí misma, que no tiene que ejercer de protector conmigo.

De pronto, se disipa mi ira. No puedo dejar que nos despidamos de esta forma. Parece que no ha dormido, ni comido. Recuerdo haber odiado a Spencer lo suficiente como para no querer verle la cara siquiera, pero no en este caso. Puedo que odie a Alec, a mí y a esta situación, pero no quiero que un silencio furioso sea el último recuerdo que tenga de él.

—¿Has dormido? ¿Has comido algo? —Observo su cara, su postura, su ropa arrugada. Jamás me habría imaginado verlo así—. Tienes un aspecto horrible.

Sus ojos buscan los míos, y recuerdo la pregunta que me hizo el primer día en el hotel de Los Ángeles; la misma que sus ojos me están haciendo ahora: ¿Cómo de enfadada puedes estar si me miras así?

Yo también lo siento; que no lo estoy mirando con ira, sino con una adoración que intento disimular. Parpadeo y me quedo estupefacta cuando siento las lágrimas cayendo por mi rostro. No me he dado cuenta de que me he puesto a llorar. Alec intenta acercarse a mí, pero yo retrocedo un paso.

—No.

—Gigi...

—No voy a invitarte a entrar. —Me paso la mano por la cara—. No puedo.

Alec asiente.

—Quizá sea lo mejor. Si entrara ahí contigo, no querría salir.

Me muerdo el labio, confundida, esforzándome por no soltar el sollozo que ansía brotar de mi interior. Alec me está mirando como si estuviera enamorado de mí.

—Está bien —digo—. Que tengas buen viaje.

—Lee lo que he escrito —me pide, haciendo un gesto con la cabeza hacia la bolsa. Después se acerca a mí y se agacha para darme un beso en la mejilla. Cuando se endereza, mira por encima de mi hombro y parece lanzar un ancla a lo lejos, como si la necesitara para impulsarse a salir de aquí. Me quedo mirando la bolsa, oyendo sus pasos mientras baja corriendo las escaleras. Doblo con fuerza los dedos de los pies dentro de mis zapatillas para no seguirlo. Un minuto más tarde, oigo un motor ponerse en marcha y un coche salir a la carretera. Ahora, Alec Kim sí que se va de Los Ángeles.

21

La enorme preocupación que tenía por volver a dormir en mi cama es infundada: no hay ningún rastro de Alec en ella. Dejo la bolsa en el suelo, me hago con una almohada y me la acerco a la cara.

Las sábanas están limpias y huelen a suavizante. Ha sido Eden. También se ha deshecho de sus cosas: el cepillo de dientes, el bañador... Si Alec se dejó algo más por aquí, jamás lo sabré.

Me ducho hasta que toda la tensión abandona mi cuerpo y me quedo aletargada. Me seco y me pongo una sudadera y una camiseta de tirantes antes de desplomarme de espaldas sobre la cama y mirar al techo, ignorando a propósito la bolsa azul. No estoy preparada para ver mis cosas y recordar cómo estaban en su *suite* del hotel.

Desde el otro lado de la puerta cerrada de mi habitación, puedo oír a Eden, moviéndose tranquilamente por el apartamento. Haciendo café. Quitando la vajilla limpia del lavaplatos. Sacando la basura y el reciclado. Tenerla aquí me tranquiliza. Con un gemido, me meto entre las sábanas y cierro los ojos.

Sin embargo, de repente estoy completamente despierta. Como si tuviera una bomba de relojería al lado. Abro los ojos y clavo la vista en la bolsa, al otro lado de la habitación.

Lee lo que he escrito.

Ahí dentro hay una nota.

No debería leerla con los ojos cansados, con el cerebro agotado. No debería leerla con esta vorágine de emociones.

Sí, no debería hacerlo, pero aparto las sábanas de un puntapié, me levanto y cruzo la habitación.

Dentro de la bolsa está el horrible sombrero de Post Malone y la videoconsola que Alec nos compró hace solo una semana. Pero también hay cosas que no olvidé en la habitación, como una pequeña caja de dónuts, una cara botella de Zinfandel...

La camisa de vestir de Alec que usé cuando le até la pajarita.

La estrecho contra mi pecho, mordiéndome los labios para aguantar el jadeo de dolor que me invade.

Y en el fondo de la bolsa, veo una postal con una bonita imagen de Laguna Beach. En la parte blanca, Alec ha escrito unas pocas palabras.

Gigi,
Sé que estás enfadada.
Pero, por favor, responde a mis llamadas.

A.

¿Sus llamadas?

Se me para el corazón y siento una frenética descarga de adrenalina en mi torrente sanguíneo. Nunca llegó a tener mi otro número.

Me refiero a qué haces aquí, en Los Ángeles.

No pude, me ha dicho. *Tenía que...*

¡Oh, Dios mío! No.

Al menos podrías haber hablado conmigo.

La expresión tan controlada que ha puesto cuando le he dicho eso. Su respuesta: *Tienes razón. Podría haberlo hecho.*

La manera en la que ha reaccionado, como si le hubiera empujado cuando le he dicho que había dejado aquí el Bat-teléfono. Cómo me ha respondido en voz baja que estaba suponiendo demasiadas cosas por habérmelo encontrado en la puerta.

Me lanzo a trompicones hacia el baño, caigo de rodillas y miro la basura.

Eden lo ha limpiado todo. Aquí solo hay una bolsa vacía.

Se me escapa un sollozo, pero cuando me pongo de pie, veo el pósit pegado al lavabo:

Lo he apagado. Lo tienes en la mesita de noche. Si vuelves a tirarlo, prometo dejarlo en la basura.

E.

Con manos temblorosas, me dirijo al dormitorio y saco el Bat-teléfono del cajón. Durante el tiempo que tarda en encenderse, me obligo a respirar hondo, despacio, para no entrar en pánico. La pantalla cobra vida.

Nada.

Nada.

No hay nada.

Me doy la vuelta, me siento en el suelo y apoyo la espalda en la cama, luchando contra el escozor que siento en la garganta por las lágrimas de decepción que se agolpan en ella. Y entonces el teléfono vibra en la palma de mi mano. Llamadas perdidas. Mensajes en el buzón de voz.

Compruebo las horas. Volvió a intentar contactar conmigo, apenas dos horas después de que me llamara y me dijera el famoso: «Por favor, cuídate».

Y luego otra vez.

Y otra vez.

Y otra vez.

Sus llamadas se suceden desde la tarde del viernes hasta bien entrada la noche.

Vuelven a aparecer en la madrugada del sábado.

Catorce llamadas perdidas en total; todas ellas mientras estaba en casa de mis padres, suponiendo que se había subido a un avión, que había dado prioridad a todo menos a mí. Su primer mensaje en el buzón de voz dura siete segundos: «Gigi, por favor, llámame. He cambiado mis planes y no vuelvo a casa hasta el domingo».

Doce llamadas perdidas más, y luego su segundo y último mensaje de voz, en la tarde del sábado. Este dura poco más de un minuto:

«Gigi». Hace una pausa, exhalando lentamente. «Sí. No sé por qué sigo llamándote cuando no me has contestado ninguna de las otras veces. Pero hoy me he enterado de que te han despedido y me he quedado desolado. Y aquí estoy, en el ojo de este estúpido huracán de internet y, sin embargo, absolutamente paralizado. Ya que no te apetece responderme, esto es lo que quería que supieras. Tenía pensado volar a casa con Sunny para hablar con ella de cómo íbamos a lidiar con esto. Pero cuando intenté irme, no pude subir al avión sin ti. Seguía escuchando tu voz en el teléfono, diciéndome una y otra vez que no entendías lo que estaba pasando. Todo ha sucedido tan rápido que ha sido como un borrón, pero supongo que he debido de mostrarme muy frío contigo». Se le quiebra la voz. «Después de todas las acusaciones que han vertido sobre mí..., bueno, estaba consternado». Hace otra pausa, exhalando de nuevo. «En fin, que aquí estoy, vagando por Los Ángeles, sin hacer absolutamente nada, dejando que este problema se haga cada vez más grande. Solo puedo recordar todo lo que hemos hecho estas dos últimas semanas, preguntándome cómo es posible que me haya enamorado en cuestión de días. Pero así es. De hecho, creo que solo tardé unos minutos en enamorarme de la mujer que se sentó enfrente de mí en el bar de un hotel. Estaba agotada, pero me cautivó por completo, con ese vestido rojo, sin nada más debajo». Se queda en silencio durante un rato. «Gigi, no puedo dejar que las circunstancias actuales nos roben la oportunidad de ver a dónde puede llegar esto». Lo oigo tragar y después respirar entrecortadamente. «Supongo que volveré a llamarte cuando llegue a Londres. Espero que me respondas».

Me tapo la boca con una mano, reteniendo el sollozo que se me escapa. Podría haber estado con él este fin de semana. Podríamos haber capeado juntos esta tormenta. El remordimiento me produce una ola de náuseas que me obliga a cerrar los ojos, mirar al techo y tomar aire.

...preguntándome cómo es posible que me haya enamorado en cuestión de días.

De hecho, creo que solo tardé unos minutos en enamorarme de la mujer que se sentó enfrente de mí en el bar de un hotel.

Me pongo a recordar. Reemplazando el horror que sentí al ver en internet nuestras fotos juntos, recuperando esa noche.

Estaba agotada, pero me cautivó por completo, con ese vestido rojo, sin nada más debajo.

La curiosidad se abre paso poco a poco entre mis pensamientos y me impulsa a ponerme de pie. Busco en la maleta que hice a toda prisa en el Waldorf Astoria y en la bolsa que ha dejado en mi puerta, pero no encuentro el vestido rojo por ninguna parte.

Saco la camisa de Alec de la bolsa, me la pongo, me meto en la cama y escucho su mensaje del buzón de voz una y otra vez hasta que me duermo.

Cuando me despierto, el apartamento está tranquilo y no se oye nada. Faltan dos minutos para las dos, lo que significa que se ha producido un milagro y que he dormido gran parte del día.

Fuera de mi habitación, las luces están apagadas y la luz del sol del principio de la tarde se cuela por la ventana delantera, haciendo que el sofá amarillo adquiera un suave tono dorado y convirtiendo el gran sillón azul en un vibrante turquesa. El apartamento está impecable. Hay flores naturales en la pequeña mesa del comedor y una nota que dice simplemente:

Te quiero.

E.

Por primera vez en días, siento que puedo respirar con normalidad.

Eden ha colocado un cuenco con restos de comida en la mesa de la cocina con instrucciones más que obvias.

Paso 1: Meter el cuenco en el microondas.

Paso 2: Calentar durante dos minutos.

Paso 3: Sacar con cuidado el cuenco del microondas.

Paso 4: Agarrar un tenedor.

Paso 5: Utilizar el tenedor para llevarte la comida a la boca.

Paso 6: Repetir el paso 5 hasta que el cuenco esté vacío.

Acabo de terminar el primer paso cuando suena el timbre. Sé que no se trata del vecino de abajo para decirnos que estamos haciendo demasiado ruido. Espero que no sea el vecino de arriba, avisando de que tienen una fuga de agua. Quizá Eden se ha olvidado las llaves. O puede que sea mi madre, que quiere ver cómo me encuentro. O tal vez... Suelto una seca carcajada mientras detengo abruptamente el discurrir de mi pensamiento.

Aunque me recuerdo a mí misma que Alec va a llamarme cuando llegue a Londres. Y eso ya es un comienzo.

Hasta que no abro la puerta, no soy consciente de que no me he molestado en peinarme después de la ducha. De hecho, llevo días sin mirarme en un espejo. Y ahora me encuentro frente a dos mujeres preciosas mientras tengo el pelo como si fuera un nido de pájaros y voy vestida con la camisa de Alec, una camiseta de tirantes dada de sí y sin sujetador.

Reconozco al instante a una de ellas, aunque es la penúltima persona que me esperaba ver aquí.

—Georgia —dice Yael con cara de disgusto—, estás hecha un asco.

Cuando la mujer que está a su lado le propina un ligero codazo, los recuerdos acuden a mí como si me dieran una bofetada.

—No seas grosera. Ha tenido un fin de semana de mierda —Sunny Kim me mira, esbozando una sonrisa con hoyuelos que me resulta muy familiar y que hace que me invada la nostalgia.

Miro hacia atrás. Sí, estoy en la puerta de mi casa. Y sí, parece que estoy despierta. Yael y Sunny me miran fijamente, esperando que diga algo, pero solo consigo murmurar:

—¿Qué significa esto?

Sunny se acerca a mí y me rodea los hombros con los brazos.

—Hola.

Alzo también los brazos por inercia y le rodeo la cintura con vacilación. Su contacto no me es desconocido. Su cuerpo de mujer adulta todavía tiene reminiscencias de la niña que fue.

—Hola.

—Sé que te hemos pillado desprevenida. —Se aparta de mí y apoya las manos en mis hombros—. Pero es cierto, estás hecha un asco, Gigi.

—Estoy segura de que tienes razón. —Mi cerebro por fin registra lo que ven mis ojos. Me fijo en Yael que, raro en ella, va vestida de manera informal con una camiseta, unos vaqueros y unas zapatillas. Vuelvo a mirar hacia atrás. Sigo en mi puerta y sigo despierta. Entrecierro los ojos—. Pensaba que estabas en un avión, de camino a Londres.

—Pues no —dice sin más.

—Pero Alec, sí —señalo muy despacio.

Sunny se gira para mirar a Yael.

—¿Te imaginas que nuestros aviones se cruzaran en el aire? Me daría un sermón interminable.

No sé si es buen momento para señalar que no parece que a ninguna de las dos les preocupe mucho que un desolado Alec Kim esté de camino a Londres, donde su hermana no estará esperándolo. De hecho, no sé si una persona normal entendería qué es lo que está sucediendo en ese preciso instante y yo no lo hago porque no tengo la cabeza donde la debo tener, o si están siendo tan desconcertantes adrede.

—No tengo ni idea de qué narices está pasando.

Yael pone los ojos en blanco.

—Entonces, por el amor de Dios, Georgia, déjanos entrar.

Por lo menos estas dos saben apreciar lo que es una buena taza de café hecha a mano. Las dos murmullan sobre sus tazas, elogiando en silencio su sabor, lo que me trae a la memoria el recuerdo de la mañana que tuve aquí a Alec, de la ingente cantidad de azúcar que le gustaba echarse en el café y lo orgulloso que estaba de ello, de la firma de autógrafos a la que fuimos ese mismo día, de su propuesta para que me quedara con él en el hotel, de la advertencia de Yael...

He de reconocer que, ahora mismo, no tengo la sensación de que Yael Miller esté en el equipo de Alec. Aunque no entiendo para nada sus motivos. ¿Por qué no está con él? Puede que Alec tenga razón y que Yael esté enamorada de Sunny, pero es su asistente personal. Se encarga de todo por él, ¿y deja que vuele solo a Londres en medio de una crisis? Noto cómo el calor me sube por el cuello.

—¿Cómo lo estás llevando? —me pregunta Sunny.

—Creo que la pregunta más importante aquí es cómo lo estás llevando *tú* —digo, mirándola con cariño.

Se ríe sin humor.

—Han sido unos meses horribles. Supongo que la parte positiva de todo esto es que ya no voy a estar todo el rato preocupada por que vaya a caer la espada de Damocles.

—Sí, creo que incluso si no hubieran fotografiado a Alec saliendo del Júpiter, tu relación con Anders habría salido a la luz de todos modos.

—Exacto. —Nos miramos fijamente unos segundos hasta que, por fin, nos sonreímos al unísono—. ¡Dios, qué alegría me da verte! —exclama—. Te has convertido en la versión perfecta de como imaginé que serías. Y te tengo justo delante de mí.

—Estaba pensando lo mismo. —Siento un firme y satisfecho pellizco en el corazón.

Sunny esboza una leve sonrisa, deja su café sobre la mesa y mete las piernas por debajo de su cuerpo. Tenemos la misma edad (solo nos llevamos una semana de diferencia), pero aquí, entre los cojines de nuestro sofá amarillo, parece mucho más joven. Su postura, la energía que desprende..., todo desprende juventud. ¿Quién sería capaz de hacer daño a una persona así? Me invade una oleada de calor, ahora entiendo perfectamente esa vena protectora de Alec.

—Has hecho un trabajo increíble con el artículo —dice Sunny—. Te estoy muy agradecida.

Me quedo mirándola, sin saber qué decir aparte de «Gracias». Me gustaría confesarle que lamento que haya estallado de la forma en que lo hizo, pero si esto sirve para que las personas que están detrás de estos delitos terminen rindiendo cuentas, entonces seguro que todos reconoceremos que ha merecido la pena.

—Esto nos ha puesto a todos la vida un poco patas arriba —continúa—, pero no quiero que te preguntes si ha merecido la pena dar la noticia. Porque sí, lo ha merecido.

Al igual que su hermano, Sunny es capaz de leerme el pensamiento.

—Sé que esa es la razón por la que Alec quería volver a Londres —digo—. Para elaborar contigo un plan sobre cómo manejar la situación.

—Le costaba dejar Los Ángeles por lo que siente por ti —comenta—, por eso necesitaba hacerme cargo de esto. Seguro que habrás notado el afán que tiene Alec por evitarme todo el dolor de esta situación. Es algo que aprecio, de verdad. Pero ya no quiero que me mimen, que me protejan. Y, como bien has dicho, solo era cuestión de tiempo que mi relación con Josef saliera a la luz. —Vuelve a tomar su taza—. Así que, aunque me ha hecho mucha ilusión volver a verte, también he venido porque quiero hacerte una propuesta.

Un trueno retumba bajo mis costillas.

—De acuerdo, dispara.

—Dicen por ahí que estás en el paro. —Sonríe de oreja a oreja—. ¿Te gustaría volver a ejercer de periodista y ayudarme a ponérselo difícil a unos cuantos?

22

Sentada frente a Kim Min-sun, es imposible pasar por alto su intensa belleza. El nuevo rostro de Dior es todo ángulos y perfección. Habla con cuidado y se da golpecitos con las uñas de color rosa en los labios cuando se pone a pensar en la mejor manera de expresar algo. No cuesta nada entender cómo, en solo dos meses, ha recibido ofertas de ocho firmas de lujo. No hay otra cara como la suya, en ningún sitio.

Pero entonces esboza una sonrisa y aparecen los divertidos hoyuelos de la familia Kim. En este momento, es sorprendente lo mucho que se parece a su hermano.

«Alexander es seis años mayor que yo», comenta. «Siempre ha sido muy protector conmigo. Y preferiría morir a dar la impresión de que no puede con algo».

Dice todo esto como si estas cualidades lo explicaran todo. Y supongo que así es. Explican por qué se siente responsable por la manera en que fue criada, por qué a veces deja salir ese lado suyo tan sobreprotector y por qué, el día de San Valentín de este mismo año, irrumpió en un club nocturno, sacó el cuerpo drogado e inconsciente de su hermana de una sala VIP y se sentó en el suelo de un baño, con ella en brazos, hasta que pudo levantarse por su propio pie y salir de allí con él.

También explica por qué permitió que los medios lo vapulearan el pasado fin de semana, después de que un tabloide británico publicara fotos suyas saliendo con una mujer, con la cabeza tapada, del conocido club nocturno Júpiter. Con el club ahora siendo investigado por ser el escenario de una serie de presuntas agresiones sexuales, las fotos enseguida se hicieron virales.

«Mi hermano preferiría que el mundo creyera que ha cometido un delito antes que la gente se enterara de lo que me pasó», dice. «Todavía no estaba preparada para hablar de ello, pero de ningún modo voy a permitir que este asunto destruya a la mejor persona que conozco».

Veo a Sunny leer el borrador del artículo. Y después regresa al principio y empieza de nuevo, ahora más despacio. He reducido una conversación de tres horas a esto: ocho mil palabras que detallan lo que ocurrió aquella noche en el Júpiter, lo que ella recuerda, lo que Alec le ha contado, lo que hizo por ella, e incluso mi relación con su familia, que se remonta a veinte años atrás, y que enviaré por correo electrónico esta noche a quien gane la puja. Sunny ha insistido en que debían pagarme por mi trabajo. Yo dije que el dinero debía donarse a asociaciones de víctimas de agresiones sexuales. Yael me ha recordado que estoy en el paro, y al final hemos decidido donar la mitad. Ahora mismo, Yael está en mi habitación, recibiendo las llamadas de los aspirantes finales: el *New Yorker*, *Vanity Fair*, *The Atlantic* y *GQ*.

Sunny termina de leer, deja mi portátil en el suelo y, con los ojos brillantes, me dice:

—Has hecho un trabajo estupendo, Gigi. No me puedo creer que lo hayas escrito tan rápido.

Ni yo.

—Supongo que estaba motivada. Necesito que el mundo se rinda a los pies de Alec y le pida perdón.

—Bueno, y a ti también.

—Eso me importa bastante menos.

Sunny me sonríe y se coloca un mechón de pelo detrás de la oreja.

—Nunca lo he visto tan enamorado.

—Me ha estado llamando todo el fin de semana —le digo—. Me dejé aquí el teléfono que me dio porque pensaba que se había marchado. También porque estaba hecha un lío. En realidad, todo era un lío.

—Espero que podáis solucionarlo. De verdad. —Estudia mi cara—. Alec necesita esto en su vida. Tiene muy buenos amigos, pero quiero que tenga una persona. Una persona como tú.

Asiento con la cabeza, tragándome la nauseabunda ola de preocupación, anhelo y arrepentimiento.

—Espero que llame en cuanto aterrice. ¿Le va a preocupar que estés aquí en Los Ángeles?

Yael entra antes de que Sunny pueda responder. Me resulta tan perturbador verla sonreír, que soy incapaz de apartar la mirada. Ella se da cuenta y me mira con más atención que yo a ella.

—Sí, Georgia, tengo dientes.

—Creía que eran afilados y retráctiles.

El comentario la hace reír; un sonido jovial e inesperado.

—Aquí tienes. Este es tu contacto con *Vanity Fair*. —Me entrega un trozo de papel con varias líneas escritas con una letra pulcra y ordenada, como no podía ser de otro modo—. Están esperando el artículo. Lo van a publicar en internet a las nueve de la mañana, hora del este, y si les entregas un artículo más extenso antes de mañana al mediodía, podrían incluirlo en la edición de junio. Ellos se encargan de las correcciones, pero te llamarán si hay que cambiar algo importante. —No tengo ni idea de cómo se las han arreglado, pero no voy a preguntar.

Miro el teléfono. Son poco más de las ocho de la tarde. Aunque Alec se haya ido a mediodía, todavía le quedan unas cuantas horas para que aterrice en Londres. No tiene sentido esperarlo.

Abro el correo electrónico. Escribo el nombre que me ha dado Yael, junto con un breve mensaje, y le doy a enviar.

Yael se balancea sobre los talones y se da una palmada en el vientre plano.

—Me muero de hambre.

Sunny se levanta y se estira. Luego se acerca a Yael, la rodea con los brazos y se pone de puntillas para darle un beso en la barbilla, respondiendo a una de las mil preguntas que me he hecho hoy.

—Pues vayamos a cenar por ahí —dice—. Gigi, ¿te apetece venir con nosotras?

Me parece una locura rechazar la oportunidad de salir a cenar con mi mejor amiga de la infancia y la recién sonriente y antigua asistente-guardaespaldas borde con la que he evitado toparme durante las dos últimas semanas, pero por mucho que insisten en que vaya con ellas, sé que en cuanto envíe este artículo, la adrenalina abandonará mi cuerpo y me desplomaría sobre el plato, así que les digo que no. Como en Londres se come bien, pero la comida mexicana no es su fuerte, les indico cómo llegar a mi restaurante de tacos favorito y me despido de ellas.

Cuando la puerta se cierra, me apoyo en ella y miro el corto pasillo que lleva a las habitaciones, debatiéndome entre comer algo o regresar a la cama. Mi estómago toma la decisión por mí, soltando un gruñido de queja. Cuando por fin recaliento las sobras que había guardado en el frigorífico, las devoro. Estoy famélica.

Después de lavarme los dientes, me siento un rato frente a la televisión con la camisa de Alec y mi ropa interior favorita como pijama, intentando asimilar la locura que ha sido este fin de semana. Tan pronto como consigo calmar mi mente, por primera vez en días, me doy cuenta de que no sé cómo voy a llevar estar lejos de Alec. *Has desperdiciado dos días enteros,* pienso cada pocos minutos. Y ahora no tengo ni idea de cuándo volveré a verlo.

Sé que no sirve para nada, porque está en un avión sobre el Atlántico, pero le mando un mensaje de todos modos.

> Te echo de menos.

Dejo el Bat-teléfono, pero enseguida lo oigo vibrar en el asiento de al lado. Lo agarro con el corazón en un puño. Alec ha respondido.

> ¡Dios! Yo también te echo de menos.

Suelto una risa encantada. Es cierto. No se me había ocurrido llamarlo antes, pero ahora me he acordado de que hay gente que paga por tener wifi en el avión.

No sabía que habías llamado este fin de semana.

Sí, esta mañana, en la puerta de tu apartamento,
me he dado cuenta de que no tenías ni idea
de que te estuve llamando, y llamando…

¿Estás ya en casa?

Todavía no. Me quedan horas.

¿Cómo está yendo el vuelo?

Lo más importante: ¿cómo estás tú?

Mejor. He oído tu mensaje en el buzón de voz.

¿Y?

Mi corazón aumenta diez veces su tamaño. Un órgano tan grande podría bombear un océano de sangre.

Y… me habría gustado llevarme el Bat-teléfono
a casa de mis padres.

Bueno, seguro que sabes que estoy de acuerdo con eso.

Esa última llamada me dejó muy tocada.

Lo sé. No te imaginas cuánto lo siento.

Cierro los ojos, luchando contra las lágrimas omnipresentes. Por fin, consigo controlarlas.

Ojalá no te hubieras ido esta mañana.

¿Qué te habría gustado que hubiera hecho?

Contengo una sonrisa mientras escribo.

Me habría gustado invitarte a entrar.

Como te he dicho, de haber entrado, no habría querido salir.

Si vinieras ahora, no dejaría que te fueras.

Dos segundos después de enviar el mensaje, casi se me sale el corazón del pecho cuando oigo sonar el timbre. Durante un instante, me planteo la posibilidad de ponerme unos pantalones, pero entonces una idea empieza a abrirse paso en mi cabeza. Me pongo de pie, tambaleándome, y voy hacia la puerta.

Cuando llego allí, la abro con una mano temblorosa y me encuentro con Alec, bien afeitado, peinado con el pelo retirado de la frente, con una camisa gris y pantalones de vestir con un ramo de flores marchitas en la mano.

—Llevo horas con esto —explica—. Sunny no me ha dejado que viniera antes y tú no has querido salir a cenar.

Suelto un sonido ahogado de sorpresa detrás de la mano con la que me he tapado la boca en cuanto lo he visto. Ha estado aquí todo el tiempo. Pues claro. Alec no se habría ido a Londres con Sunny viniendo a Los Ángeles, ni Sunny habría venido a Los Ángeles si Alec se hubiera ido a Londres.

Y Yael jamás los habría dejado colgados de esa forma.

¿Te imaginas que nuestros aviones se cruzaran en el aire? Me daría un sermón interminable.

—¡Nunca te subiste al avión!

—Yo... ¡Vaya! —dice, embobado al instante por mi atuendo—. ¿Qué llevas...?

Me abalanzo sobre él, haciendo que se le caigan las flores al suelo y que tenga que retroceder un par de pasos para que no perdamos el equilibrio. Alec está aquí. Lo abrazo con fuerza, con los ojos cerrados. Estoy tan agradecida de tenerlo conmigo, que estoy dispuesta a sacrificar cualquier deseo que pueda tener de ahora en adelante.

Me rodea con sus brazos, estrechándome también con fuerza al tiempo que deja escapar un suave gemido contra mi cuello. Estar así con él me provoca una sensación tan maravillosa que me cuesta respirar. Todo en mi interior parece congregarse en mi pecho, para luego explotar y propagar una oleada de alivio y anhelo tan potente que puedo sentir los latidos de mi corazón multiplicados por diez en los dedos de las manos y de los pies. Siento su cuerpo sólido y tibio contra el mío. Huele a jabón y a ese toque cítrico de su espuma de afeitar. Noto la vibración de su risa contra mi cara, que la tengo pegada a su cuello.

Sé que jamás habría podido olvidarme de él.

—Gigi —dice con voz ronca—, mírame.

No puedo. Pego los labios a su cuello, a su mandíbula y luego le beso como una posesa por toda la cara.

Alec se ríe ante mi asalto, me lleva dentro como si fuera una muñeca de trapo colgada de sus hombros, y cierra la puerta detrás de nosotros. Después me agarra mejor de la cintura, me alza en brazos y vamos hacia mi dormitorio.

Una vez allí, me baja, frotándome contra su cuerpo, hasta que toco el suelo con los pies. Entonces se inclina, me acuna la cara y posa los labios sobre los míos, besándome con una pasión que anula la capacidad de pensar en otra cosa que no sea sentirlo. Me aferro a su camisa con los puños y lo atraigo hacia mí.

Pero Alec toma mis manos y me abre los dedos.

—Deja que te vea —dice contra mi boca, antes de apartarse.

Alarga la mano, colocándome el cuello de su camisa, mirándome detenidamente de arriba abajo. Dos veces. El ardor que despide su mirada trazando un sendero por mi cuerpo son como dulces y diminutos pinchazos a lo largo de mi piel.

Veo cómo el rubor asciende por su cuello.

—¿Te sonrojas así cuando te corres? —le pregunto, devolviéndole las mismas palabras provocadoras que él me dedicó.

Se ríe con una exhalación enérgica. Levanto la mano y me desabrocho la camisa, observando cómo el negro de sus pupilas se expande hasta el marrón intenso de sus iris. La camisa cae al suelo. Alec alza la mano y se frota el labio inferior con un dedo.

—Me gusta tu ropa interior.

—Gracias. —Meto el pulgar por debajo de la goma de la cintura y tiro de ella—. Las escogió Yael.

Alec lanza una carcajada y me mira a la cara.

—¿Se va a llevar ella todo el mérito?

—Bueno, fue ella quien las eligió, ¿no?

—Pero fue idea *mía*.

Esto hace que me acuerde de algo. Levanto el dedo índice.

—Tengo una pregunta importante para ti.

En este momento está prestando atención a mis pechos.

—Dispara.

—Tienes mi vestido rojo, ¿verdad?

Asiente con la cabeza, distraído.

—Te lo robé. No tenía pensado devolvértelo.

Me río, le agarro la mano, la coloco sobre mi cadera y la guío hacia arriba, sobre mi pecho. El deseo se extiende como el vapor por mis venas y dejo de sonreír. Alec me acuna de inmediato la curva de un seno y cierra los ojos, mientras me frota el pezón con el pulgar. Necesito sus manos, su lengua, sus dientes... Me arqueo y le aprieto la mano.

Traga saliva antes de hablar.

—Este fin de semana..., esta mañana..., he llegado a pensar que jamás volvería a tocarte.

Cuando abre los ojos, lo estoy mirando. El contacto visual hace que me mire con una expresión tan pura, tan ardiente, que me enamoro todavía más de él. No es solo un sentimiento de pasión, ternura y admiración, es también algo físico, como si la Gigi loca por Alec existiera en un plano totalmente nuevo.

Alec desliza la mano por mi cuello y se acerca a mí.

Cuando su boca vuelve a tocar la mía, mi corazón se desploma en el pecho. Un solo beso, luego otro; la paciencia que se está tomando para seducirme con los labios me dice que sabe que tenemos un mundo de tiempo por devorar.

Pero, como siempre, a mi cuerpo le da igual.

Le toco el pelo con ambas manos y me acerco a él. La tela planchada de su camisa me proporciona una fricción enloquecedora contra la piel. Uno de los botones fríos me presiona el pecho. De nuevo, estoy casi desnuda mientras él sigue completamente vestido.

Su lengua moviéndose en mi boca es como el sexo, dando pequeños golpes, saboreando, arrastrando los dientes contra mis labios y tirando de ellos. Si pudiera, yo también juguetearía con él, pero solo puedo darle caza. Siempre soy la codicia frenética frente a su concentrada paciencia.

—¿Vas a estar tentándome durante horas? —le pregunto, empujándolo hacia la cama.

—Te aseguro que voy a intentarlo.

En cuanto pronuncia esas palabras, nos quedamos quietos y nuestras miradas se encuentran con el eco del dolor resonando entre nosotros. Coloca ambas manos en mis caderas y me acompaña los últimos pasos hasta la cama. Hace que me tumbe y se acerca a mí. Siento la suave tela de su pantalón de vestir contra mis muslos, pero él mantiene las caderas alejadas, cerniéndose con cuidado sobre mí.

—No me siento orgulloso de cómo actué el viernes —dice.

—No sabía qué hacer —confieso—. Quería disculparme, arreglarlo, estar ahí para ti, pero no me diste ninguna oportunidad.

Asiente con la cabeza.

—¿Siempre reaccionas así ante una crisis?

Alec sacude la cabeza.

—¿Recuerdas cuando me dijiste que iba a tener que estar con alguien que se tomara este tipo de cosas con calma? Supongo que no creí que fueras ese tipo de persona. Me sentí como una bomba activa. Me entró un ataque de pánico. No quería complicar más el problema.

Ahora soy yo la que niega con la cabeza.

—La decisión que tomé te afectó. Lo reconozco. Quería ayudarte. O al menos, lidiarlo juntos.

—Lo entiendo. —Sonríe—. Si vamos a hacer esto, vamos a hacerlo bien. Lo que significa que, si oyes rumores, vas a tener que concederme el beneficio de la duda, y yo no volveré a dejarte fuera.

Levanto la mano y le paso los dedos por el pelo.

—Trato hecho.

Me mira el rostro con total intensidad.

—Te quiero.

La habitación está a oscuras (es de noche y tengo las cortinas echadas), pero sus palabras logran que me ilumine por dentro.

—¿En serio?

—Sí. —Sonríe. Le toco un hoyuelo con ternura con la punta del dedo—. ¿Es demasiado pronto?

—Sí, pero yo también quiero decírtelo —le digo.

—No tienes que...

Presiono las yemas de los dedos sobre sus labios.

—Aunque, por ahora, me lo voy a guardar y ya te sorprenderé en otro momento.

Alec se ríe.

—¿Me lo soltarás sin más?

Finjo fumarme un cigarro, haciéndome la interesante.

—Sí, ya veré. Cuando menos te lo esperes.

Por fin se acomoda sobre mí, flexionando sutilmente las caderas contra las mías. Después, pronuncia las siguientes palabras justo en el sensible punto de piel que tengo debajo de la mandíbula.

—Seguro que puedo convencerte para que las digas.

Se me pone la piel de gallina. Meto las manos entre nosotros, tiro de su camisa y se la desabrocho.

—Seguro que sí.

Se aparta y me mira con un brillo perverso en los ojos, quitándose la ropa. Deslizo mis manos codiciosas por la tersa piel de su torso. Pero luego pienso que quizá no sea buena idea desafiar al hombre que, incluso en circunstancias normales y no en plena reconciliación, disfruta haciéndome rogar.

Al final, Alec consigue sacarme las dos palabras. Primero con los dedos, luego con sus besos y después moviéndose con una disciplinada concentración en mi interior. Me hace decirlas, prometérselas, me hace suplicarle que se las crea. Cuando me coloca encima de él, vuelvo a decírselas con una sonrisa, contemplando la adoración sin fisuras de su rostro. También se las grito contra la almohada cuando me folla con ímpetu desde detrás. Y se las vuelvo a jurar cuando me pone de nuevo bocarriba y me penetra lentamente, enjaulándome con los brazos alrededor de la cabeza.

Y así, sudorosos y enredados entre las sábanas, caemos de la cama al suelo. Alec se apoya en mí, mete la mano entre nuestros cuerpos para encontrar el camino hasta mi interior, ralentizando todavía más sus movimientos, descansando los labios sobre los míos y compartiendo nuestros alientos. Enredo los dedos en su pelo, húmedo por el esfuerzo y él me besa apasionadamente, gimiendo en silencio por el placer que sentimos. Desliza la palma por mi costado, me acaricia la cadera con las yemas de los dedos, me ahueca el muslo y me sube la pierna alrededor de su cintura.

—¿Me quieres cuando estoy así de dentro? —pregunta.

Le susurro que sí en la boca, que lo deseo más que nada. Estoy tensa y muerta de necesidad, tan cerca... El clímax recorre mi columna, listo para explotar.

—Ya empiezo a creerte. —Veo la fina línea de sudor que le recorre el labio superior mientras mira la unión de nuestros cuerpos. Estoy desesperada por la sal de su piel, la humedad y el caos de su beso cuando está a punto de desmoronarse.

Oímos cómo se abre y se cierra la puerta del apartamento y cómo Eden deja el bolso y las llaves en la mesa de la entrada. Eso significa que son más de las dos de la mañana y que llevamos horas besándonos, tocándonos y haciendo el amor. Alec me mira fijamente y me tapa la boca con una mano. Y justo ahora, cuando no puedo hacer ruido alguno, me da lo que quiero: los rápidos envites de sus caderas hasta que el placer me atraviesa por una última vez y le clavo las uñas en la espalda. Se aparta, con la cara hacia arriba, al tiempo que se muerde el labio inferior y se corre en un suave gemido.

Nos quedamos así, recuperando el aliento, mientras Alec me mira fijamente.

—¿Estás bien? —pregunta. Se mueve un poco para levantar la mano y apartarme un mechón de pelo de los ojos, húmedo por el sudor.

Asiento con la cabeza y le acaricio el cuello.

—Vamos a la cama —dice, antes de quitarse las sábanas que tiene enredadas en las piernas.

Gimo, dolorida. Sin mediar palabra, Alec me ayuda a subir al colchón, donde me desplomo. Luego hace lo mismo, me gira y me atrae hacia él, de forma que me quedo acurrucada con la espalda sobre su torso. Y así, con la mano en su pecho y su aliento en la nuca, nos quedamos dormidos.

La luz de la mañana se cuela por las pequeñas fisuras de mis cortinas. Me aprieto contra el sólido y cómodo pecho de Alec y luego me aparto para ver su rostro dormido. Con los ojos entrecerrados, me doy la vuelta y busco el teléfono en la mesita de noche. Son más de las seis.

Mi artículo ya estará publicado.

Me levanto de golpe. Alec se revuelve y me acaricia somnoliento la columna.

—¿Qué sucede?

—Han subido el artículo a las nueve de la mañana, hora del este. Hace siete minutos.

Se incorpora sobre un codo y apoya su cara de sueño en mi brazo. Vemos cómo se carga en la pantalla. El corazón se me sube a la garganta. Ya hay cientos de comentarios. Leemos el artículo juntos, en silencio. Y luego otra vez.

Cuando terminamos, Alec susurra en voz baja.

—Esto es... perfecto.

Agarra mi teléfono y se vuelve a tumbar para leer el artículo por tercera vez.

Me da miedo salir de esta habitación y ver la reacción del resto del mundo. En lo que respecta a mi relación con Alec, no me importa lo que digan los demás. Tenemos un vínculo que surgió de la nada y que se hace más profundo cada vez que me toca. Lo quiero tanto cuando me aferro a él en medio del placer, como bajo la tenue luz de la mañana. Pero cuando Alec me devuelve el teléfono y agarra el suyo, nos miramos fijamente durante un silencioso y surrealista instante. Puede que a nuestros corazones les dé igual lo que piense la gente, pero en realidad sí importa.

—¿Crees que es seguro abrir Twitter? —pregunto.

Sonríe, mostrándome con generosidad esos dos hoyuelos irresistibles.

—¿Alguna vez lo es?

Es cierto que él y yo tenemos una vida más allá del alcance de internet, pero mi carrera depende de la buena acogida que tenga este artículo, y la suya de que la gente crea lo que Sunny tiene que decir. Le doy un beso, con los ojos abiertos y despejados, antes de mirar. Tras un par de minutos desplazando la pantalla, no puedo evitar la risa jactanciosa que se me escapa. Alec vuelve a ser tendencia, pero ahora está recibiendo una avalancha de amor.

Deslizo el dedo, observando el rápido desplazamiento de cientos y cientos de tuits.

—Esto es una locura. ¿Estás viendo toda esta adoración? —Me detengo a leer algunos y frunzo el ceño—. Tienes un montón de propuestas de matrimonio. —Le miro y señalo mi pantalla—. Aquí hay una persona que se ofrece a gestar a tu bebé si tú quieres.

Hace caso omiso del tuit.

—Me están pidiendo algunas entrevistas.

Me río.

—Mmm. Seguro.

En la pantalla me salta un mensaje de Eden.

He oído unas cuantas risas ahí dentro. Supongo que las flores aplastadas que me encontré anoche en la entrada significan que hay un hombre en tu cama.

Le respondo, riendo.

Vuelvo a reírme. Y entonces aparece una nueva alerta en mi pantalla. Es una solicitud de seguimiento de @LabioInferiordeGigi.

—¿Qué estás haciendo? —le pregunto, con una sonrisa de oreja a oreja.

—Empezando mi cuenta de fan.

Arrojo el teléfono a un lado, me abalanzo sobre él y dejo que me meta el susodicho labio inferior entre los suyos. Me mordisquea el cuello y me hace una pedorreta en el hombro.

—No sé si hoy voy a ser capaz de caminar —digo.

—Yo seguro que voy cojeando.

—¿Sabes lo que ahora te relajaría? —pregunto, sonriendo en su mejilla.

—¿El qué?

—Una buena ducha de agua caliente. —Le pongo un dedo encima del hombro. Alec rueda sobre mí, riéndose por lo que sabe que va a pasar—. Si quieres, puedes usar mi baño.

EPÍLOGO

Sunny, Yael y Alec se quedan en Los Ángeles tres días más para hacer frente a la avalancha de propuestas y entrevistas que siguen a la publicación del artículo de *Vanity Fair*. Cuando no está atendiendo a los medios, Alec se queda conmigo en nuestra antigua *suite* del Waldorf Astoria; se empeñó en que volviera a reconectar con ese espacio, borrando aquellos últimos momentos de mierda. Supongo que hice todo lo posible para abstraerme de la sensación de la luz del sol que entraba en el dormitorio, la luminosidad de las paredes, el frío de las sábanas contra mi piel y la forma en que se calientan cuando Alec se desliza en la cama, a mi lado, cada noche, porque regresar a la opulencia me desconcierta a la vez que me provoca una profunda nostalgia.

Tal y como era de esperar, los mismos programas que entrevistaron a Alec durante la promoción de la serie, invitan a ambos hermanos. Solo que, esta vez, Alec se sienta junto a Sunny y habla del escándalo del Júpiter, de las agresiones sexuales, de su decisión de sacrificar su carrera en aras de la intimidad de ella y de la valentía de Sunny al presentarse y hablar de un suceso del que prácticamente no se acuerda de nada.

Todas esas intervenciones los dejan agotados emocionalmente; lo que, combinado con la incapacidad de Alec y la mía de salir a cualquier parte sin que nos avasallen los fotógrafos, hace que pasemos la mayor parte de nuestro tiempo libre en la *suite,* enredados el uno en el otro. Cuando me despido de él en el exterior del aeropuerto de Los Ángeles, siento como si me partieran en dos, y no es ninguna hipérbole. No hemos hablado de qué es lo que vamos a hacer la próxima vez que nos veamos ya que han sido unos días absolutamente caóticos, pero prometemos elaborar un plan tan pronto como Alec llegue a casa y mire su agenda.

En teoría, no debería pasarlo muy mal cuando se va. Conozco a Alec y me encuentro en un buen momento. Mi artículo ha propiciado que se lleve a cabo una importante investigación sobre el club Júpiter y todos sus responsables. Casi todos los contertulios expertos en leyes de los distintos medios están de acuerdo en que Josef Anders va a pasar entre rejas una buena temporada. Estoy recibiendo ofertas de trabajo a diestro y siniestro (incluida una del *LA Times* que rechazo muy amablemente). Desde un punto de vista objetivo, la vida me va de fábula. Pero en medio del caos de las últimas semanas, he dejado de tener la sensación de que tengo que priorizar mi carrera sobre todo lo demás. Tal vez me equivoque con respecto a nuestra relación, quizá la tengo idealizada, aunque no lo creo.

Así que, cuando aterriza en Heathrow, me llama nada más bajar del avión, yo respondo al primer tono y me suelta que no se puede creer que se haya ido sin mí, yo le digo al instante:

—Tal vez debería mudarme allí.

Me reserva un vuelo unos días más tarde. Cuando apenas llevamos cuatro días de vacaciones en las Tierras Altas escocesas, planeando cómo va a ser nuestra nueva vida, recibe una llamada de su agente para ser el protagonista de la próxima película de Christopher Nolan; una producción que van a empezar en Singapur en cuestión de semanas.

—Nuestra nueva casa puede esperar —le aseguro.

—Este es el papel que uno espera toda su vida —reconoce él.

—Solo serán cuatro meses.

Pero cuatro meses se convierten en seis, y el papel lo catapulta a la fama. Nos vemos con tanta frecuencia como podemos, aunque es difícil encontrar períodos de tiempo en los que esté completamente libre. Gana un BAFTA por *The West Midlands,* y esta nueva película le trae muchos premios; Alec no tarda en elegir los proyectos que más le interesan. Pero, cuando lo visito, solo lo veo en sus escasos ratos libres, y cuando viene a Los Ángeles, tiene una agenda igual de apretada. No es lo mismo estar de su brazo en la alfombra roja, que estar debajo de él en la cama o acurrucados juntos en el sofá. Me siento sola y él me echa de menos. A Alec le preocupa estar perdiendo la concentración, y yo no puedo sumergirme en ningún proyecto porque priorizo volar para verle siempre que tiene un segundo libre. Incluso cuando pasamos tiempo juntos, nos parece demasiado corto.

El problema es que no sé cuál es la alternativa. Aunque nos vayamos a vivir juntos, ¿nos veremos más a menudo? Él está en la cima de su carrera; podrá descansar dentro de unos años, cuando haya marcado todas las casillas de sus objetivos profesionales. Y yo también quiero trabajar. No porque necesite el dinero para vivir, sino porque me encanta investigar y escribir, y por mucho que Alec sea el amor indiscutible de mi vida, no quiero limitarme a seguirle de un sitio para otro. Quiero tener un motivo para salir al mundo y escribir sobre lo que veo en él.

La solución llega una noche en la que estamos juntos en Fiyi, en una breve escapada para celebrar nuestro primer aniversario, y Alec me cuenta de forma informal algunas anécdotas increíbles de un hombre que conoció en el rodaje de una película, y cómo este hombre conoció a su mujer. Yanbin es un pekinés aficionado al cine de terror y su mujer, Berit, es una bióloga de Estocolmo; lo más curioso es que se conocieron en un tren a Busan. Su mujer recorre todo el mundo por trabajo, y él viaja con ella entre proyecto y proyecto cinematográfico con el estudio que contrató a Alec. Las historias que cuentan sobre la forma tan poco convencional con la que han conseguido que su matrimonio funcione es mucho mejor que cualquier novela romántica que haya leído.

Así que escribo un artículo sobre ellos para *The Guardian*. Una historia sencilla de interés humano. Pero a partir de ese momento, empiezo a recibir cartas de otras parejas. Al principio, una docena por semana. Algunas de las historias son tan inverosímiles que me hacen llorar o reírme a carcajadas. Escribo otro artículo sobre una pareja transgénero de Malasia que me envía una carta y con la que me reúno para una entrevista. Después de publicar esa historia, las cartas empiezan a llegar a centenares por semana.

Me obsesiono con estos insólitos y apasionados romances de la vida real, y me enamoro de las personas que aparecen en cada carta. A veces incluso, encuentro el punto de conexión más inesperado entre las parejas de todo el mundo. Todas las historias de amor nacen por la misma magia: el lugar y el momento adecuados. Al final decido escribir un libro, en el que recopilo todas mis entrevistas y las cartas que me enviaron sus protagonistas en una serie de conexiones perdidas entrelazadas y almas gemelas que se encuentran. Como puedo trabajar desde cualquier lugar, viajo con Alec allá donde le lleve su siguiente proyecto. Escribo con fervor durante el día, y por la noche, dondequiera que estemos, duermo rodeada por sus brazos. Durante meses somos unos alegres nómadas que viven en Charlotte, Estocolmo y Toronto.

Pero, aunque es estimulante, también resulta agotador. De modo que, cuando Alec recibe una oferta para trabajar en una producción de gran presupuesto de la BBC, la acepta.

Esta noche, tras una cena de celebración con su familia, Sunny y Yael, nos acurrucamos en la cama de un hotel en Londres y decidimos que quizá haya llegado el momento de comprar una casa aquí.

—Y ya que estamos —dice, acariciándome con su cálida palma el estómago y los pechos—, también podríamos casarnos.

Casi pierdo la vida el primer día que me mudo oficialmente a Inglaterra. Es la versión más prosaica de la muerte (una estadounidense saliendo a la calle en dirección contraria en Londres), pero no puedo culpar a los conductores del otro lado, porque ni siquiera estaba pendiente de los coches.

Estaba mirando el número catorce en la puerta azul de un apartamento en Holland Park. Le estaba haciendo un gesto distraído con la mano en señal de agradecimiento al taxista que se alejaba de la acera, mientras pensaba en lo largo que se me había hecho el vuelo (más largo incluso que aquel primer e interminable viaje de vuelta de Londres, hace ahora casi dos años), y en si ha sido una estupidez por mi parte llegar un día antes para sorprender a Alec, cuando lo más seguro es que se esté dejando la piel para tener lista nuestra nueva casa.

Siento un hormigueo en las extremidades y el corazón me late tan fuerte que parece que se me va a salir por la tráquea. Supongo que hay momentos en la vida en los que nos damos cuenta, incluso en ese preciso instante, de que algo está a punto de cambiar tu existencia para siempre. Si lo pienso, muchos de mis momentos con Alec entran en esa categoría. Como el primer viaje que hicimos en ascensor, o más tarde, esa misma noche, cuando me dijo: «Lo que quieras que hagamos» con esa voz grave y profunda mientras me masajeaba la palma con los pulgares. O la noche en la que estuvimos juntos frente a un número infinito de Alecs y Gigis que se reflejaban en los espejos, compartiendo mil destellos de nuestra eternidad. O sus labios sonriendo sobre los míos, delante del mundo entero, justo después de ganar un Oscar. O el momento en que envié el borrador terminado de mi manuscrito y Alec hizo un redoble de tambor con sus manos sobre la mesa. O hace tres semanas, cuando se presentó por sorpresa en el umbral de mi puerta en Los Ángeles con una botella de champán y una copia impresa de la lista de los más vendidos. O como ahora, el día en que por fin nos vamos a vivir juntos, dos semanas antes de nuestra boda. Después de todo este tiempo, tenemos un hogar.

Una idea aparece en mi cabeza mientras cruzo la calle: puede que la vida nos traiga sucesos inesperados, las cosas no siempre serán tan fáciles o directas, pero el amor que sentimos (nuestro amor) es un raro prodigio de los que solo se presentan una vez en la vida.

Alec está en una de las estancias delanteras (nuestro nuevo salón), indicando a dos hombres dónde colocar un sofá, con la cara vuelta hacia la ventana al tiempo que les hace gestos. Me ve y sonríe aliviado… y entonces se da cuenta.

Lo veo moverse como un borrón tras el cristal de la ventana y luego sale corriendo por la puerta y salta los tres escalones hasta la calle, donde se encuentra conmigo a mitad de camino. Las bocinas suenan y los coches se desvían, pero él me alza en volandas con sus fuertes brazos alrededor de mi cintura. El tráfico se ralentiza y se detiene cuando se dan cuenta de quién es y de lo que están viendo, pero para bien o para mal, Alec nunca ha pensado mucho en quién podría estar observándonos.

—Por fin —dice, apoyando los labios en los míos— empieza todo.

AGRADECIMIENTOS

En agosto de 2020 estaba tomándome unos días libres de mi profesión como escritora y decidí... escribir. (Existe un problema obvio a la hora de tener una variedad de actividades extracurriculares cuando trabajas en aquello que también es tu afición). Tengo la enorme suerte de ganarme la vida escribiendo, y adoro cada segundo del trabajo que hago a diario, pero hacía tiempo que no escribía nada impulsivo, sin expectativas y solo para mí. Encuentras un tipo de libertad única cuando escribes un proyecto paralelo; algo que es mucho más difícil de hallar cuando escribes para un público determinado. En este caso, Gigi y Alec me poseyeron por completo; su historia salió directamente de mi interior (la fluidez más satisfactoria para un escritor) y espero que haya sido una historia con la que tú, querido lector, hayas podido evadirte.

Gracias a este proyecto y a Kate Clayborn, cuando echo la vista atrás al verano y al otoño de 2020, siento una dulce nostalgia en lugar de ese vacío y pánico existencial que muchos de nosotros experimentamos. Alec no estaría aquí si no fuera por ti. Ese año fue muy doloroso, pero tú fuiste (y sigues siendo) una fuente de alegría en todos y cada uno de mis días.

Para un escritor es valiosísimo contar con un círculo que siempre te ofrezca su apoyo y energía. Estoy muy agradecida a mi maravillosa amiga Susan Lee por sus comentarios, pero también por su entusiasmo. Tu sonrisa de fan acérrima levanta el ánimo a todos los que te rodean; eres una joya. Gracias a mi cielito, Erin McCarthy, por los largos mensajes que me enviabas mientras leías y por el constante entusiasmo que has tenido por esta historia desde que la leíste hace casi dos años.

No albergaba ninguna expectativa de que el documento de Word que, hasta hace cinco minutos, llamaba «Amante» terminara convirtiéndose en un libro real. Se lo envié a mi agente, Holly Root, con un mensaje de correo electrónico de «Esto es muy raro, pero podría acabar siendo algo», y ni siquiera pestañeó al ver que le había puesto un manuscrito salido de la nada durante lo peor de la pandemia. Hizo su magia más «guay» y lo vendió. Gracias al equipo de Gallery Books: Hannah Braaten, por adorar este libro tal y como esperaba que hiciera; Jen Bergstrom, por dar un paso al frente y apoyar la historia sin dudarlo, y a Mackenzie Hickey por ser siempre la estrella más brillante y entusiasta. Min Choi diseñó esta portada, y solo puedo deciros que me tiene completamente fascinada. Pedí algo muy específico y me llegó esto. En cuanto la vi, supe que era la elegida. Sinceramente, no creo que la elaboración de una portada en la editorial haya sido nunca tan fácil y satisfactoria. Un gracias enorme a Andrew Nguyên, Aimée Bell, Lauren Carr, Eliza Hanson, Jen Long, Christine Masters (eres una reina, no se te escapa nada), Emily Arzeno, Caroline Pallotta, Abby Zidle, Sally Marvin y a todo el equipo de Gallery. No exagero cuando os llamo el *Dream Team*. Jen Prokop, gracias por tus siempre increíbles notas editoriales. Te quiero y siento haberte hecho leer en primera persona del presente.

Kristin Dwyer, de Leo PR, es una maestra de la estrategia, amiga, campeona y, por supuesto, representante de relaciones públicas. Es indispensable y única en su especie. Quiero que todo el mundo tenga una Kristin (aunque también saca al Gollum que llevo dentro y ni siquiera me avergüenzo en reconocerlo).

A mi grupo literario, que leyó los primeros borradores y me hicieron los primeros comentarios. Os estoy muy agradecida por vuestro amor y entusiasmo: Ali Hazelwood, Helen Hoang, Sarah MacLean, Rosie Danan, Rachel Lynn Solomon, Tessa Bailey, Sonali Dev, Kate Spencer, Sara Whitney, Katherine Center, Erin Service, Katie Lee, Cassie Sanders, Catherine Lu, Molly Mitchell, Mónica Sánchez y Gretchen Schreiber.

Gracias a los lectores que pidieron las primeras copias para reseñar y me bombardearon los privados con todas las sensaciones que les había provocado el libro. Gracias a los creadores de contenido de Bookstagram, Goodreads, BookTuber y TikTok que dedicaron su tiempo a hacer vídeos, publicaciones y reseñas para este libro. ¡Significa mucho para mí!

A mi familia, sois la esencia de mi felicidad. Espero que las once mil quesadillas que preparé durante la pandemia os mostraran el amor que siento por vosotros, mis adorados cacahuetes.

Y para ti, ya sabes quién, que siempre nos dejamos para el final. Eso que dicen sobre los mejores, es verdad. Y tú lo eres.

¿TE GUSTÓ
ESTE LIBRO?

escríbenos y
cuéntanos tu opinión en

/Sellotitania   **/@Titania_ed**

/titania.ed

#SíSoyRomántica